Prinz Eisenherz

AUF GEFÄHRLICHEN REISEN
DIE GOLDENE PRINZESSIN
IN DER NEUEN WELT

Von Harold Foster
und Max Trell

Gondrom

Lizenzausgabe für Gondrom Verlag GmbH & Co. KG, Bindlach 1993

Einbandgestaltung: Werbestudio Werner Ahrens

ISBN 3-8112-1068-8

Auf gefährlichen Reisen

Aleta sah dem Boot noch lange nach. Das bunte Segel stand prall im Wind und gab dem Schifflein gute Fahrt. Im Heck saß eine verlorene Gestalt mit bloßem Oberkörper und wirrem Haar. Aleta öffnete ihre Lippen, gerade als ob sie dem Wegfahrenden etwas nachrufen wolle und nur nicht den Mut dazu finden könne, solange Prinz Eisenherz (denn dieser war der Mann im Boot) nicht durch eine Geste zu erkennen gäbe, daß er zu einer Aussprache bereit sei. Der Prinz schaute jedoch nicht zurück. In der nächsten Viertelstunde mußte er den Kurs mehrfach wechseln, um die aus Osten wehende Brise voll zu nutzen. Dabei wäre es ihm ein leichtes gewesen, dem Mädchen wenigstens einen Blick aus den Augenwinkeln zu gönnen, aber seine Empörung übertönte die Stimme seines Herzens. So unterdrückte denn auch Aleta den versöhnenden Ruf, der schon auf ihrer Zunge lag. Als dann das Boot nur noch ein winziger Fleck in der blauen Weite der Ägäis war, ließ sich Aleta zu Boden sinken und barg das Gesicht in ihren Händen. Ob sie aber lachte oder weinte, das konnte niemand sagen. Wahrscheinlich lachte sie, denn sie war ja noch so jung, und sie war auch so schön, und sie war die Königin der Nebelinseln . . . warum nur sollte sie denn weinen?

Draußen auf dem Meere redete sich der Prinz unterdessen immer wieder ein, daß Aleta bei all ihrer Schönheit eben doch die teuflische Königin einer von Teufeln bewohnten Insel sei. Hatte sie etwa nicht geduldet, daß seine Mann-

Als der Prinz in den Hafen einfuhr, sah er Schiffe aus aller Herren Ländern.

schaft so grausam erschlagen wurde? Er ahnte ja immer noch nicht, wie sehr diese Mannschaft ihr Schicksal verdient hatte, und es war auch niemand da, der ihm die Wahrheit hätte sagen können.

In seinen schwärzlichen Gedanken achtete der Prinz nicht darauf, wohin der Wind sein Schifflein trieb. Er wollte nur von Aleta wegkommen . . . von dieser teuflischen Aleta und einem verlorenen Traum.

Aber das Wunder der Jugend ist wie das Wunder des Sonnenaufganges. Aus dem Dunkel der Nacht steigt immer wieder ein neuer Tag. So wurde aus einem Prinzen, dessen Herz gebrochen schien, bald wieder einer, der sich verhältnismäßig wohl in seiner Haut fühlte. Er sang mit den Möven und lachte mit den Delphinen, die sein Boot spielend umkreisten.

Allmählich belebte sich das Meer mit Schiffen, die offenbar alle einem bestimmten Ziel zustrebten oder von dort kamen. Ohne einen rechten Grund zu haben, folgte der Prinz einem Zuge von Kauffahrern und gelangte unter diesem Geleit schließlich zum Piräus, dem Hafen von Athen.

Jahrhunderte nach der Eroberung durch Rom war Athen immer noch eine Stadt der Schönheit und der Gelehrsamkeit, die einen regen Handel betrieb. Als der Prinz in die Bucht einlief, begegnete er Schiffen aus aller Herren Ländern, und das war so recht nach seinem Herzen, denn er hoffte, darunter ein Fahrzeug zu finden, das ihn nach Britannien oder ein Stück Wegs dahin mitnehme. Wie lange war er jetzt schon in der Fremde? Drei volle Jahre! Jahre des Kampfes und der zunehmenden Erfahrung. Jahre des Frohsinns, aber auch des Kummers. Und weil dem Prinzen der Kummer erst zuletzt widerfahren war, so schien es ihm, als habe dieser die ganze Zeit über den größten Anteil an seinem Erleben gehabt.

Nun war die traurige Stimmung wieder da. Ganz so leicht, wie Eisenherz geglaubt hatte, ließ sich Aleta nicht vergessen. Diese Erkenntnis gab dem in Liebesdingen unerfahrenen Prinzen viele Fragen auf. Was bewirkte eigentlich dieses verwirrende Gefühl der Liebe, das in seinen Folgen allen Gesetzen der Vernunft zu widersprechen schien? Aleta war durch viele Meilen von ihm getrennt; warum konnte sie gleichzeitig auch gegenwärtig sein? Zwischen der letzten Begegnung mit ihr lagen Tage; wie kam es, daß das Mädchen trotzdem immer noch fast leibhaft vor ihm stand?

Der Jüngling befreite sich mit einem tiefen Seufzer von diesen hilflos flatternden Gedanken. Er hatte jetzt Wichtigeres zu tun; vor allem mußte er ein Schiff für die Heimfahrt finden.

Unter solchen Überlegungen steuerte er in die Mole hinein, um die sich die Stadt gleich einem breiten Fächer schmiegte. Als er sich neugierig in seinem Boot erhob und nach Osten schaute, lag dort auch schon Athen selber. Da war das durch seine Marmorbrüche berühmte Pentelikongebirge und dort der Berg Hymettus, an dessen blumigen Hängen die Bienen einst den Honig für die Götter sammelten. Eisenherz glaubte auch den Areopag zu erkennen, der zuerst dem Kriegsgott Mars geweiht war und auf dem der Apostel Paulus dann das Evangelium des Friedens lehrte.

Strahlender jedoch als alle diese Berge und Hügel strebten die Bauten der Akropolis, der marmornen Krone Athens, gegen den sattblauen Himmel.

Nachdem der Prinz sein Boot vertäut hatte, stieg er die Treppen zum Kai hinauf. Oben stand eine Gestalt, die er ihrer Größe wegen zuerst für eine Statue des Herkules oder eines olympischen Gottes gehalten hatte. Es war aber kein Standbild, sondern ein Mensch aus Fleisch und Blut, über sechs Fuß

Des Wikings Augen wurden tellergroß.

hoch und muskelstark wie ein Bär; ein richtiger Mannskerl also. Gleichzeitig erkannte Eisenherz zu seinem größten Erstaunen auch, daß der Fremde das Gewand eines Wikings trug. Selbst in einem Welthafen wie dem Piräus konnte eine solche Erscheinung nicht gerade als alltäglich gelten, denn die Heimat der Wikinger lag immerhin dreitausend Meilen von Hellas entfernt am anderen Ende der Welt.

Der Prinz sah den erstaunlichen Gast sinnend an und entdeckte dabei in dessen Gesicht deutliche Zeichen des Unmuts. Das hinderte ihn aber nicht, die letzten Treppenstufen mit einem einzigen Satze zu nehmen und den Seefahrer in der Sprache der Nordmänner zu begrüßen.

Der Riese sperrte den Mund auf, und seine Augen wurden tellergroß. An Worten fand er zuerst nur einen grunzenden Laut, sein Gesicht leuchtete jedoch vor Freude darüber, daß ihn ein Unbekannter unter diesem fremden Himmel in seiner Muttersprache begrüßt hatte. Nach einer stürmischen Umarmung machte das Ungetüm seinen Gefühlen dann doch noch in Worten Luft. „Was für ein Wunder! Du trägst das scheckige Kleid dieser Windbeutel und sprichst dennoch die Sprache des Nordens!“ — Der Jüngling erklärte, daß er darin kein Wunder zu sehen vermöge, weil er doch selber im Norden, im fernen Thule, geboren sei und nur die Sprache seiner Heimat rede.

„Was?“ brüllte da der Klotz und konnte sich vor Begeisterung kaum fassen, „du kommst aus Thule, dem Winterland? Dem Land der Stürme und des Eises, das dem Mann mit jedem Atemzug neuen Mut verleiht? Ha, dort geht es freilich nicht so weibisch zu wie hier bei diesen Griechen, wo dir die Sonne das Gehirn auslaugt und dich so lappig macht, daß dich jeder beliebige Gauner um das letzte Barthaar betrügen kann.“

„Wer hat dich denn betrogen?“ wollte Eisenherz erfahren, denn er ahnte, daß hier die Wurzel des Ärgers stecken müsse, den er vorhin bei dem Wikinger beobachtet hatte. Hierüber sofort etwas auszusagen, zeigte der Seefahrer in-

dessen keine Lust; er verlangte vielmehr, daß ihn Eisenherz in eine Schenke begleite und mit ihm trinke. „Nein", sagte der Prinz. „Ich danke dir, aber mir steht der Sinn heute nicht nach Wein. Ich komme später gerne zu dir aufs Schiff, doch vorher möchte ich mir Athen anschauen." Mit diesen Worten wollte er sich zum Gehen wenden.

So leicht ließ sich der vierschrötige Geselle aber nicht abschütteln; er packte den Jüngling einfach unterm Arm und schleppte ihn fort wie ein Kind, das nicht folgen will. „Hast wohl auch Kummer gehabt, Sohn? Jetzt trinkst du einen Schluck Wein, das tut dir gut. Der Traubensaft ist noch das Beste, was uns diese lausige Gegend zu bieten hat."

Eisenherz gab den Kampf auf. Um mit diesem Bären fertig zu werden, dazu hätte es schon eines ganz netten kleinen Heeres bedurft.

In der Schenke erzählte der Nordmann seine Geschichte. Oder wenigstens so viel, wie er davon verraten wollte. „Ich heiße Boltar, bin ein ehrbarer Seefahrer und Kaufmann, aber mit diesem Volke hier ist kein Geschäft zu machen. Hör zu! Komme ich doch nach Athen, um eine Ladung Pelze loszuschlagen. Woher ich sie hatte, geht keinen was an; jedenfalls, ich dachte, einen guten Tausch damit zu machen. Und was geschieht? Diese abgefeimten Schurken betrügen mich um alles! Fehlt nur, daß sie mir noch das eigene Fell über die Ohren gezogen hätten!"

Je zorniger Boltar bei seiner Rede wurde, desto mehr trank er. Und je mehr er sich hineinschüttete, desto lauter wurde sein Groll. Eisenherz wunderte sich, wie leistungsfähig der andere im Schimpfen und im Trinken war. Spät in der Nacht nahm aber doch beides ein Ende. Boltar rutschte von seiner Bank auf den Boden und begann gleich darauf gewaltig zu schnarchen. Als er am anderen Morgen dann erwachte, da brummte ihm der Schädel allerdings so, daß er eine brennende Lust nach dem kühlen Hauch des Meeres und den Planken seines Schiffes verspürte.

Eisenherz begleitete den neuen Freund zu dessen Drachenschiff, das allerdings einen traurigen Anblick bot. Die Mannschaft bestand aus Kriegern, die fressen konnten wie die Stiere und saufen wie das durstigste Kamel. Nun aber lagen die Rauhbautze nach einer durchzechten Nacht wie die toten Heringe auf den Planken. Dieser Anblick war für Boltar die richtige Medizin. Sein Ruf donnerte über das Deck und riß die Schläfer hoch. „Aufgewacht, ihr Trunkenbolde! Ladung holen! Wir segeln heimwärts!“ — Nach diesem Ausbruch war's dem Hünen gleich wesentlich wohler.

Die Männer verstreuten sich nach allen Seiten und kamen bald darauf beladen zurück. Eisenherz wunderte sich über die Ballen von Seide und buntgefärbtem Tuch, über die kostbaren Teppiche, die Tonkrüge voll wohlriechenden Öles und auch über die Schätze aus Gold und Silber, die da aus den verschiedensten Teilen des Hafens herbeigeschleppt wurden.

„Für einen, den die Griechen um das letzte Barthaar betrogen haben, bist du nicht gerade besonders arm", meinte der Prinz in sanftem Spott.

„Oho, mein Junge, das sind doch nur Kleinigkeiten, die wir aufgelesen haben. Als Ersatz für meine Pelze, verstehst du? Wir haben das Zeug verborgen gehalten, damit es nicht gestohlen wird. Denke bloß nicht, wir seien Räuber." Zu dieser langatmigen Erklärung lächelte Boltar hintergründig, denn die geschädigten Händler kamen schon schimpfend herbeigelaufen.

Der Prinz wußte längst, wohin des Nordmanns Reise ging. Wenn nichts dazwischen kam, konnte das Schiff die britische Küste in wenigen Wochen erreichen. Eisenherz bat deshalb um die Erlaubnis zum Mitfahren, die ihm Boltar gerne gewährte, ohne einen Preis dafür zu verlangen.

„Seeräuber hin, Seeräuber her", dachte der Prinz. Auf jeden Fall gab ihm der Wiking die Möglichkeit, bälder nach Britannien zu kommen. Die Landreise hätte Monate beansprucht und wäre zudem recht gefährlich gewesen. Im übrigen war Boltar auch als Räuber ein liebenswerter Mann, ein Draufgänger zwar, doch frei von Tücke und Verschlagenheit.

Die Reise ging an ungezählten Inseln vorbei, und im Süden tauchte manchmal die Küste Afrikas auf. Zuweilen landeten sie, um ihre Vorräte an Fleisch, Korn, Wein und Wasser zu ergänzen. Bei solchen Gelegenheiten zeigte sich Boltar mit dem Bezahlen sehr großzügig, was ihm den lauten Dank der Händler eintrug. Manchmal besorgte er sich seinen Bedarf aber auch von Schiffen, die das Pech hatten, seinen Kurs zu kreuzen. Er nahm ihnen weg, was er brauchte, doch an ein Begleichen dachte er in solchen Fällen nie. Für ihn waren das Kleinigkeiten, bei denen noch nicht einmal Blut floß. Eines Tages

hatte der Raufbold indessen den Einfall, daß seine Krieger einer ernsteren Übung bedürften, und entschloß sich kurzerhand zum Angriff auf eine Stadt an der afrikanischen Küste, der ihm reiche Beute, den Bewohnern aber viel Leid eintrug.

Eine Woche später wurde der Prinz durch laute Rufe aufs Deck gelockt. Nördlich voraus standen als Wächter zwischen Mittelmeer und Atlantik die Säulen des Herkules, die heute die Felsen von Gibraltar genannt werden. Zwischen dem eigenen Boot und der steil aufragenden Küste trieb ein zerschlagenes Schiff in der vom Ozean hereinströmenden Flut.

Boltar ließ anlegen und stieg mit dem Prinzen hinüber. Sie fanden die Mannschaft im Fieber und halbtot vor Hunger und Durst. Der sonst so grobschlächtige Wiking bot sofort jegliche Hilfe an, ohne dabei an seinen eigenen Vorteil zu denken. Für diese Freundlichkeit dankte der Kapitän mit vielen Worten und einer Handvoll blanker Goldkörner. Später zog er eine gezeichnete Landkarte hervor, die ein Stück der afrikanischen Westküste zeigte, und sagte: „Hier könnt ihr sehen, wo noch mehr Gold liegt. Uns verlangt nicht danach, denn wir haben am eigenen Leibe erfahren, daß Gold allein noch lange nicht glücklich macht!"

Als der fremde Kapitän weitergesegelt war, wandte sich Boltar trotz der erhaltenen Warnung an seine Mannschaft und sprach: „Im Norden liegt die Heimat, im Süden das Gold! Wohin wollt ihr Männer, daß wir jetzt segeln?" Die Antwort kam wie aus einem Munde. „Nach Süden zum Gold!" so schrien die Wikinger in plötzlich erwachter Gier.

Mit seiner Fragestellung hatte sich Boltar als pfiffiger Menschenkenner erwiesen. Hätte er die Reise nach Süden einfach befohlen und nicht bloß zur Wahl gestellt, so wäre wohl mancher unter seinen Leuten mit viel weniger Begeisterung dabei gewesen. Dem Prinzen freilich gefiel diese Entscheidung nicht, denn Gold bedeutete ihm herzlich wenig gegenüber dem Wiedersehen mit der Heimat. Aber die Wahl lag nicht bei ihm.

Nun konnte er vom Heck aus Nacht für Nacht beobachten, wie der Nordstern immer mehr zum Horizont hinsank. Er überlegte sich, wie lange es wohl dauern werde, bis das Gestirn wieder über dem Bug zu sehen sei und durch sein Höhersteigen anzeige, daß man gegen Norden fahre . . .

Wie mochte es wohl den Freunden in Britannien ergehen? Und wie dem Vater zu Hause in Thule? Das Heimweh packte den Prinzen, doch behielt es nicht länger Gewalt über ihn, als die Reise nach Süden ruhig verlief.

Bis dahin hatte es seine gute Weile. Günstige Winde förderten die Fahrt längs der Küste, und Boltar verglich die Landzeichen sorgfältig mit den Eintragungen auf der Karte. Sorge bereitete zunächst nur das Trinkwasser, das an den öden Gestaden kaum noch aufzutreiben war. Dabei wurde es täglich heißer. Trotzdem dachte keiner an eine Umkehr, so besessen waren sie alle von ihrem Verlangen nach Gold.

Eines Tages kam dann das Unglück über sie. Mit einer Windstille begann es. Die Luft wurde so drückend, daß die Männer kaum noch zu atmen vermochten. Alle Geräusche erstarben; auf das Meer senkte sich Grabesruhe.

Über dem Festland stand plötzlich eine unheilverkündende braune Wolke, und es sah fast so aus, als sei sie von Hexenkraft aus der sich endlose Meilen dehnenden Wüste Sahara in den Himmel gewirbelt worden.

Die Wikinger starrten mit offenen Mäulern und vor Furcht geweiteten Augen auf diese Zeichen. Die harten Krieger, die sterblichen Feinden schon hundertmal mit Todesverachtung ins Auge geschaut hatten, verzagten nun vor dem Unbekannten, und dem Prinzen selber erging es auch nicht viel besser. Über sie alle kam eine Weltuntergangsstimmung, gegen die es kein Mittel und kein Wehren zu geben schien.

Im nächsten Augenblick war es dann, als habe die Unterwelt alle ihre Dämonen zugleich ausgespien. Ein Sandorkan tobte vom Festland her heulend aufs Meer hinaus, verdunkelte die Luft und schnitt den Männern mit Myriaden feinster Messerchen die Haut in Fetzen. Schon der erste Ansturm riß den Mast über Bord und trug ihn wie ein trockenes Rohr davon.

Diese unmittelbare Bedrohung weckte die Wikinger aus ihrer Erstarrung. Einige griffen zu den Riemen und versuchten, das Boot im Winde zu halten. Die anderen schöpften wie irrsinnig Wasser oder warfen Ballast über die Reling. So gelang es der Mannschaft, dem Schlimmsten wenigstens für den Augenblick zu entgehen. Als der Sturm nach Stunden seine gröbste Wut vertan hatte, war das Schiff allerdings von seinem Kurs verschlagen und trieb weit draußen im unbekannten Ozean.

Der am Bug stehende Auslugposten
entdeckte einen schneebedeckten Berg.

Daß sie den Mast verloren hatten, und das Schiff leck war, kümmerte die Nordmänner zuerst wenig. Bei ihren Bemühungen, dem Wetter zu trotzen, und in ihrem Glückstaumel hatten sie aber ganz vergessen, daß kein Trinkwasser und keine genießbaren Lebensmittel mehr an Bord waren. Nun allerdings dämmerte ihnen die Erkenntnis, daß Hunger und Durst vielleicht rasch vollenden könnten, was der Sturm begonnen hatte.

Ihre Anstrengungen, die Küste wiederzugewinnen, gaben sie dennoch nicht auf. Und nun begegnete ihnen einer jener freundlichen Zufälle, wie sie meist nur dem wirklich Tüchtigen beschieden sind. Der Auslugposten am Bug rief aufgeregt, daß er Land sehe, einen schneebedeckten Berggipfel, der fast genau in der Fahrtrichtung aus dem Meere steige.

Boltar und Eisenherz spähten durch die immer noch getrübte Luft und vergewisserten sich, daß der Posten recht hatte. Nun beugten sich die Wikinger mit neuer Kraft über die Ruder, denn sie spürten schon den Vorgeschmack von kühlen Bächen, von zartem Wildbret und von blumigen Wiesen, auf denen gut zu ruhen ist. Nächst Essen und Trinken war der Schlaf jetzt ihr dringlichstes Bedürfnis, denn keiner von ihnen hatte seit dem Ausbruch des Sturmes noch ein Auge zugetan. Als sie jedoch die Küste erreichten, da sahen sie, daß der Strand, soweit die Blicke reichten, von gefährlich aussehenden Wildhunden besetzt war.

Ein Zufall hatte sie zu den Inseln geführt, die schon den Hellenen als „Hundeinseln" bekannt waren und heute Kanarische Inseln heißen.

Die Landung mußte gegen die beißwütigen Tiere mit Waffengewalt erzwungen werden, aber sonst war die Insel ein wahres Paradies. Außer Wasser und eßbaren Vögeln fanden die Wikinger Zedern, Eichen und Kiefern, deren Holz sie notwendig brauchten, um das Boot flicken zu können.

Ruhe wurde ihnen freilich auch hier nicht, denn die Hunde blieben in der Nähe und schnappten nach jedem, der keine Acht gab. So verließen sie das Eiland also möglichst bald wieder, um ihre Fahrt nach Süden am Festland

entlang fortzusetzen. Viele Tage später entdeckten sie, daß die Küste allmählich nach Osten umbog, so wie es auf der Karte verzeichnet stand. Langsam wandelte sich auch das Bild der Uferlandschaft. An die Stelle der Wüste traten tropische Dschungel und Wälder, die mit ihren Ausläufern bis ins Meer hineinwuchsen. Die Hitze wurde durch die zunehmende Feuchtigkeit der Luft so unerträglich, daß kein Mann mehr für längere Zeit ein Ruder führen konnte. Boltar widmete seine ganze Aufmerksamkeit den schlammigen Flüssen, die sich träge aus dem Urwald wälzten. Eines Tages dann, als sie ein breites Mündungsdelta erreicht hatten, befahl der Wiking hineinzusteuern. Der Karte nach mußte es zu dem Strom gehören, von dessen Ufern das Gold stammte.

Das war nun ein Bild voller Gegensätze. Die Söhne des eisigen Nordens ruderten auf einem Drachenboot durch den maßlos üppigen Regenwald. Auf den Schlammbänken dösten schuppige Riesenechsen und ließen sich weder durch das Geschrei der über sie wegstreichenden Vögel noch durch die plumpen Dickhäuter stören, die zwischen den Seerosen weideten. Wohin das Auge blickte, da sah es Schönheit und Schrecken zugleich.

Von den Tieren des Wassers drohte auf dem Schiff keine Gefahr, und Menschen waren nirgends zu entdecken. Was Schwierigkeiten bereitete, war zuerst nur das Fieber. Später jedoch flogen aus dem Uferdickicht heraus, wenn sich die Wikinger zu nahe heranwagten, ganze Schwärme von vergifteten Pfeilen. Ein Mann starb schon an einer geringen Wunde.

Die Sucht nach dem Golde trieb die Verblendeten trotzdem weiter. Eines Tages entdeckten sie auf einer Rodung ein verlassenes Dorf. Eisenherz überlegte, wo die Bewohner sein könnten, und suchte die Umgebung ab. Als er am Rande der Lichtung stand, glaubte er, hinter dem Blättergewirr des Urwaldes eine menschliche Gestalt zu sehen, und sprang vor. Das gab eine böse Überraschung. Statt auf einen Menschen stieß der Prinz im Halbdunkel des Waldes auf ein unheimliches Wesen, dessen Anblick ihm fast das Blut in den Adern stocken ließ.

Das Ungeheuer fleschte die Zähne und funkelte den Eindringling gereizt an. Sonst aber blieb das Tier zunächst ruhig, wie wenn es ihm gleichgültig sei, ob es den Gegner sofort oder erst später zermalme.

Nach dem ersten Schrecken überlegte der Prinz, welche Maßnahmen seiner Rettung dienen könnten. Diesem Koloß gegenüber lagen seine Aussichten auf ein Davonkommen weder im Angriff noch in der Flucht. So schien es ihm am besten zu sein, vorläufig einmal gar nichts zu unternehmen.

Voll aufgerichtet maß das Tier vielleicht nur sechs Fuß; dem Brustumfang nach, mußte es aber im Kampfe für vier oder fünf Wikinger gut sein. Die Arme hingen ihm wie Keulen von den Schultern, und das Haar sträubte sich in der Erregung.

Bei diesem Anblick erinnerte sich der Prinz, daß er als Kind daheim in Thule von Reisenden, die seines Vaters Hof besuchten, schon von ähnlichen Geschöpfen gehört hatte. Die Tiere selber waren zwar keinem zu Gesicht gekommen; die Leute hatten ihre Kunde auch nur von den Eingeborenen, die diese Wesen mehr fürchteten als den Löwen. Nun verstand Eisenherz, warum das Dorf verlassen war.

Während er solche Überlegungen anstellte, schlug sich das Tier auf die Brust, daß es wie Paukenwirbel durch den Urwald dröhnte. Gleichzeitig ging es langsam vor und zwang damit den Prinzen, sich ebenso langsam zurückzuziehen, bis diesem dann der Augenblick gekommen schien, die Freunde herbeizurufen.

Das Ungeheuer antwortete mit einem Knurren und griff an. Das *Singende Schwert* zuckte ihm zwar entgegen, aber die Wunde, die es schlug, machte das Tier nur noch wütender. Ehe Eisen-

herz die Klinge ein zweites Mal erheben konnte, hatte ihm der Walddämon den Schild entrissen und ins Dickicht geschleudert. Der nächste Griff galt dem Prinzen selber. Eisenherz versuchte auszuweichen. Doch da war es schon zu spät. Der Jüngling wurde hochgerissen und flog wie ein nasser Lappen dem Schilde nach in das Buschwerk.

In dieser Not erschienen die Wikinger auf dem Kampfplatz. Sie brüllten alle nach Kräften und schlugen die Waffen gegen ihre Schilder, so daß ein höllischer Lärm entstand. Das war des Prinzen Rettung. Das Untier ließ von ihm ab und trat in einem seltsam schwankenden Gang, bei dem es sich auf die Fäuste stützte, seinen neuen Feinden entgegen. Ein halbes Dutzend Speere traf zwar den massigen Körper, erzielte aber kaum mehr an sichtbarer Wirkung als etwa ein Nadelstich. Die Wikinger gingen aber unerschrocken zum Nahkampf über, indem sie das Tier mit Schlachtbeilen und Breitschwertern

anfielen. So artete der ohnedies schon grausame Kampf schließlich zu einem abscheulichen Gemetzel aus.

Die gequälte Kreatur brüllte vor Wut und Schmerz, aber ihre Gegner mußten auch Opfer bringen. Der Gorilla, denn ein solcher war es, zerriß einen Wikinger mit den Fäusten, ohne daß die danebenstehenden Kameraden zu einer Hilfe fähig gewesen wären. Dann schleuderte er den leblosen Körper zu Boden und trampelte auf ihm herum. Einem zweiten Krieger widerfuhr das gleiche Schicksal.

Dem Prinzen, der von dem schweren Fall betäubt gewesen war, kehrte das Bewußtsein allmählich wieder. Als er sah, in welcher Gefahr die Freunde alle schwebten, nahm er das neben ihm liegende Schwert und griff trotz seinen Schmerzen in den Kampf ein. Ein gut gezielter Stoß in das Herz des schon wankenden Riesen machte dem blutigen Treiben ein gnädiges Ende. Der Gorilla sackte langsam in sich zusammen und streckte seinen gewaltigen Leib mit einem letzten Zucken und Stöhnen.

Während die Wikinger den toten Gegner bestaunten, trat ein Eingeborener dazu und gab durch Zeichen zu erkennen, daß er der Häuptling des Dorfes sei. Er dankte für die Befreiung von dem Dämon. Im Lauf der schwierigen Unterhaltung wurde aber klar, daß der Gorilla nur einer von vielen war, die das Dorf bedrohten und die Felder plünderten.

Dem Prinzen fiel auf, daß der Häuptling goldene Armreifen trug. Er wies einige Goldkörner vor, die sofort erkannt wurden. Nach einem gestenreichen Hin und Her stellte sich heraus, daß die Schwarzen mehrere Fundstätten kannten. Das lange Palaver endete schließlich mit Boltars Angebot, die Gorillas zu vertreiben. Zum Lohn dafür sollten die Neger soviel Gold beschaffen, wie zwei Wikinger heben konnten. Als der Handel beschlossen war, baute Eisenherz einige Speerschleudern, die Armbrüsten glichen, aber mit einer besonderen Vorrichtung gespannt werden mußten. Diese Waffen, die sonst nur im Festungskampf verwendet wurden, schienen gegen die Gorillas gerade gut genug zu sein.

Die Schleudern wurden schußbereit gemacht und mit Kriegern besetzt. Noch am gleichen Tag, als die in diesen Breiten nur kurze Dämmerung einsetzte, erschienen die Affen am Rande der Lichtung, verhielten kurz und rückten dann gemächlich gegen die Felder vor.

Auf einen Ruf des Prinzen schwirrten die Speere fast gleichzeitig von den Sehnen. Mehrere Tiere brachen tödlich getroffen zusammen. Der Rest, der zum Teil verwundet und dadurch zur Raserei gereizt war, ging brüllend zum Angriff über. Es kam zu einem erbarmungslosen Schlachten zwischen Mensch und Tier, aber Eisenherz hielt mit seinen Männern wacker stand, bis die Affen ihren Angriff wie auf ein vereinbartes Zeichen hin aufgaben und einer nach dem anderen im nahen Walde verschwand.

Einige Neger berichteten später, sie hätten die Tiere beim Rückzug in ein weit abgelegenes und menschenleeres Gebiet beobachtet . . .

Am anderen Morgen stellte sich heraus, daß das vorhandene Gold nicht ausreichte, um eine volle Last für Boltar und seinen Helfer zu bilden. Der

Häuptling sandte deshalb ein Boot flußaufwärts, damit es herbeischaffe, was zum Gewicht noch fehlte.

Kaum war das Fahrzeug verschwunden, da bat Boltar den Prinzen, den Schwarzen zu folgen. „Wir müssen herausbringen, wo die Schätze liegen. Für die Neger bedeutet Gold nichts, für uns dagegen viel . . ., wir könnten sogar die Raubfahrt aufgeben!" — Eisenherz stimmte zu, doch ging es ihm nicht um das Gold, sondern nur um die Hoffnung, bei dem Ausflug noch einiges mehr von dem unbekannten Lande zu sehen.

Nach drei Tagen entdeckte Eisenherz das ans Ufer gezogene Kanu und stieg aus. Von da an rissen die Aufregungen nicht mehr ab. Ein gewaltiges Tier mit einem doppelten Horn auf der Nase überrannte die kleine Schar so unversehens, daß ein Wikinger verletzt wurde. Gegen Abend, da sie ihr Lager einrichten wollten, tauchte hinter einer Buschgruppe ein braunscheckiges Wesen auf, das sie in ihrer Einfalt für eine gehörnte Riesenschlange hielten. Es war zwar nur der Hals einer Giraffe, aber wer will es den Männern aus

dem Norden verdenken, daß sie sich eiligst aus dem Staube machten? In dieser Nacht war von Schlafen keine Rede mehr. Der größte Schrecken widerfuhr ihnen jedoch erst am Morgen. Die Männer waren eben dabei, an einem Wasserloch ihre Krüge zu füllen, als sie hinter sich ein rumpelndes Geräusch vernahmen, das sie zuerst für Donnergrollen hielten. Dann begann der Boden unter ihnen zu schwanken. Sie erstarrten in jener überwältigenden Furcht, die selbst den tapfersten Mann beim Ausbruch eines Erdbebens überfällt, denn an ein solches glaubten sie jetzt. Was anderes sollte auch den Boden so schrecklich bewegen?

Während die Wikinger noch am Wasserloch verharrten, hörten sie hinter sich das Geräusch schwerer Tritte. Vögel schwirrten auf, und in den Bäumen lärmten die Affen.

Eine Sekunde später erkannten die Männer endlich, was ihnen wirklich drohte, und das verschlug ihnen den Atem. Das Tier, das da turmhoch vor ihnen stand, mußte die Krone der Schöpfung sein, denn selbst die Walddämonen wirkten gegen diesen lebenden Berg nur wie winzige Zwerge. So unfaßbar war seine Größe, daß es dem Menschen vorkam, wie der Mensch selber vielleicht einem Wurm oder einer Mücke vorkommen mag. Die Beine standen säulengleich im Grunde und hatten den Umfang einer mittleren Eiche. Am Kopf trug der Gigant zwei flügelähnliche Ohren, und ein Paar gewaltige Stoßzähne, die an den Enden scharf wie Lanzenspitzen ausliefen. Was die Menschen aber am meisten schreckte, das war die schlangenförmige Nase, die zwischen den Stoßzähnen herab bis zum Boden hing. Mit diesem Organ umklammerte der Riese einen Baum, riß ihn samt den Wurzeln aus dem Boden, als ob er nur eine Rübe sei, und warf ihn den fassungslosen Kriegern vor die Füße. Danach reckte er die Nase steil aufwärts und stieß einen warnenden Laut aus, der den Menschen wie ein Trompetenstoß vorkam.

Sie rannten Hals über Kopf davon und dachten, daß jeder Augenblick ihr letzter sein könnte.

Boltar und sein Helfer hoben den mit Gold gefüllten Sack, und so war der Schatz gewonnen.

Nun gab es kein Halten mehr. Die Wikinger griffen nach ihren Waffen und stürzten Hals über Kopf davon. Dem Prinzen blieb nichts anderes übrig, als hinterherzulaufen. Da auch er kein einziges Mal zurückschaute, entging ihm aber ein Bild, das ihn sicher sehr beruhigt hätte. Der Elefant trat nämlich an die freigewordene Wasserstelle heran und brauste sich mit seinem Rüssel einen Strahl nach dem anderen ganz behaglich über den breiten Rücken.

Dieser friedliche Anblick wurde den Männern indessen nicht zuteil. Sie rannten bis zum Strom und gönnten sich erst eine Atempause, als das Boot schon weitab von dem gefährlichen Ufer zu Tal trieb.

Die Rückfahrt dauerte nur zwei Tage und verlief ohne weitere Zwischenfälle. Diese kurze Spanne genügte jedoch nicht, um die unheimliche Begegnung mit dem Elefanten vergessen zu machen. Als der Prinz und die Wikinger wieder an Land gingen, stießen sie alle einen Seufzer der Erleichterung aus, denn sie fühlten sich erst jetzt, in der Gemeinschaft mit ihren Stammesbrüdern, vor dem Schrecken der Wälder geborgen.

Boltar brummte ungnädig, weil sie ohne Ergebnis zurückgekommen waren. „Manchmal", so bedeutete ihm der Prinz aber kurz, „kostet das Gold eben mehr, als es wert ist." — Zu dieser Erklärung schnitt Boltar zwar ein saures Gesicht, doch verstand er, wie sie gemeint war, und schwieg. — Zwei Tage später kamen auch die Eingeborenen zurück. Boltar hatte für die Übernahme einen Ledersack und eine Bambusstange bereit gelegt. Sein stärkster Mann diente gemeinsam mit ihm als Waage. Der Negerhäuptling füllte den Sack zur Hälfte, der unersättliche Boltar forderte aber solange Zugaben, bis es ihm selber auch genug schien. Als die Vorbereitungen soweit gediehen waren, unterzogen sich die beiden Wikinger der Kraftprobe. Boltar brach sich fast das Genick dabei, und sein Gehilfe trug einen Schaden davon, der ihm fürs Leben blieb. Die Probe jedoch gelang.

Anderntags schafften sie den Schatz an Bord und traten dann unverzüglich die Heimfahrt an. Das Meer wurde mit Jubel begrüßt.

Tag für Tag mußten sie sich mit den Rudern plagen.

Diese gute Laune verging ihnen freilich bald, denn der Wind stand so ungünstig, daß sie fast immer rudern mußten. Ihre Lage wurde erst besser, als sie an der spanischen Nordküste nach langen Wochen in den Bereich südwestlicher Winde kamen, die sie rasch über den Golf von Biskaya hinweg und an der Küste Galliens entlang nach Norden trieben.

Im Ärmelkanal lief Boltar einen gallischen Hafenplatz an, der zu einer Burg gehörte. Als er seinen Bedarf eingekauft hatte, setzte er sich mit dem Prinzen in eine Schenke, um den bevorstehenden Abschied schon ein wenig

Ein höfisch gekleideter Mann bot dem Wiking eine prall gefüllte Börse an.

zu begießen. Dort trat ein höfisch gekleideter Mann zu ihnen, der für die Mitnahme eines Schreibens nach Britannien eine pralle Börse anbot. Boltar stimmte zu; kaum war der Höfling aber weg, da brach er das Siegel und sagte: „Ich mißtraue allem Geschriebenen. Da, lies vor!" — Eisenherz schaute kurz hin und sprang erregt auf. „König Arthur soll ein Lösegeld für meinen Freund Gawain bezahlen, der hier im Burgverließ gefangen sitzt. Gib mir mein Gold; ich werde Gawain auslösen!" Noch am gleichen Abend erhielt der Prinz seinen redlichen Anteil.

Als die Kerkertüre am anderen Morgen aufging und der etwas blasse Herr Gawain herausstolzierte, da gab es eine Wiedersehensfreude ohnegleichen. Der Ritter war seine Ketten los, und Eisenherz seinen sauer verdienten Schatz. Singend marschierten die beiden in die Freiheit hinein. Gawain hatte den Einfall, das Wiedersehen mit einem festlichen Mahl zu begehen, doch da stellte sich's heraus, daß keiner mehr genug besaß, um auch nur einen Becher Weines bezahlen zu können. „Schade", meinte Gawain, „aber vergnügt wollen wir trotzdem sein. Wir leben doch, oder nicht? Weißt du einen besseren Grund, um sich glücklich zu fühlen?" —

Der Prinz lächelte nur, so daß Gawain fortfahren konnte: „Eines mußt du dir merken, mein Junge! Ein Mann, der am Leben ist, kann heute in Lumpen und morgen schon in Seide herumlaufen. Und dann die Liebe! Ist es nicht ein altes Lied, daß der Jüngling mit den leeren Taschen immer die Prinzessin heimführt, wenn er nur ein wagendes Herz besitzt?"

Bei dieser Bemerkung lief ein Schatten über des Prinzen Gesicht, denn sie erinnerte ihn an die Begegnung mit Aleta. Gawain, dem es nicht entging, daß er irgend etwas Peinliches berührt hatte, wechselte den Gesprächsstoff. „Na", sagte er leichthin, „nun wollen wir sehen, wo dein Seeräuber steckt, damit wir endlich nach Camelot kommen!"

Mit dieser Heimkehr ging es indessen nicht so schnell. Boltar war schon weitergesegelt, denn es drängte ihn, sein Gold in der eigenen Heimat auszugeben, und zudem glaubte er auch, daß es den Rittern ein leichtes sein werde, ein Schiff für die Fahrt über den Ärmelkanal zu finden.

Nach einigem Herumfragen stellte sich heraus, daß der Hafen nur zufällig einmal von einem Schiff angelaufen wurde, das nach Britannien wollte. Das Warten darauf hätte lange dauern können.

„Macht nichts!" entschied da Gawain. „Mir ist eingefallen, daß wir uns nicht darum zu sorgen brauchen, was wir essen und wo wir schlafen werden, bis sich ein Schiff findet. Ich vergaß nämlich den Herrn Hubert."

„Herr Hubert? Wer ist denn das, Freund Gawain?"

„Ein hervorragender Ritter von hervorragender Großzügigkeit und entsprechendem Wohlstand. Das Dumme ist nur, daß sein Schloß vierzig Meilen von hier entfernt liegt, aber das schaffen wir noch." — Auch Eisenherz fand, daß der Umweg nützlich sei, und so brachen sie auf.

Herr Hubert war genau so, wie ihn Gawain geschildert hatte. Er liebte das angenehme Leben und freute sich über jeden, der ihm dabei Gesellschaft leistete. „Bleibt, solange es Euch gefällt", sagte er. „Herr Gawain, Ihr schaut blaß aus, wir werden dafür sorgen, daß die Farbe in Euer Gesicht zurückkehrt. Ihr aber, Prinz Eisenherz, scheint mir so traurig zu sein, wie ein Poet, dessen Verse nicht verstanden werden. Wir wollen sehen, daß sich einige Zuhörerinnen finden, vor denen Eure Kunst nicht brachliegen muß, dann wird die Trauer rasch verfliegen."

So vergingen einige Tage in schöner Harmonie. Bis dann eine Dame erschien, der die Verzweiflung im Gesicht stand. „Lady Anne von Gaifort!" rief Herr Hubert aus. „Ihr kommt gewiß mit schlechter Kunde!"

Die Lady erzählte eine seltsame Geschichte. „Mein Gatte ist seit Tagen verschwunden. Die Diener sprechen von Hexen und Dämonen, die nachts den Wald unsicher machen sollen . . . von unheimlichen Schreien und flakkernden Lichtern, aber helfen . . . helfen kann mir keiner."

Eisenherz und Gawain versprachen Hilfe. Am anderen Morgen begleiteten sie die Lady zurück zu deren Burg. Auf dem Weg sagte der Prinz: „Ich halte nicht eben viel von Hexen und Dämonen. Hatte der Herr Gemahl vielleicht

„Hier hat nur einer zu fragen, und das bin ich!"

Feinde, denen er im Wege stand?" — Die Lady überlegte. „Nur einen einzigen . . . Givric, den Grafschaftsrichter von Boisvert."

„Wenn die Freunde eines Mannes nicht wissen, wo er ist, dann wissen es häufig seine Feinde. Wir werden diesen Givric einmal besuchen", meinte Eisenherz. Gawain stimmte zu. So ließen sie die Lady auf Gaifort zurück und ritten zu dem nahegelegenen Besitz des Richters. Gawain pochte mit der Lanze gegen das Burgtor, das sich alsbald auftat. Unter dem Tor erschien ein Knecht. „Sage deinem Herrn", herrschte ihn Gawain an, „er möge sich herausbemühen, wir hätten ihn etwas zu fragen."

Eisenherz und Gawain brauchten nicht lange zu warten, bis Givric in vollem Harnisch durchs Tor ritt. Auf seiner Stirne standen alle Zeichen des Unmutes. „Welcher von euch hatte die Kühnheit, in solcher Weise nach mir, dem Richter in dieser Grafschaft, zu verlangen?"

„Ich bin so frei gewesen, den hohen Herrn rufen zu lassen, denn ich habe ihn etwas zu fragen", gab Gawain ungerührt zurück.

„Wenn in dieser Grafschaft jemand Fragen zu stellen hat, so bin ich das!" antwortete Givric scharf und stellte sich zum Zweikampf bereit.

Der erste Anprall fiel so wuchtig aus, daß beide Lanzen brachen. Die Gegner konnten sich aber im Sattel halten. Als sachverständiger Zuschauer erkannte der Prinz sofort, daß Givric ein ebenso starker wie ritterlich kämpfender Mann war, und das gab ihm zu denken.

Noch ehe es zum Schwertkampf kommen konnte, rief er deshalb: „Halt!" und trieb sein Pferd zwischen die Gegner. Diese schauten ihn wegen seines regelwidrigen Verhaltens erstaunt an, er aber erklärte: „Wir sind auf dem Wege, eine Dummheit zu machen. Wenn wir uns nämlich gegenseitig erschlagen, wird das Schicksal des Herrn Gaifort nicht aufgeklärt!"

„Robert Gaifort?" echote der Richter. „Wir waren einmal Freunde und sind eigentlich bloß wegen Weiberklatsch auseinandergekommen."

Eisenherz erzählte die Geschichte im Zusammenhang, doch Givric schüttelte nur den Kopf. „Ich kann über Roberts Verschwinden auch nichts sagen ... oder sollte vielleicht ... die Leute reden wieder über den Fluch von Blacktower ... Bitte folgt mir, ich muß das genauer erklären." Givric führte die Ritter auf seinen Turm und deutete auf ein zerfallenes Gemäuer in der Ferne. „Das ist, was von Blacktower geblieben ... ein verwunschener Ort, den die Menschen meiden. Vor zwanzig Jahren wurde die Burg das Opfer eines Brandstifters. Alle Bewohner kamen um ... bis auf die Herrin und ihre neugeborene Tochter. Man beschuldigte damals Roberts Vater, denn dieser und der Herr von Blacktower waren Todfeinde, doch kam es zu keinem Gericht. Die Herrin von Blacktower soll den alten Gaifort und dessen Nachfahren verflucht haben."

Neben anderen Einzelheiten erzählte Givric noch, daß erst kürzlich wieder gespenstische Schreie aus der Ruine gekommen seien. „Für mich", entschied da Gawain, „ist der Auftrag erledigt. Seit mich die Fee Morgana gefangen gehalten hat, habe ich von Geistern genug."

„Trotzdem werden wir uns die Ruine ansehen", sagte Eisenherz. „Das alles klingt mir zu phantastisch."

Der Prinz hatte einige Mühe, bis Gawain dazu bereit war. Da sie zum Essen noch bei Givric blieben, erreichten sie Blacktower erst gegen Abend. Die Knechte, die ihnen Lady Anne mitgegeben hatte, waren schon vorher zurückgeblieben. Ehe die Ritter in die Ruine eindrangen, holten sie tief Atem. Die unheimliche Stimmung im Hof wurde verstärkt durch die Fledermäuse, die lautlos zwischen dem Gemäuer flatterten.

Plötzlich durchbrach ein entsetzlicher Schrei die Stille. Während der Widerhall noch zwischen den Mauern hing, und die Ritter ihren eigenen Herzschlag zu hören glaubten, öffnete sich neben der morschen Haupttreppe eine Pforte, durch die überraschend die rötlichen Strahlen der untergehenden Sonne in den dämmerigen Hofraum fielen. Mitten im Lichtglanz stand eine schmale Gestalt, ein Mädchen, reglos und stumm. Vor dieser Erscheinung verschlug es den Rittern die Sprache.

Endlich durchbrach die Fremde das Schweigen und sagte: „Dank dem Himmel, der mir zwei Ritter gesandt hat. Ich brauche Hilfe, und Ihr kommt keinen Augenblick zu früh." Mit diesen Worten trat sie näher. „Ein hübsches Gesicht, aber traurig", dachte Eisenherz. „Sie muß schon viel gelitten haben in ihrem jungen Leben."

Unterdessen sprach das Mädchen weiter: „Wir sind gezwungen, an diesem fluchbeladenen Ort zu wohnen. Die nächtlichen Schreie haben meinen Bruder sterbenskrank gemacht. Hier kann er nicht länger bleiben, bitte helft mir, ihn wegzubringen."

Die Fremde führte die Ritter durch einen guterhaltenen Gang ins Innere der Burg. Eisenherz gewahrte, wie sie eine Türe hinter ihnen schloß. Auf seinen fragenden Blick hin erklärte sie: „Ich muß schließen, damit mein Bruder die Burg nicht allein verlassen und sich vielleicht etwas antun kann. Bitte wartet, ich komme gleich wieder." — Eisenherz sah dem Mädchen kopfschüttelnd nach . . . und machte plötzlich einen Satz nach vorn. Doch er kam zu spät. Die Fremde hatte auch die Türe vor ihnen schon verschlossen. Durch ein Gitterfenster in der Eichenfüllung sah der Prinz gerade noch, wie sie mit haßverzerrtem Gesicht eine Treppe hinaufstieg. Ein Versuch, sie durch Worte zurückzuhalten, wäre sinnlos gewesen. „Was bin ich für ein Narr gewesen", beschuldigte sich der Prinz. „Ich traute ihr nicht über den Weg, dachte jedoch, wir kämen auf diesem Wege zu Robert Gaifort, und nun sind wir selber eingesperrt."

„Ihr habt mich aber doch gefunden", wisperte es da aus dem Gitterloch einer anderen Tür, die auf den gleichen Gang mündete. Ein Mann preßte sein Gesicht gegen die Stäbe. „Ich bin Robert Gaifort! Das Mädchen hat mich genauso getäuscht. Ihr Vater war Dieman, der Lord von Blacktower und

ein Feind meines eigenen Vaters; er starb vor zwanzig Jahren, als diese Burg in Flammen aufging. Man verdächtigte damals meinen Vater. Die Mutter des Mädchens soll sogar einen Fluch über ihn ausgesprochen haben. Nun ist die Unselige von dem Gedanken besessen, daß sie den Fluch vollenden müsse, indem sie mich verbrennen lasse.

In der Nacht hörten sie Schritte. Die Freunde spähten hinaus, und sahen im Scheine einer Fackel, wie eine scheußliche Hexe mit einem Reisigbündel die Staffel herunterkam. Sie warf die Last kichernd in eine Ecke, wo schon ein ganzer Haufen trockenen Holzes lag, und ging wieder.

„Soll wohl ein Feuerchen geben", meinte Gawain schauernd, denn es war nicht nach seinem Geschmack, hier unten geröstet zu werden. „Hast du übrigens gesehen, daß die Alte Schlüssel bei sich trägt?" Eisenherz nickte. Als die Hexe mit einer neuen Last wiederkam, lockte er sie ans Gitter und griff zu. Ein Dolch zuckte über seinen Arm, doch da hielt er in der rechten Hand schon den Schlüssel und in der linken eine Maske, unter der das Gesicht der Diemanstochter gesteckt hatte. „Den Schlüssel hast du", zischte sie, „aber öffnen kannst du von innen nicht."

Eisenherz versuchte, den Schlüssel von außen her ins Loch zu schieben.

Sie brach in ein irres Lachen aus. „Hihi, ich bin die Tochter der Blacktowers, die Rächerin ihres Geschlechtes. Höre nun, Robert Gaifort, den meine Mutter verflucht hat, du wirst noch heute Nacht im Feuer sterben. Die anderen aber, die den Fluch unseres Hauses aufhalten wollten, sollen dich auf deinem Wege begleiten. Ich gehe jetzt Feuer holen."

Eisenherz benützte die Gnadenfrist und versuchte, den an einem Halstuch befestigten Schlüssel von außen her ins Schloß zu schieben. Der Versuch gelang nach langem Mühen, aber wie nun weiter? Der Prinz mochte sich drehen und wenden, wie er wollte, sein Arm reichte nicht hinunter.

In dieser Not fiel ihm das *Singende Schwert* ein. Er steckte die Spitze in den Ring des Schlüssels und plagte sich so lange, bis das Schloß aufsprang, und der Weg frei war.

Eisenherz versuchte, auch Gaifort zu befreien, aber zu dessen Zelle paßte kein Schlüssel. Bei seinem Bemühen beobachtete ihn Diemans Tochter. Sie stand mit einer Fackel und einem Ölkrug oben an der Treppe. Nun warf sie beides auf den Reisighaufen, der sofort zu brennen anfing. Auch oben hatte sie schon ein Feuer vorbereitet. Als es entzündet war, sprang sie mit gellen Schreien die Turmtreppe hinauf und schleuderte von dort Steinbrocken in die Tiefe, wo es immer ungemütlicher wurde.

Robert Gaifort flehte seine Helfer an, ihn zu verlassen. „Rettet Euch, tapfere Ritter! Es ist nicht nötig, daß wir alle drei umkommen!"

Die Freunde ließen sich durch diese Worte nicht beirren. Auf der Suche nach einem geeigneten Werkzeug fanden sie einen Eichenbalken, der ihnen als Rammbock dienen konnte. Sie stießen ihn mit der Kraft der Verzweiflung so lange gegen das Zellenschloß, bis die Türe aufsprang.

Als das Feuer brannte, sprang sie die Treppe hinauf und warf schwere Steinbrocken in die lodernde Tiefe.

Da eine Flucht nach oben nicht mehr möglich war, benützten sie den Rammbock auch gegen die Türe, durch die sie die Burg betreten hatten, und erreichten so den Hof. Ein Schrei ließ sie aufblicken. Auf der Plattform des brennenden Turmes tanzte die irre Tochter der Blacktowers einen gespenstischen Totentanz. Menschen konnten da nicht mehr helfen.

Die Tochter der Blacktowers tanzte einen gespenstischen Totentanz mit den Flammen.

Der brennende Turm stürzte zusammen und begrub das Mädchen unter seinen Trümmern.

Gegen Morgen traten die Geretteten die Heimkehr an, wobei sie schon nach einem kurzen Wegstück dem Herrn Givric begegneten, den der Feuerschein herbeigelockt hatte. Wenngleich sich dieser dem früheren Freunde gegenüber zurückhaltend verhielt, so bestand er doch darauf, den Hilflosen zu dessen Burg zu begleiten, die er schon seit Jahren gemieden hatte, obwohl

er heute selber nicht mehr recht wußte, was damals eigentlich die Ursache des Streites gewesen war. Lady Anne und Robert Gaifort sanken sich in die Arme und schämten sich auch vor den Fremden ihrer Freudentränen nicht. Givric wollte bei dieser Gelegenheit unauffällig das Haus verlassen, in dem er bisher als Feind gegolten hatte, aber das Ehepaar wurde das gewahr und hielt ihn zurück.

Als Eisenherz und Gawain nach einigen Stunden weiterritten, empfanden sie das erhebende Gefühl, ihre Aufgabe mit doppeltem Erfolg gelöst zu haben. Einer Frau war der Gatte wiedergegeben, und diesem ein alter Freund, den er schon für immer verloren geglaubt hatte.

Nach diesem Zwischenspiel dachten die Gefährten wieder an die Heimkehr. Sie ritten an die Küste, um Hafen für Hafen nach einem geeigneten Schiff abzusuchen. Das war zunächst vergeblich. Eines Tages näherten sie sich dann einem Städtchen, das von weitem recht friedlich aussah. Dieser Eindruck blieb jedoch nicht lange erhalten, denn in den Gassen war eine Rauferei im Gange, die schon in blutige Händel auszuarten drohte.

„Irgendwie kommt mir doch genau die Hälfte dieser Raufbolde bekannt vor.“

Eine gewaltige Stimme rief: „Eisenherz, mein Wickelkind, wie kommst denn du in diese ungesunde Gegend?“

„Das hab' ich gerne!“ rief Gawain, der beim Raufen keine Zurückhaltung kannte, und griff zur Lanze.

„Irgendwie“, lächelte der Prinz verschmitzt, als sie sich dem Knäuel näherten, „irgendwie kommt mir die Hälfte dieser Burschen bekannt vor. Wo mag ich sie nur schon gesehen haben? Dreimal darfst du raten, Gawain.“ Die Lösung des Rätsels wurde dem Ritter erspart, denn schon drängte sich ein Haufen bronzefarbiger Wikinger um die Pferde, und der gewaltigste unter ihnen rief: „Eisenherz, mein Wickelkind, wie kommst denn du in diese ungesunde Gegend?“

Der Prinz gab im gleichen Ton zurück: „Du ehrenwerter Kaufmann und Erzpirat, ich dachte, sie hätten dich längst aufgehängt, aber der Lärm verriet mir schon von weitem, daß dem eben doch nicht so sein kann.“

Als die Städter sahen, daß die streitsüchtigen Seefahrer eine harmlose Beschäftigung gefunden hatten, steckten sie die Waffen weg und beobachteten die weitere Entwicklung, die ihnen, da sie den Zusammenhang nicht kannten, ziemlich seltsam vorkam.

Der Wiking riß den Jüngling vom Pferd und drückte ihn so stürmisch an sich, daß selbst eine Säule aus Granit hätte bersten können. Dann verlangte er zu wissen, woher der Milchbart komme und wie es ihm gehe. Der Prinz erzählte kurz von seinem Abenteuer und sagte dann: „Wenn du hier fertig bist, werden Herr Gawain und ich einem ehrbaren Seeräuber nicht nein sagen für den Fall, daß er sie zu einer Reise über den Kanal einladen sollte. Wie denkst du darüber, alter Knabe?“

Boltar lachte schallend zu dieser wohlgesetzten Rede und erwarb bei den Kaufleuten, was er zur Weiterfahrt brauchte, so ehrbar, daß man sich beim Abschied auf das freundlichste zuwinken konnte.

Die Ritter wurden schon einige Stunden später, nach einem letzten Umtrunk, bei den Klippen von Dover mit ihren Pferden an Land gesetzt, und von da aus waren es bis Camelot nur noch drei Tagesritte.

Auf den letzten hundert Metern gaben die Freunde ihren Pferden die Sporen und galoppierten durch das Merlinstor in den Burghof hinein, wo sie jubelnd empfangen wurden. Drei Jahre lang war Eisenherz fortgewesen, und so mancher hatte ihn schon verloren geglaubt. Nun wurde er von König Arthur feierlich empfangen. Als sich der Heimgekehrte mit den vorgeschriebenen Worten zurückgemeldet hatte, stand der König auf und sprach: „Die Ruhe auf Camelot ist nun dahin. Man entferne alles Zerbrechliche, denn unser Wirbelwind ist wieder da!“ Nach diesen Worten umarmte er den Jüngling, wie ein Vater den wiedergefundenen Sohn.

Am Abend versammelten sich die Ritter der Tafelrunde zu einem großen Fest, bei dem der König eine ernste Nachricht bekanntgab. „Die Sachsen haben sich mit den Pikten verbündet und bedrohen unsere nördliche Grenze. Ich fürchte, daß wir bald wieder zu Felde ziehen müssen.“

Die Streitmacht des Königs begann sich schon am anderen Tag auf die drohende Auseinandersetzung vorzubereiten. Vom Morgen bis zum Abend hallten die Höfe und das Vorfeld der Burg vom Waffenlärm wider. Die Übungen wurden so ernst genommen, daß einige der Männer schwerere Wunden davontrugen, die sie für Wochen aufs Lager warfen. Als es dem König genug schien, ließ er die Übungen beenden und rief nach dem Prinzen. „Auf Euch wartet ein Auftrag, Freund Eisenherz. Vor vielen Jahren haben die Römer einen Schutzwall durch unsere nördlichen Marschländer gezogen, der von Küste zu Küste lief und zur Abwehr der kriegerischen Pikten diente. Eure Aufgabe ist es nun, festzustellen, ob der Wall noch so erhalten ist, daß wir ihn erneut für die Verteidigung einrichten können. Wählt aber einen zweiten Ritter als Begleiter aus, damit wenigstens einer mit einer Nachricht zurückkommen kann, wenn dem anderen ein Unglück widerfahren sollte.“ — Ohne viel zu überlegen, nannte Eisenherz den Namen des unternehmungslustigen Herrn Gawain.

Merkwürdigerweise schien dieser nicht entzückt zu sein; unterwegs wurde er immer stiller. Der späte Herbst zeigte sein unfreundlichstes Gesicht. Es war kalt und stürmisch und regnete noch mehr als sonst um diese Zeit. Bald mischte sich in das Rieseln auch der erste Schnee. Die Ritter wurden überhaupt nicht mehr trocken, und so kam die Stunde, da Herr Gawain, in dem schon lange eine Krankheit stecken mochte, nicht mehr konnte. „Was soll denn dieser alte Wall?“ nörgelte er in seinem Fieber. „Man weiß doch, daß er nur noch ein Trümmerhaufen ist, wo sich Fuchs und Hase Gutenacht sagen. Ich aber sehne mich nach einem Bett.“

Der Prinz mußte den Freund im Haus eines Landedelmannes zurücklassen. Sorgenvollen Herzens zog er mit seinem Knappen Beric weiter; er ritt aber langsam, denn er hoffte, daß Gawain bald nachkommen werde.

Der Weg nach Schottland war nicht zu verfehlen. Eisenherz brauchte nur der Römerstraße zu folgen, die jahrhundertelang dem Wetter getrotzt hatte und noch gut erhalten war. Gelegentlich, aber immer seltener, begegnete er einem Hirten, der seine Schafe weidete. Auch Dörfer durchritt er noch zuweilen, doch bestanden diese nur aus armseligen Strohhütten, deren Bewohner jedesmal zusammenliefen und den Ritter wie ein Wunder bestaunten. Dabei fiel es dem Prinzen auf, daß die Gesichter immer feindseliger wurden, je weiter er nach Norden kam; er war überzeugt, daß er das Ausbleiben eines unmittelbaren Angriffs nur seinen Waffen und seinem zuversichtlichen Auftreten zu verdanken habe.

Eisenherz kam an einen breiten Graben, der über Berg und Tal verlief, soweit das Auge reichte. Er vermutete, daß diese Anlage schon zum Wall gehöre, den er dann auch bald darauf vor sich liegen sah.

Dieser erste Anblick, der ihm von der Kuppe eines Hügels aus zuteil wurde, war so umfassend, daß er sich darüber wunderte, wie ein selbst auf höchster Macht stehendes Rom ein solches Werk vollenden konnte. Von Meile zu Meile war dem Wall ein Kastell angeschlossen, und zwischen benachbarten Festungen standen jeweils noch zwei Signaltürme. Mit einer solchen Nachrichtenkette mußte es möglich sein, eine Botschaft durch Zeichen in wenigen Stunden über Entfernungen weiterzutragen, für die ein schneller Reiter vielleicht ebenso viele Tage gebraucht hätte.

Die Gefährten richteten sich in einem verlassenen Festungswerk für die Nacht ein. Unterwegs hatten sie zwei Hasen erlegt, und eine Herdstelle war auch da. Bald begann es angenehm zu pruzeln und zu duften.

In dieser Nacht, die so gemütlich anfing, widerfuhr dem Prinzen eine wundersame Begegnung. Er gehörte nicht zu jenen Leuten, die alles gleich glauben, was ihre Augen zu sehen vermeinen, sondern schaute lieber zweimal hin, wenn ihm etwas ungereimt vorkam. In diesem Fall brachte ihn aber alles Mißtrauen gegenüber dem äußeren Schein nicht weiter; er mußte schließlich doch seinen Augen trauen, und diese sahen einen Besucher aus der Zeit, da die Römer noch den Wall besetzt hielten.

Das Ganze begab sich so. Als Eisenherz und sein Knappe ihr Mahl beendet hatten, fegten sie die Asche vom Herd und ließen sich auf den warmen Steinplatten nieder. Auf dem Lehmboden hatten sie ein anderes Feuer entfacht, das Licht und Wärme für die Nacht geben sollte. Das alles war so behaglich, daß es zu einem erholsamen Schlaf geradezu einlud.

Trotzdem konnte der Prinz kein Auge zutun. Ruhelos verfolgte er das Spiel der Schatten, die aus den Winkeln sprangen und wieder zurückhuschten, so wie es ihnen die tanzende Flamme befahl. Sprunghaft wie die Schatten, so waren auch des Prinzen Gedanken. Er dachte an Aleta, deren Antlitz ihn verfolgte, und an Gawain, um den er sich sorgte.

In dieser Stimmung geschah es dann. Als Eisenherz nicht mehr daran zweifeln konnte, daß der im Flackerlicht stehende Besucher ein Mensch aus Fleisch und Blut war, weckte er seinen Knappen und sprach: „Schau, ein Legionär! Kannst du mir das erklären? Seit einem halben Jahrhundert steht doch kein Römer mehr auf britischem Boden!“

Julian erzählte ihnen seine erstaunliche Geschichte.

Sein Vater hatte eine schwere Wunde davongetragen

. . . und blieb beim Abzug zurück.

Jahrelang hielt er die Wache und übergab sie vor seinem Tode an den einzigen Sohn.

Schließlich tat der Fremde den Mund auf und berichtete über einen erstaunlichen Fall von Pflichterfüllung. „Im Jahre 412 zogen sich die Römer aus Britannien zurück. Julian, der Führer einer Hundertschaft, hatte kurz zuvor eine tödlich scheinende Wunde davongetragen, so daß er nicht mit heimkehren konnte. Beim Abschied sagte sein Vorgesetzter noch im bitteren Scherz: Lebe wohl, Julian, und hüte uns den Wall, bis wir uns in besseren Zeiten wiedersehen! — Julian starb jedoch nicht. Getreu der empfangenen Weisung hielt er die Wache, bis er die heilige Pflicht kurz vor seinem Tode an seinen Sohn übertrug, und der bin ich, ein anderer Julian zwar, aber immer noch der Wächter dieses Walles. „Als Julian der Jüngere erfuhr, daß König Arthur den Wall wiederherstellen und verteidigen wolle, lächelte er. „Mein

Vater und ich haben durch zwei Menschenalter hindurch gehorcht, aber nun ist unsere Pflicht hier getan!“

Am anderen Tage machte sich der Prinz mit seinem Knappen schon in aller Frühe auf den Weg, um den Wall in seiner ganzen Länge abzureiten. Der Römer begleitete sie, und Eisenherz erkannte rasch, wie wertvoll dieser Helfer war. Wenn sie Pikten begegneten oder gar durch deren Dörfer ritten, traten die Leute vor Julian voller Scheu zur Seite, und niemand dachte an eine feindselige Handlung.

Dank dem Einfluß, den der Römer auf die Pikten ausübte, konnte der Prinz die Nordgrenze Britanniens vom Tyne-Fluß bis zur Solwaybucht gefahrlos kennenlernen. Danach schickte Eisenherz seinen Knappen mit einem ausführlichen Bericht nach Camelot zurück. Er selber stellte sich eine neue Aufgabe, bei der ihm niemand helfen konnte. Entgegen dem Rat des Römers machte er sich daran, das nördlich vom Wall gelegene Gebiet auf eigene Faust zu erkunden. Seine einzige Vorsichtsmaßregel war, daß er sich dabei nach der Art der Eingeborenen kleidete und bewaffnete.

Beim Erkunden des Walles war der Römer dabei.

Irgendwo in den Bergen Schottlands, so hoffte der Prinz, werde er die Sachsen schon finden. Vielleicht war auch von den Pikten noch einiges über ihre unnatürlichen Verbündeten zu erfahren.

Einige Tage lang schien alles gut zu gehen, denn der Prinz wurde nicht belästigt. In Wirklichkeit war er jedoch schon in Gefahr. Ganz heimlich folgten ihm nämlich etwa zwanzig Pikten, die nur darauf warteten, den Einzelgänger im Innern ihres Landes mühelos überwältigen zu können.

Schließlich kam die Gelegenheit zu einem Hinterhalt. Eisenherz war gerade dabei, eine vom Nebeldunst verhangene Bergflanke zu ersteigen, da erhoben sich die lauernden Feinde ringsum aus dem Heidekraut und fielen ihn an. Der erste, der ein Schlachtbeil trug, wurde noch vom kraftvoll geschleuderten Speer getroffen, aber um das Breitschwert zu ziehen, blieb dem Prinzen keine Zeit mehr. Die Männer rissen ihn mit den Fäusten zu Boden und schleppten ihn später gefesselt davon.

Der Weg führte über das Hochland ans Meer. Eisenherz begriff, wohin er gebracht werden sollte, und knirschte befriedigt mit den Zähnen. Immerhin würde er jetzt erfahren, wo die Sachsen standen. Und da waren sie auch schon, rings um eine Bucht gelagert, in der ihre Flotte ankerte.

Man zerrte den Prinzen vor seinen alten Feind Horsa, den unbezähmbaren Seeräuber, der ihn zuerst nicht wiederzuerkennen schien. „Warum machst du dir so viel Mühe mit einem einfachen Bauern?“ fragte der Prinz harmlos, aber Horsa hatte seine eigene Meinung. „Kann der Adler als Krähe gehen?“ höhnte er. „Du bist einer von Arthurs Rittern und wirst mir erzählen, was du in diesem Lande zu suchen hast.“ Als Eisenherz zu dieser und den folgenden Fragen beharrlich schwieg, meinte Horsa böse, man werde dem Spion schon noch die Zunge lösen, und befahl seinen Leuten, ihn auf die Folter zu spannen.

Der Prinz wurde
entwaffnet
und gefesselt.

Alles Zähneknirschen
half ihm nichts.

Das war keine leichte Aufgabe und bedurfte mehrerer Männer, denn der Gefesselte schlug um sich wie ein wilder Hengst. In diesem Falle nützte ihm aber alles Wehren nichts; am Ende wurde er eben doch ans Foltergerüst gebunden, wo ihn der ergrimmte Horsa zum letzten Mal aufforderte, zu bekennen, daß er nur zum Spionieren gekommen sei. Da der Prinz auch dieser Aufforderung nur offenen Hohn entgegensetzte, erreichte Horsas Zorn seinen Höhepunkt. „Wie du willst", sagte er schließlich und gab seinem Foltermeister das Zeichen zum Beginn des grausamen Geschehens.

Während der Prinz nun einer gnadenlosen Tortur ausgesetzt wurde, neigte sich das Zünglein an der Waage seines Schicksals, ohne daß er selber etwas davon ahnte, schon wieder zu seinen Gunsten. Die gesunde Natur des Herrn Gawain hatte das Fieber nämlich schneller überwunden, als angenommen werden durfte. Als sein Kopf wieder klar war und die Kräfte zurückkehrten, hielt es ihn keinen Augenblick länger auf dem Krankenlager, mochte sein freundlicher Gastgeber auch noch so sehr in ihn dringen. Diesem Umstand verdankte Eisenherz sein Leben.

Auf seinem Ritt nach Norden, für den auch er die Römerstraße benützte, hatte Gawain den Knappen getroffen, der auf dem Weg nach Camelot war und erzählen konnte, wo etwa der Prinz zu finden sei.

So gelangte der Ritter ohne große Umschweife zu Julian, der zwar nichts ganz Genaues wußte, aber von den Pikten doch schon eine Andeutung erhalten hatte, nach der Eisenherz in die Hände der Sachsen gefallen war und an deren Landungsbucht gebracht werden sollte.

Gawain erkannte sofort, in welcher Gefahr sein Freund schwebte, und verhielt sich deshalb auf seiner Weiterreise weit bedächtiger, als es sonst seine Art war. Dank dieser Vorsicht erreichte er das Lager der Sachsen unangefochten und wurde so von einem Versteck aus noch Zeuge, wie sein Freund die Qualen der Folter erleiden mußte. Dieser Anblick bereitete ihm kaum weniger Schmerzen als dem Gemarterten selbst.

Nachdem sich die einfacheren Arten der Folterung als unwirksam erwiesen hatten, begannen die Knechte, spitze Eisenstäbe zu glühen.

Der Posten sah nicht auf das Wasser hinaus.

Gawain mußte das alles mitansehen, ohne mehr tun zu können, als zu beten, daß der Freund wenigstens die bald einbrechende Nacht ohne größeren Schaden erleben möge.

Dieses Gebet wurde erhört. Als es zu dämmern anfing, befahl Horsa, die Marter zu beenden, damit auch für den anderen Tag noch ein Rest des Vergnügens bleibe. Herr Gawain beobachtete, wie der ohnmächtige Prinz in eine Dekke gelegt und von vier Normannen an den Strand getragen wurde. Um ganz sicherzugehen, wagte er aber immer noch nicht zu folgen, zumal die größte Gefahr fürs erste ohnedies gebannt war. Er wartete also bis zur vollen Dunkelheit und begann dann erst sein Rettungswerk.

Der kürzeste Weg wäre zu unsicher gewesen. Gawain watete deshalb in das eisige Wasser der Bucht hinein und näherte sich dem Strand in einem weiten Bogen von der See her. Zuletzt zeigte ihm ein Stöhnen den Weg. Als der Ritter, nur mit einem Dolch bewaffnet, ans Ufer kroch, stand da ein einzelner Posten, der landwärts schaute und das Wasser zu seinem eigenen Verhängnis unbeobachtet ließ. Der Rückzug gelang auf dem gleichen Weg.

Die Heimreise war voller Schmerzen und Gefahren.

Als die Hörner erklangen, gab Gawain dem Roß die Sporen.
Die Pikten folgten wie ein Rudel von Wölfen.

Der Ritt in die Freiheit war auf einem Pferd, das die doppelte Last zu tragen hatte, voller Qualen. Der aus seiner Ohnmacht erwachte Prinz begriff zwar, daß ihm Gawain die weitere Marter erspart hatte, aber er brannte im Fieber und war ganz schwach; Leben und Sterben bedeutete ihm nichts mehr. Jeder Schritt des Pferdes bereitete ihm so höllische Schmerzen, daß er häufig in eine gnädige Ohnmacht versank.

In dieser Lage wurden die Freunde zudem noch von den Pikten bedrängt. Nachdem die Flucht bekannt geworden war, hatten sie ihren Verbündeten versprochen, den Entsprungenen wieder einzufangen. Nun waren sie Tag und Nacht unterwegs und stöberten die dem Römerwall zustrebenden Ritter auch bald auf. Als Gawain ihre Hornsignale hörte, und von den Hügeln in der Nachbarschaft gleich das Echo darauf kam, da gab er dem müden Roß die Sporen, doch konnte er die Verfolger nicht abschütteln, die Stunde um Stunde an ihm blieben, rastlos wie ein Rudel hungriger Wölfe.

Endlich tauchte vor den Gejagten der Hadrianswall auf. Auch Gawain wußte schon, welch magischen Einfluß der unsterblich scheinende Wächter auf die Eingeborenen ausübte, und versuchte mit einer letzten Anstrengung, das Tor des von Julian und dessen Familie bewohnten Kastelles zu gewinnen. Er schrie, was er konnte, erhielt zur Antwort aber nur das Geheul der Pikten, die ihm jetzt schon dicht auf den Fersen waren. Gawain setzte den Freund hinter sich und zog das Schwert. Ehe es jedoch zum Kampfe kam, sprang das Tor auf. Der Römer trat heraus, stolz und gebieterisch, als ob er selber noch einer der alten Cäsaren sei. Vor diesem Anblick wichen die Pikten zurück und murmelten: „Der Unsterbliche steht ihnen bei." Sie unternahmen auch nichts, als der Prinz ins Innere des Hauses getragen und ihnen selber die Türe vor der Nase zugeschlagen wurde, sondern zogen sich unverrichteter Dinge zurück.

Drinnen wurden die Wunden des Prinzen sorgfältig verbunden. Eine große Wohltat war das römische Dampfbad, in dem er stundenlang lag und gepflegt wurde. Nach Wochen, als sich der Frühling schon zu regen begann, versuchte der Genesende, auf die Beine zu stehen, und siehe da, es ging. Durch fleißiges Üben besserte sich sein Zustand wenigstens so weit, daß an die Heimkehr gedacht werden konnte. Er nahm Abschied von Julian und dessen Familie, die ihn so liebevoll betreut hatte. Die Freunde mußten noch viele Meilen zurücklegen, bis sie Camelot erreichten. Als König Arthur erfuhr, was geschehen war, da kannte sein ehrlicher Zorn keine Grenzen. Er versammelte seine Krieger, zeigte ihnen den narbenbedeckten Körper und rief: „Das wird uns Horsa

büßen!“ — Da zum Feldzug schon alles gerüstet war, konnte das Heer nach wenigen Tagen aufbrechen.

Morgan Todd pflegte den Prinzen gesund.

Eisenherz, bei dem von einer völligen Heilung noch keine Rede sein konnte, blieb unter der Obhut von Morgan Todd, dem Leibarzt des Königs, auf Camelot zurück. Keiner in Britannien verstand sich so wie dieser auf die Kunst des Heilens, und kaum eines seiner Rezepte beruhte nur auf überliefertem Aberglauben. Der Prinz war also in den besten Händen.

Morgan Todd blieb nicht des Prinzen einziger Arzt. Da die meisten Ritter fort waren, gab es in der Burg genug Frauen und Töchter, die ihm mehr Pflege angedeihen ließen, als er brauchte. Morgan Todd war jedoch zu erfahren, um nicht zu wissen, daß ein frohes Wort und eine liebevolle Fürsorge oft mehr zu einer Heilung beitragen können als alle Pflaster und Salben. So kam denn bald der Tag, da der Arzt seinen ungeduldigen Patienten für gesund erklären konnte. Eisenherz bedankte sich und meinte, daß das schon lange auch sein eigener Eindruck sei. Gleich darauf nahm er Beric auf den Hof hinaus und begann, sich die steifgewordenen Gelenke mit Waffenspielen zu lockern. Am Abend konnte er schon wieder die zweischneidige Streitaxt schwingen.

Wenige Tage später ging der Prinz einen Schritt weiter und trug mit Beric einige Zweikämpfe aus. Sie benutzten dabei zwar schützende Polster und stumpfe Waffen, doch die Übungen waren auch so noch hart genug.

„Schluß für heute“, sagte der Prinz nach einem Schwertkampf. „Ich habe allerdings den Eindruck, daß du dich zurückhältst. Glaubst du denn, ich bedürfe noch der Schonung?“

„Wenn meine Gegner alle so stark wären wie Ihr, müßte mir der Himmel beistehen“, erwiderte der Knecht und rieb sich den Schädel.

Diese Antwort befriedigte den Prinzen, der nun keinen Grund mehr sah, noch länger in Camelot zu bleiben, solange die anderen im Felde standen. Er befahl, die Pferde zu satteln, und trabte schon eine Stunde später unter fröhlichem Winken durchs Merlinstor hinaus.

Bei den zurückgebliebenen Ritterstöchtern gab es in den folgenden Tagen noch manche heimliche Träne, aber davon ahnte der Prinz nichts. Er ritt beharrlich nach Norden, ohne sich eine Pause zu gönnen, und benützte oft sogar einen Teil der Nacht, um nur recht schnell voranzukommen.

Diese Eile hatte ihren guten Grund. Der Prinz erinnerte sich fast allzudeutlich der schändlichen Qualen, die ihm die Feinde bereitet hatten, und brannte auf Vergeltung. Als er die eigenen Streitkräfte erreichte, standen diese noch hinter einer Bresche des Römerwalles versammelt.

Auf der anderen Seite des Gemäuers warteten im Schutze einer schnell aufgeworfenen Schanze die Männer Horsas und die mit ihnen verbündeten Pikten. Sonst aber war von einem Kriege nichts zu bemerken.

Eine ganze Woche lang standen sich die Heere schon so gegenüber, die Entfernung betrug nur wenig mehr als einen Pfeilschuß, aber die Gegner wagten in dieser ungeklärten Lage nicht anzugreifen. Die Streitmacht des Königs war für einen frontalen Angriff etwas zu klein, und ein Mißlingen hätte dem Feinde vielleicht den Weg nach Britannien geöffnet. Anderseits wußte Horsa nicht, welche Kräfte Arthur noch hinter der sichtbaren Front bereithielt. Er wartete deshalb wie eine zum Sprung geduckte Wildkatze ab, was der Gegner unternehmen werde.

Aus diesem untätigen Verharren erhob sich Thundar, der Gewaltigste einer unter den Sachsen, stieg auf die Brüstung und schmähte herüber: „Ihr seid ängstliche Schafe! Ist denn kein Hammel unter Euch, der sich nach einem munteren Zweikampf sehnt? Schickt ihn her, damit ich ihn die Schärfe meiner Axt kosten lassen kann!“

Die Herausforderung wurde just in dem Augenblick ausgesprochen, da Eisenherz müde vom Pferde glitt. Die Stimme Thundars machte ihn sofort munter. „Du aufgeblasener Windbeutel“, rief er zornig zurück. „Ich werde dir zeigen, wie man mit deinesgleichen umspringt.“ Dies gesagt, ging er hinüber und vergaß in seinem Eifer sogar, den Helm mitzunehmen.

„Zurück, Prinz Eisenherz!“ rief König Arthur ihm nach. „Ich verbiete Euch, diesen Kampf anzunehmen. Ihr gehört doch noch aufs Krankenlager!“

Die gegnerischen Heere
standen sich
untätig gegenüber.

Thundar rief: „Ist denn
keiner unter euch,
der kämpfen will?“

Das Singende Schwert fuhr zischend aus der Scheide.

Thundar führte das Schlachtbeil so leicht wie ein Schwert.

Eisenherz durchschlug den Axtstiel mit einem einzigen Streich.

Zur Fortsetzung des Kampfes wurde Thundar ein neues Beil zugeworfen.

An diesem Tag schien der Prinz jedoch taub zu sein. Das *Singende Schwert* flog aus der Scheide, und der Zweikampf begann. Thundar war ein starker Kämpfer, dazu auch noch gewandt und trickreich, was Eisenherz sofort erkannte. Der Sachse führte das Kriegsbeil so beweglich wie ein anderer das Schwert. Nach den ersten prüfenden Streichen hatten sich die Gegner abgeschätzt.

Thundar beherrschte eine Finte, die bis jetzt noch jedem Gegner zum Verhängnis geworden war. Hinter der Schanze drüben stand Horsa, der den Trick natürlich kannte und deshalb den Ausgang zufrieden lächelnd abwarten konnte. Anders König Arthur, in dessen Gesicht die Sorge stand.

Der Sachse hob die Axt, als wolle er zu einem von obenher geführten Hieb ausholen. Hätte der Prinz jetzt zur Deckung den Schild hochgerissen, so wäre die Waffe im kreisenden Schwung von unten gekommen. Eisenherz witterte aber die Finte und machte keine

Abwehrbewegung. Statt dessen zuckte sein Schwert nach oben und schnitt den Axtstiel wie eine Gerte in der Mitte durch. Der Sachse schaute ziemlich dumm drein, bis ihm seine Gesellen eine andere Axt zuwarfen, und der Kampf erneut beginnen konnte.

In seinem Ärger ließ sich Thundar verleiten, den Trick ein zweites Mal zu versuchen. Eisenherz tat ihm jetzt den Gefallen und nahm seinen Schild hoch. Als aber die Axt von unten kam, fuhr ihr das *Singende Schwert* entgegen und trennte wiederum den Mann von seiner Waffe. Doch nun flog mit dem Beil zugleich auch Thundars Faust davon, und so war der Kampf ganz plötzlich beendet.

Während der Prinz gelassen zurückschritt, brauste ihm lauter Jubel entgegen. Thundar aber kniete stöhnend am Boden und wußte, daß seine Tage als Kämpfer vorüber waren.

Thundar holt zu einem mächtigen Schlag aus.

Und dann kam die Waffe von unten.

Die Axt flog samt der Hand davon.

Eisenherz schritt unter dem Beifall der Seinen zurück.

Arthur empfing den Sieger mit gemischten Gefühlen. „Mein Freund scheint schwerhörig zu sein, wenn ihm ein Befehl nicht gefällt. Vorerst trage ich aber immer noch selber die Verantwortung für das Ganze. Oder wollt Ihr das Heer vielleicht nach Eurem Kopfe führen?" — „Wenn's erlaubt ist", meinte der Prinz mit einem entwaffnenden Lächeln, „so vertraut mir wenigstens zehn Reiter an; wir werden den Gegner dann aushungern."

So kam es, daß Horsas Verpflegungszüge, die sich nördlich des Walles für sicher hielten, immer wieder angegriffen wurden. Die britischen Reiter stießen von den Hügeln herab, schlugen die Begleitmannschaft in die Flucht, zerstörten, was sie nicht selber gebrauchen konnten, und verschwanden dann wieder in den schwer zugänglichen Bergwäldern.

Diese Überfälle geschahen da und dort, aber nie ein zweites Mal am gleichen Platze. Bald bekam auch so mancher Sachse die Folgen des gestörten Nachschubs am eigenen Leibe zu spüren. Um dem gröbsten Hunger zu entgehen, war Horsa gezwungen, von seinen Verbündeten Lebensmittel zu fordern, aber

Eisenherz entdeckte einen Verpflegungstroß, der sich ein Nachtlager einrichtete.

diese hatten kaum für sich selber genug zu essen und waren nicht geneigt, ihr knappes Gut mit anderen zu teilen. Als einziges Entgegenkommen gaben die Pikten das Versprechen ab, die Plünderer zu vertreiben. Bei diesem Tun fanden sie gelegentlich eine Stelle, wo sich die Störenfriede aufgehalten hatten, nie aber die Reiter selber. Eines Abends beobachtete Eisenherz von einer Felsenplatte aus einen Verpflegungstroß der Sachsen bei der Einrichtung eines Nachtlagers. Etwas später entdeckte er auch eine Schar von Pikten, die etwas weiter entfernt talaufwärts zog. Der Prinz rief seinen Männern zu: „Nehmt eure Pferde und reitet so das Tal hinab, daß euch zwar die Pikten, nicht aber die Sachsen sehen können. Lockt mir die Pikten weg und kommt dann zurück!"

Das war nicht allzu schwer. Eisenherz schaute zu, wie die Pikten beim Anblick der Reiter zuerst sehr aufgeregt taten, dann aber vorsichtig wurden und sich während der Verfolgung in Deckung hielten. Als das Spiel lange genug gedauert hatte und schon die Nacht anbrach, ritten die Briten in einem großen Bogen zurück.

Genauso hatte sich der Prinz das Spiel gedacht. Kurz nach Mitternacht fiel er mit seinen Leuten über die Sachsen her, verjagte die meisten und sorgte nur dafür, daß zwei davon gefangen wurden. Die erbeuteten Vorräte blieben dieses Mal unangetastet liegen. Die Reiter zogen sich für den Rest der Nacht an einen vorher erkundeten Platz am Berghang zurück, der bei Tag einen guten Ausblick auf das Lager im Tale bot.

Wie erwartet, tauchten die weggelockten Pikten schon in den ersten Morgenstunden am verlassenen Lager auf, rafften zusammen, was sich schleppen ließ, und zogen gleich wieder ab. Wohlweislich hatte der Prinz die Gefangenen so gelegt, daß sie dabei zuschauen konnten.

Die Überraschung war vollständig.

„Ausgezeichnet!“ sagte Eisenherz so laut, daß es die Gefangenen hören mußten. „Unsere Freunde holen sich jetzt die Vorräte, die wir ihnen von den Sachsen besorgt haben. Wenn Horsa das wüßte, er würde platzen vor Wut.“ Von alledem war natürlich kein einziges Wort wahr.

Die Gefangenen wurden nur nachlässig gebunden und bewacht, denn sie sollten fliehen. Als die beiden dann, wie sie glaubten, um ihr Leben liefen, lächelte der Prinz vergnügt. Jetzt mußte Horsa schon in den nächsten Stunden von dem vermeintlichen Verrat erfahren.

Später berichtete Eisenherz dem König darüber und meinte, nun schlügen sich die Verbündeten wahrscheinlich bald selber gegenseitig tot. Damit behielt er recht, denn es kam zu einer Schlacht zwischen Sachsen und Pikten, nach deren unentschiedenem Verlauf Horsa das Land räumen mußte.

Der Prinz beobachtete noch, wie die Schiffe wegfuhren, und ritt dann hinter den Briten her. Dabei begegnete ihm ein Anblick, den er ähnlich schon einmal auf den Nebelinseln gehabt hatte: ein blondes Mädchen wusch sich an einem Wasserfall. Unwillkürlich entfloh dem Jüngling das Wort „Aleta!" Als

sich das Mädchen jedoch umdrehte, da war es nur ein fremdes Bauernkind. Eisenherz ritt traurig weiter. Schließlich sagte er zu sich selbst: „Ich werde Horrit, die Sumpfhexe, befragen, ob denn diese Erinnerung für immer mein Schicksal bleiben soll." —

Am Rand der altvertrauten Sümpfe ließ Eisenherz sein Pferd bei einem Jugendfreund zurück, der ihm auch alles lieh, was er brauchte, um in die feuchte Wildnis eindringen zu können. Eine Gefahr wäre ein überraschendes Zusammentreffen mit dem schwachsinnigen Sohn der Horrit gewesen. Eisen-

Das Mädchen war nur ein einfaches Bauernkind.

Der Prinz ruderte in einem geborgten Boot in die Sumpfwelt hinein.

herz paßte aber gut auf. Als ihm die ungeschlachte Gestalt dann wirklich begegnete und drohend einen Knüppel schwang, da schaffte sich Eisenherz mit der Schwertspitze den notwendigen Abstand und sagte beruhigend: „Langsam, mein lieber Thorg! Ich will nur deine Mutter etwas fragen. Komm, führe mich zu eurer Hütte, ich verspreche dir reichen Lohn!" Der verwilderte Mensch fügte sich nur zögernd dem festen Klang der Stimme, stapfte dann aber doch grollend voraus.

Um bei einem Fehltritt nicht einzusinken, benützte Eisenherz eine Art von Skiern, auf denen er Thorg leicht über die unsicheren Sumpfpfade folgen konnte. Die Hütte war mehr ein armseliger Stall als das Heim zweier Menschen. Von ihrem Dach und einem danebenstehenden Baum flogen Kolkraben krächzend auf. Es war unheimlich. Eisenherz überwand sein Grauen und wollte hineingehen, doch Horrit trat ihm auf der Schwelle entgegen und wies auf das *Singende Schwert*. „Das ist Flamberg, die fluchbeladene Klinge! Aus meinen Augen damit! Der Ritter legte das Schwert folgsam zur Seite, denn er wußte, daß mit der Alten anders nicht zu verhandeln sei. So wurde er schließlich eingelassen.

Der Prinz setzte sich an das blakende Feuer. „Schau, Horrit, ich habe dir einige Gaben mitgebracht. Schenk mir dafür dein Wissen. Sag, wird mich die Erinnerung an Aleta ewig quälen? Werde ich je zufrieden sein? Erzähle mir offen, wie du meine Zukunft siehst!"

Die Alte brummte etwas und stellte des Prinzen Geduld auf eine harte Probe. Auch Thorg murmelte unverständliches Zeug vor sich hin. „Narr!" sprach Horrit endlich. „Der Mensch wird von der Erinnerung genug geplagt. Dreimal unselig aber ist, wer auch noch seine Zukunft kennt!"

Das Faltengesicht beugte sich näher, und der fast zahnlose Mund sprach leise weiter: „Zufriedenheit ist ein Geschenk, das keinen Kaufpreis kennt. Zu teuer für manchen König, oft aber der einzige Wohstand des Bettlers. Deine Zukunft ist schlecht. Ich sehe Abenteuer und viel Wechsel, aber nirgends Zufriedenheit, wohin ich auch schaue! Nirgends!“

„Narr!“ sagte die Hexe, „der Mensch leidet genug unter seiner Erinnerung!“

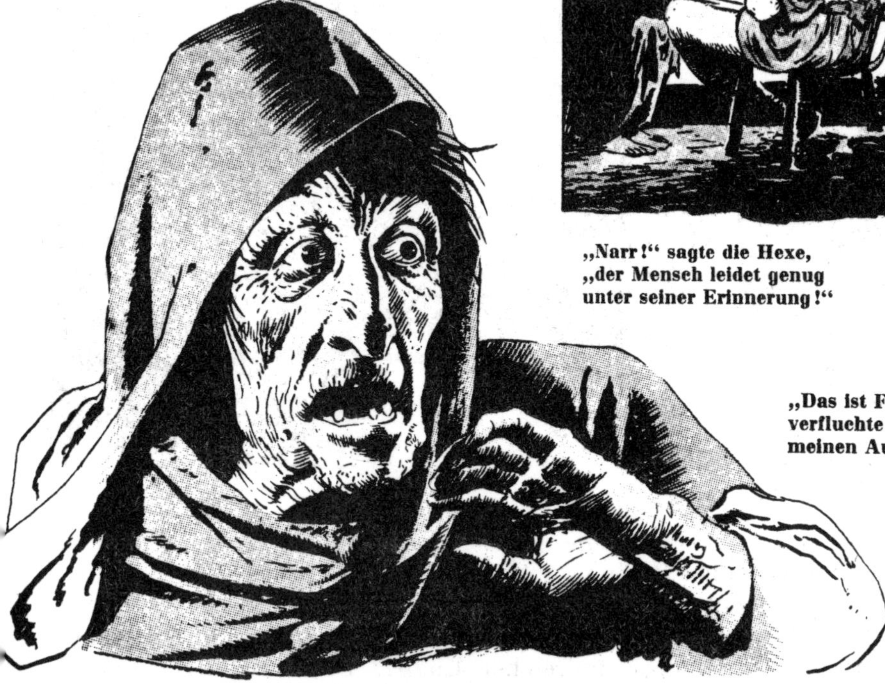

„Das ist Flamberg, das verfluchte Schwert! Aus meinen Augen damit!“

Das Faltengesicht beugte sich näher.

Der Jüngling war ganz krank, als er die Hütte floh und Horrits Worte immer noch in seinen Ohren klangen. Er eilte zum Boot und ruderte, so schnell es ging, aus der unheimlichen Sumpfwelt heraus. Sein Pferd begrüßte ihn wiehernd. Beim Weiterreiten war der Prinz so in Gedanken versunken, daß er nicht einmal auf den Weg achtete, bis zwischen den Bäumen vor ihm ein Turm auftauchte.

„Der Merlinsturm!" rief Eisenherz und lächelte seit langem wieder einmal, denn er empfand eine tiefe Zuneigung für den Ratgeber des Königs. „Wer anders, wenn nicht Merlin, könnte mich wohl von den Zauberketten befreien, mit denen diese Königin meine Erinnerung an sich fesselt, obwohl sie doch am anderen Ende der Welt wohnt?"

Der Prinz beschloß, sich von Merlin einen Rat zu holen, und ritt voll neuer Hoffnung durch das Tor der kleinen Burg.

Eine volle Stunde lang klagte Eisenherz sein Leid, und Merlin hörte geduldig zu, bis es ihm endlich zuviel wurde. „Dein Sinn steht also nach Zufriedenheit", unterbrach er den Redefluß. „Du möchtest dein Abenteuerleben aufgeben, wann und wo es dir gefällt. Du willst dich vielleicht irgendwo niederlassen, heiraten und eine Familie gründen?"

„Ja und nein", gab Eisenherz gedehnt zurück, „ich wünsche mir wohl Abenteuer und den Kampf um eine gerechte Sache; ich möchte gute Freunde haben und starke Gegner; ich möchte in die Ferne schweifen, aber ich sehne mich ebenso nach einem Mädchen, dem ich meine Liebe schenken kann."

„Bedauernswerter Junge", spottete Merlin. „Das ist doch genau, was du immer gehabt hast. Was heißt schon Zufriedenheit? Ein Mensch, dessen Wünsche so erfüllt sind, daß ihm zu wünschen nichts mehr bleibt, fühlt sich unglücklich. Und Aleta? Welches hübsche Mädchen ist keine Zauberin? Wer anders bringt es fertig, einen Abenteurer seßhaft zu machen?"

Merlins gesunder Menschenverstand, gepaart mit warmer Herzensgüte und einem guten Teil Humor, hatte Aletas Zauber für den Augenblick gebannt. Als Eisenherz aber weiterritt, da fühlte er sich nicht glücklicher denn zuvor. Er hatte etwas verloren, eine liebe Gewohnheit gleichsam, die er nun vermißte und fast schmerzlich entbehrte.

Erinnerungen . . . wie viele mögen sich wohl im Laufe der Zeit in eines Menschen Herz ansammeln, die einen schon verblaßt, die anderen immer noch so leuchtend wie je? Auf dem Weg durch den Sumpf zu Horrits einsamer Hütte hatten sich dem Prinzen viele Erinnerungen an seine Knabenzeit wieder aufgedrängt: das Fischen mit dem Speer auf die starken Hechte und Barsche in den Sumpfkanälen . . . die Jagd auf Enten und Reiher . . . der Kampf mit dem urweltlichen Drachen, der ihn fast das Leben gekostet hätte . . . und dann der Vater. Sein lieber Vater in Thule, der nicht wissen konnte, wie es dem Sohne in der Fremde ging und ob dieser überhaupt noch am Leben war. Das Heimweh wurde plötzlich riesengroß.

Der Prinz beschloß kurzerhand, in die Heimat zu reisen, um den Vater nach so langer Zeit wieder einmal in die Arme schließen zu können. Nach dieser Entscheidung gab es kein Aufhalten mehr. Eisenherz ritt schnurstracks nach Camelot, ließ seinen Knappen Beric kommen und befahl ihm, alles für eine längere Seereise vorzubereiten. Dann bat er König Arthur um einen Urlaub, der ihm herzlich gerne gewährt wurde.

Wenige Tage später ritten Eisenherz und sein Knappe nach London.

„Wenn es Euch gefällt, Herr", sprach Beric unterwegs, „dann erzählt mir doch bitte, wo Thule liegt, und wie das Land aussieht, in dem Euer Herr Vater König ist."

Der Prinz lächelte versonnen und begann zu berichten. Dabei wurde ihm so warm ums Herz und so seltsam zu Mut, daß er unbewußt sein Pferd anspornte, um nur recht schnell an den Hafen zu kommen. Als sie dann die in der Römerzeit mächtig gewachsene Stadt verhältnismäßig bald erreicht hatten, begaben sie sich in eine Herberge, um den Reisestaub abzuschütteln und die Rüstung gegen bequeme Kleider zu vertauschen.

Der nächste Gang des Prinzen galt dem Hafen an der Themse. Die Gassen im Bereich der Dockanlagen verströmten den betäubenden Geruch von Fischabfällen und anderem Unrat, um deren Beseitigung sich niemand kümmerte als die vielen streunenden Hunde und ein Heer von Ratten.

Am Kai lagen Schiffe aus aller Welt. Da waren flinke Genuesen und römische Galeeren mit zwei, drei oder gar vier Ruderbänken übereinander. Dazwischen ankerten auch schwerfällig wirkende Kauffahrer, deren Hauptmasten oft so hoch waren wie die Schiffe selber lang.

Für einen, der sich in den verschiedenen Arten des Schiffsbaus auskannte, der Bescheid wußte in dem Gewirr von Tauen, Segelleinen und Rahen, für den mußte dieser Hafen eine wahre Fundgrube sein.

Eisenherz war zwar kein ausgesprochener Seemann, aber er hatte doch schon so viele Reisen auf den unterschiedlichsten Typen von Schiffen gemacht, daß er sich bei seinem Gang über die Uferstraße einigermaßen zurechtfand und noch manches neue Wissen hinzu erwerben konnte.

Beim Anblick der fremden Schiffe und Menschen fiel dem Prinzen eine Erkenntnis zu, die ihn überraschte, weil er die Dinge nie zuvor aus diesem Blickwinkel betrachtet hatte. Durch die Seefahrt war die Welt offensichtlich kleiner geworden. Die Entfernungen zwischen den Erdteilen spielten nicht mehr die Rolle wie einst, und jedes Schiff war ein Glied in der neuen Kette, die Länder und Völker miteinander verband.

Nach einigem Herumfragen wurde Eisenherz an den aus Genua stammenden Kauffahrer *Poseidon* verwiesen, der nach Skandinavien auslaufen wollte. Das Schiff, eines der stattlichsten im Hafen, war mit drei Masten ausgerüstet, und trug wehrturmartige Aufbauten an Bug und Heck.

Ein Schiffer ruderte den Prinzen zu der etwas weiter draußen vor Anker liegenden *Poseidon* hinüber, deren Kapitän ihn freundlich empfing.

Die Menge bestaunte das stattliche Schiff.

„Unser Ziel ist Upsala in Schweden", erzählte der Genuese. „Vorher berühren wir aber die norwegische Küste, wo Ihr aussteigen und Euren Weg zu Land fortsetzen könnt." Dem Prinzen gefiel das Schiff so gut, daß er zwei Plätze belegte und auch gleich mit guter Münze bezahlte.

„Wir fahren nach Upsala, legen aber vorher an der skandinavischen Westküste an."

Nach einer letzten Nacht an Land ließ sich der Prinz mit Beric und den Pferden schon früh am anderen Morgen wieder hinübersetzen. Bald nach ihm trafen weitere Fahrgäste ein. Zuerst erschien der Kaufmann Ahab aus Tunis, dann ein anderer Kaufmann, der sich Wattle nannte und seinen Reichtum

allzu deutlich zeigte. Der dritte, ein blonder Kraftprotz, flankte über die Reling und rief: „Ich bin Eric der Starke, ein gefürchteter Krieger!" Die übrigen Gäste waren Lady Olga Dravedatter, ihre Tochter Katwin und ein Adeliger namens Skurl; sie stammten alle aus der schwedischen Hedemark. Den Beschluß bildete ein trauriger Zug: gefesselte Sträflinge aus den Londoner Gefängnissen zur Bedienung der Ruder. Als alles versammelt war, ließ der

Die Anker wurden gelichtet, und das Schiff fuhr die Themse hinab.

Die Mannschaft
trieb mit Ahab
ihren Spott.

Der billige Spaß
hörte erst auf, als
sich der Prinz des
alten Mannes annahm.

Kapitän die Anker lichten. Das Schiff trieb mit der abziehenden Flut die Themse hinunter aufs Meer hinaus. Der Prinz schlenderte über das Deck und genoß die Seeluft in vollen Zügen. Gleich ihm taten es der Kaufmann Wattle und Eric, die er beide schon vorher begrüßt hatte. Etwas später kam auch Herr Ahab aus seiner Koje. Als er sich den anderen zugesellen wollte, gab es einen Zwischenfall, der dem Prinzen wenig behagte. Wattle drehte dem Nähertretenden schroff den Rücken und sagte verletzend: „Bleib mir vom Leib, du Wucherer!“ Offenbar hatte sich Wattle auch schon mit der Mannschaft verständigt, denn diese machte sich sofort ein billiges Vergnügen daraus, dem alten Mann den Aufenthalt an Bord zu verleiden. Einer schüttete ihm einen Eimer schmutzigen Wassers zwischen die Füße, ein anderer legte ein Tau zum Werfen bereit.

Wattle und Eric bogen sich vor Lachen und Schadenfreude über das Mißgeschick des Alten. Eisenherz dagegen schalt die Seeleute ob ihres Benehmens und trat entschlossen auf Ahab zu, um sich freundlich mit ihm zu unterhalten. Das half, denn keiner von der Mannschaft hielt es für ratsam, den Schützling des Ritters noch weiter mit so üblen Scherzen zu kränken.

Der großmäulige Eric allerdings wollte sich die Gelegenheit, einen Streit vom Zaune zu brechen, nicht entgehen lassen. Ehe jedoch die ersten Worte und Widerworte fallen konnten, erschien die hübsche Katwin auf der Bildfläche und nahm die ganze Aufmerksamkeit der jungen Leute in Anspruch. Eric prahlte vor dem Mädchen mit seinen Heldentaten; Eisenherz dagegen spielte ihr kleine Lieder zur Laute vor. Daß beide die Eifersucht des Herrn Skurl erregten, ahnten sie nicht. Es stellte sich aber bald heraus, daß der adelige Herr schon seit langem in eine heftige Liebe zu Katwin verfallen war, ohne bis dahin auch nur ein Fünkchen von Gegenliebe entdeckt zu haben. Fast wäre es zu einem Zweikampf zwischen Eisenherz und dem hitzigen Skurl gekommen, hätte der Kapitän nicht ernstlich gedroht, beide in Ketten legen zu lassen, so sie nicht Frieden gäben.

Doch der Streit wurde auch so rasch vergessen. Der Wind war stärker und böig geworden. Die Segel flatterten, und das Mastwerk ächzte unter dieser Belastung so, daß der Kapitän alle Leinwand wegnehmen ließ. Um den Kurs zu halten, wurde der Rudermannschaft die letzte Kraft abverlangt. Während der Nacht verschlimmerte sich die Lage. Jetzt mußten sogar die Fahrgäste mit Hand anlegen, damit gerettet werde, was zu retten war. Zu allem Unglück wurde die *Poseidon* auch noch auf eine Sandbank gesetzt. Ein Zittern lief durch den Rumpf, dann aber kam die nächste Welle, hob das Schiff und trug es in ruhigeres Wasser.

Im Morgengrauen stellte es sich heraus, daß die *Poseidon* über die Sandbank hinweg in eine etwas tiefere Bucht geraten war, aus der es keinen Weg in freies Fahrwasser zu geben schien. Nach einer genauen Untersuchung ließ der Kapitän möglichst viel von der Ladung in die Beiboote verfrachten, um den Tiefgang des Schiffes zu verringern. Dann wurde der Hauptanker, soweit sein Tau reichte, aufs offene Meer hinausgefahren und versenkt. Als die Flut am höchsten stand, konnte das Schiff mit der Ankerwinde Zoll um Zoll über den Rücken der Sandbank gezogen werden.

Die weitere Reise wurde von einem scharfen Südwest gefördert. Da die *Poseidon* etwas leckte und bald in einen Hafen mußte, freuten sich alle über die rasche Fahrt. Ein Teil der Mannschaft stand an den Pumpen, um den Wassereinbruch zu bekämpfen.

Zwei Tage nach diesem ersten Unfall entdeckte Eisenherz an der hinteren Ladeluke aufkräuselnden Rauch. Als die Segeltuchdecke weggenommen wurde, drang dichter Qualm herauf. Ein Schrei des Entsetzens ging über Bord: „Feuer! Feuer!“

Solange die eine Hälfte der Mannschaft das Wasser aus dem Vorderteil des Schiffes pumpte, mußte die andere Hälfte Wasser schleppen, um den Brand im Heckraum niederzuhalten.

Über dieser Fahrt stand kein guter Stern. Während der Kapitän noch hoffte, dem doppelten Mißgeschick entrinnen zu können, erhob sich ein neuer Sturm und traf das Schiff mit solcher Wucht, daß es Schlagseite bekam. Die Fahrgäste beobachteten erregt den Ausgang des Kampfes gegen die Elemente. Daß ihr Leben an einem Faden hing, war allen klar, und mancher wagte auf eine Rettung schon gar nicht mehr zu hoffen.

Mit einem großen Aufwand von Wasser gelang es schließlich, das Feuer zu löschen. Doch um welchen Preis! Der Lagerraum war hoch überflutet, und die Wogen hatten das Schiff noch stärker angeschlagen. Alle Mühe am Schöpfrad konnte den Wassereinbruch nicht mehr ausgleichen.

Nun blieb nur noch die Hoffnung, daß die *Poseidon* irgendwo an Land gesetzt werden konnte. Nach den Berechnungen des Kapitäns lag die skandinavische Küste einige Meilen weiter nach Nordosten hinter dem Regenschleier. Ob es aber gelingen werde, das schon tiefgehende Schiff noch so lange schwimmend zu erhalten, das war eine andere Frage — ganz zu schweigen von den Riffen, die der Küste vorgelagert waren.

In dieser Stunde der Gefahr mühten sich Kapitän, Besatzung und Fahrgäste mit verzweifelter Kraft um die Rettung des Schiffes. Die Männer an der Pumpe drehten das schwere Rad, bis sie vor Erschöpfung umfielen. Wenige Minuten später gingen sie wieder ans Werk und nahmen den fast aussichtslos gewordenen Kampf erneut auf.

Da nur ein kleinerer Teil der Männer gleichzeitig an der Pumpe arbeiten konnte, hatte sich der Prinz einen Stab von Helfern zusammengeholt, die das Wasser mit Ledereimern aus dem Schiffsrumpf schöpften. Das war zwar eine wenig ergiebige Arbeit, die nicht ausreichen konnte, das weitere Steigen des Wassers zu verhindern, aber die Männer gaben die Eimer unverdrossen von Hand zu Hand weiter, um so dem Schiff wenigstens noch einige Minuten im Kampfe gegen das unerbittliche Meer zu gewinnen.

Je tiefer die *Poseidon* ins Wasser tauchte, desto langsamer wurde ihre Fahrt. Schließlich schien sie sich kaum noch zu bewegen. Als der Regenschleier endlich lichter wurde, gewahrten die Männer, daß das Schiff vor dem Eingang zu einem Fjord lag. Sie versuchten, die Sicherheit der Bucht mit Ruderschlägen zu gewinnen, wurden dabei aber vom Ebbstrom erfaßt, der den Schiffskörper herumwirbelte und so an einen Felsen drückte, daß ein Teil des Decks unter Wasser geriet. Während sich die Bordmannschaft noch bemühte, wenigstens

eines der Rettungsboote zu Wasser zu bringen, befreite man unten die Gefangenen von den Ruderbänken, um ihnen die Möglichkeit zu geben, sich schwimmend zu retten. Die Sträflinge dachten aber nur an sich selbst und drängten so rücksichtslos ins Boot, daß dieses schon beim Ablegen umschlug. Die Fahrgäste und die Besatzung sahen mit dem Gefühl zu, daß nun auch die letzte Hoffnung geschwunden sei. Unter ihren Füßen spürten sie das Splittern der Planken und Balken des sich immer mehr neigenden Schiffes. Es war ihnen, als stünden sie in der eigenen Grabkammer und hätten nur noch auf den Augenblick zu warten, da sich ihr Schicksal vollende. Aus dieser Stimmung wurde der Prinz durch das Wiehern seines Pferdes aufgescheucht, das am Vordermast angebunden war. Er eilte hinzu, um das Tier zu befreien; vielleicht

konnte es, wenn die *Poseidon* unterging, das Land noch mit eigener Kraft erreichen. Ehe Eisenherz aber zur Stelle war, krachte ein vom Sturm gelöster Tragholm herab und zerschmetterte dem Pferd das Rückgrat. Der Prinz mußte sich entschließen, der klaglos daliegenden Kreatur den Gnadenstoß zu geben. Als das geschehen war, drehte er sich um und vergoß bittere Tränen.

Im Unglück und in Krisenzeiten zeigt der Mensch sein wahres Gesicht. Der eine wächst über sich hinaus, der andere dagegen versinkt im Sumpfe einer niederen Veranlagung. Zu dieser zweiten Art gehörten Wattle und Eric der Starke. Als die Verwirrung aufs Höchste gestiegen war, brüllte Eric: „Der Zorn der Götter ist über uns!"

„So ist es!" rief Wattle. „Und Schuld daran trägt Ahab. Werft ihn ins Wasser, dann wird sich der Zorn der Götter beschwichtigen." Als einige Männer über Ahab herfielen, trat Eisenherz, die Hand am Schwertgriff, dazwischen. Vor dieser Entschlossenheit verging den Männern der Mut. Wattle verschwand, um seine Kostbarkeiten zu holen. Eric jedoch trat an die Reling, machte noch eine hochmütige Geste und sprang kopfüber ins Wasser, womit er zeigte, daß er nur an seine eigene Rettung dachte, nicht aber an das Los der anderen. Der junge Krieger erwies sich als guter Schwimmer und erreichte wohlbehalten eine flachere Uferstelle.

Die ganze Zeit über hatte Skurl beharrlich versucht, irgendeinen Weg zur Rettung der von ihm angebeteten Katwin zu finden, doch die Abneigung des Mädchens zeigte sich selbst in dieser gefährlichen Lage noch so heftig, daß es jede Hilfe verschmähte. Skurl ließ sich dadurch jedoch nicht abhalten, seine täppischen Versuche unverdrossen fortzusetzen.

Eine wirklich tragische Figur aber war der Kapitän. Er stand ganz allein auf dem vorderen Aufbau und schaute traurig der fortschreitenden Zerstörung zu. Keiner hing an dem stattlichen Schiff so wie er, der schon beim Bau Pate gestanden und mitgewirkt hatte. Wenn nun das Ende kommen sollte, so wollte er es mit dem geliebten Schiff gemeinsam erleiden.

Bei diesem Stand der Dinge wurde die *Poseidon* durch eine neue Welle so schief gelegt, daß viele der noch an Deck Stehenden ins vorbeischießende Wasser rutschten. Als erster stürzte, sehr gegen seinen Willen, der fette Kaufmann Wattle mit zwei schweren Beuteln voller Geschmeide über Bord. Eisenherz rief ihm noch zu, er möge die Last doch fahren lassen, aber der Kaufmann konnte oder wollte davon nichts hören.

Die Zertrümmerung der *Poseidon* ging erschreckend weiter. Beim Aufprall der folgenden Welle splitterte der Hauptmast und legte sich um. Skurl wollte Katwin aus der Fallrichtung reißen, wurde dabei aber selber unter den Segeln und Tauen begraben. Im gleichen Augenblick kam die nächste Sturzsee und riß alles von Bord, was keinen festen Halt hatte.

Eisenherz und Beric trieben mit schwimmfähigen Teilen der Deckladung, an denen sich auch die mutige Katwin festhielt, der flacheren Küste am Ausgang des Fjords zu, wo Eric und Lady Olga bereits in Sicherheit waren. Skurl und Ahab schienen dagegen verloren zu sein.

Während Eisenherz auf den Strand kroch, schaute Beric hinter sich und rief: „Hallo! Da sind noch zwei!“ Die dicht am Ufer mit dem Hauptmast Dahintreibenden waren Ahab und der von ihm festgehaltene Skurl. Eisenherz und Beric sprangen noch einmal in die Flut und zogen beide an Land. In diesem Augenblick wurde der Rumpf der *Poseidon* kopfüber in die Tiefe gerissen, und

mit ihm auch der Kapitän. Zur gleichen Zeit wickelte sich am Ufer ein Zwischenfall ab, der den Prinzen zu der Überzeugung brachte, daß er den Gedankensprüngen einer Frau niemals werde folgen können. Katwin beugte sich nämlich über den bewußtlosen Skurl und versuchte, ihn ins Leben zurückzurufen. „Ich liebe dich, . . . ich liebe dich doch wirklich, Skurl!“ rief sie verzweifelt. Als der Ohnmächtige schließlich die Augen aufschlug und das anmutige Bild gewahrte, seufzte er: „Wenn mich die See verschlungen hat, bin ich jetzt im Himmel.“ —

„Mag sich ein anderer in diesen Dingen auskennen, mir werden sie immer ein Rätsel bleiben“, meinte Eisenherz achselzuckend und wandte sich den Notwendigkeiten des Augenblickes zu. Er bat alle Geretteten, soweit sie bei Kräften waren, möglichst viel Treibgut einzusammeln. Auch ließ er ein Feuer anlegen, an dem sich die Schiffbrüchigen aufwärmen konnten.

Eric verdroß es, daß alle auf den Prinzen hörten, während er selber unbeachtet blieb. Als Ahab ans Feuer trat, ließ er seinen Ärger an diesem aus, und sagte: „Scher dich weg, du hast hier nichts zu suchen!“

„Mein großspuriger Freund“, erwiderte Eisenherz mit lächelnden Lippen und harten Augen. „Dieser Mann hat sein Leben eingesetzt, um einen anderen zu retten. Und wen hast du gerettet? Nicht einmal das eigene Schwert, du Maulheld!“ Die Auseinandersetzung ging nicht weiter, denn in diesem Augen-

blick trieb ein Rettungsboot der *Poseidon* mit dem Gegenstrom in die Nähe des Ufers, so daß es von einigen beherzten Männern geborgen werden konnte. Das Schifflein war arg zerschlagen, aber die kundigen Seefahrer gingen sofort ans Werk, um es flott zu machen.

Die Gezeiten hatten gewechselt und der Sturm nachgelassen. Die in die Bucht hereinströmende Flut führte noch so manchen Ballen von der Ladung mit sich. Seltsamerweise tauchte auch das Wrack des Schiffes noch einmal auf und setzte sich auf einer Sandbank fest. Eisenherz bedachte, wie er für seine Gefährten genügend Nahrung und Kleider retten konnte. Er war überzeugt, daß die Bewohner der umliegenden Dörfer das Wrack bald entdeckten und herbeilaufen würden, um sich, ohne erst zu fragen, an dem Strandgut zu bereichern. Der Plan war bald zurechtgelegt. Ein Seemann erhielt den Auftrag, das nächste Dorf zu suchen und dort die Botschaft zu bestellen: „Ein Schiff ist gestrandet. Prinz Eisenherz von König Arthurs Tafelrunde bittet euch, die Beute abzuholen!"

So wurde erreicht, daß die Eingeborenen wenigstens im Frieden herbeikamen. In ihrer Freude über den unerwarteten Reichtum entwickelten sie sogar eine Art von Dankbarkeit und boten den Schiffbrüchigen ihre Hilfe an. Die Frauen erhielten Pferde, und der verwundete Skurl eine Bahre, so daß sie, wohlausgestattet mit Trägern und Führern, versuchen konnten, die Hedemark auf dem Weg über die Berge zu erreichen.

Eisenherz und Beric bestiegen das Boot, um damit an der Küste entlang noch weiter nach Norden zu fahren. Ahab, der in Trondheim ein Geschäft abzuwickeln hatte, wollte mitfahren; ebenso Eric und zwei Seeleute, die am Moldefjord zu Hause waren. Die Küstenbewohner halfen noch, daß das Boot gut zu Wasser kam und nicht schon in der Brandung scheiterte. Damit begann für den Prinzen der letzte Teil seiner Heimfahrt.

Vorläufig schien die Sonne noch recht freundlich. Die Männer fühlten sich wie Schulbuben an einem Feiertag und benahmen sich auch entsprechend. Sie folgten, so gut es ging, der zerklüfteten Küste und kamen dabei an vielen Fjorden vorbei, deren Schluchten sich in Dunst und Zwielicht verloren. „Man erzählt", sagte einer der Skandinavier, „daß diese Nebelwelt von Kobolden bevölkert sei. Gut, daß wir nur daran vorbeifahren; ein Hexentanz wäre nichts für meines Vaters Sohn."

Den Seefahrern blieb der Anblick geisterhafter Wesen erspart, aber auch Menschen aus Fleisch und Blut gab es in dieser Gegend nicht viel; nur hier und da lag einmal ein kleines Dorf am Strand, wo das Boot anlegen und seine Vorräte ergänzen konnte. Die Bewohner benahmen sich unterschiedlich, waren aber doch meistens freundlich und hilfsbereit.

Die Reise verlief einige Tage lang so angenehm, daß niemand mehr an Böses dachte, bis es an einem Nachmittag zu einem nicht vorauszusehenden Zwischenfall kam. Das Boot erhielt bei ruhiger See einen Stoß, der es bis zur Mastspitze erschütterte, wie wenn es einen plötzlichen Sprung gemacht hätte. Eisenherz wurde fast über Bord geschleudert und dachte zuerst an eine Grundberührung, aber dann hätte man doch ein Knirschen unter dem Boden des Schiffes hören müssen.

„Ich weiß, was das bedeutet", flüsterte Ahab schreckerfüllt. „Es ist ein Seebeben, und das Schlimmste wird erst kommen!" Er suchte ängstlich den Horizont ab und deutete auf irgend etwas in der Ferne." Schaut! Da ist es schon!"

Nun gewahrten auch die anderen einen weißen Strich, der zuerst zwischen Himmel und Wasser zu verlaufen schien, aber rasch näher kam und immer größer wurde — eine Flutwelle, schneller als ein Reiterheer und un-

widerstehlich in ihrer Gewalt. Das Boot wurde hochgerissen, als sei es nur eine Flaumfeder, hing einen Augenblick in der wildschäumenden Krone des Wellenberges und fiel dann sacht zurück. Ehe die Männer das Geschehen begriffen hatten, war die größte Gefahr schon vorüber.

Eisenherz fand seine Geistesgegenwart als erster wieder und strich das gefährlich drückende Segel. Das Boot stand so voller Wasser, daß sich sein Rand kaum noch über den Seespiegel erhob und immer neue Wellen hereinschlagen konnten. Die Männer schöpften um ihr Leben; weil sie nur zwei Eimer hatten, nahmen sie sogar ihre Lederkappen zu Hilfe.

Schließlich war das Boot soweit klar, daß das Segel ohne Gefahr wieder gesetzt werden konnte. Das Trocknen der Kleider besorgten die Sonne und die Brise in ganz kurzer Zeit. Die Laune der Männer wurde darüber so gut, als habe es nie ein Seebeben oder eine Flutwelle gegeben, doch dieses Wohlbehagen hielt nicht lange an. Während sie gemächlich dahinsegelten, machte Eric die anderen auf eine Entdeckung aufmerksam, der er selber allerdings keine sonderliche Bedeutung beimaß. „Schaut doch, da vorne, das Wasser! Sieht es nicht komisch aus?"

Eric hatte richtig gesehen. Das helle Wasser zeigte plötzlich eine schwarzbraune Färbung, wie wenn es mit Tinte vermischt sei, aber die Männer machten sich deshalb keine Sorge. „Wahrscheinlich hat das Beben den Schlamm aufgewühlt", meinte der Prinz. Anders einer der Männer vom Moldefjord. Als er die dunkle Färbung sah, rief er mit allen Zeichen des Schreckens: „Vorsicht! Das kann ein Krake sein!"

„Ein Krake?" zweifelte der Prinz, „Wie soll denn der hierherkommen? Im Mittelmeer bin ich einmal einem begegnet, aber in unserer kalten Nord-

„Ein Krake!" rief der Seemann.

see? Und dazu noch an der Oberfläche? Ich glaube, wir brauchen uns nicht aufzuregen.“ Die anderen waren drauf und dran, diese Erklärung hinzunehmen, da ringelte sich ein Riesenwurm über die Bordkante und tastete prüfend um sich. Also doch ein Krake! Die Männer sprangen zur Seite und warteten atemlos, bis sich der schleimige Arm zurückzog. Gleich darauf fing das Wasser neben dem Boot zu brodeln an ... eine graue Masse schob sich träge an die Oberfläche und glotzte aus kleinen Augen ausdruckslos auf das vorübergleitende Fahrzeug.

Keiner wagte sich zu rühren. Der Tintenfisch hätte das Boot vielleicht mit einem einzigen Schlag seiner gewaltigen Arme zermalmen oder in die Tiefe ziehen können, um alle Insassen aufzufressen. Doch nichts dergleichen geschah. Das urweltliche Tier verhielt sich fast reglos und wedelte nur mit seinen Saugarmen an den Planken entlang. War es vielleicht krank oder so überfressen, daß ihm die Menschen auf dem kleinen Schiff nichts galten? Auf jeden Fall und aus irgendwelchen Gründen ließ der Krake das Boot vorüberziehen, ohne es weiter zu belästigen.

Als sich der Prinz zurückwandte, sah er, wie der Krake langsam in die Tiefe sank. Erleichtert ließ Eisenherz die Hand vom Schwertgriff, den er die ganze Zeit über nicht losgelassen hatte. In diesem Augenblick erinnerte er sich wieder ganz deutlich an seine erste Begegnung mit einem Kraken, dem er damals in der Zisterne von Tambelaine nur mit knapper Not entkommen war. Im Vergleich dazu kam ihm das soeben bestandene Abenteuer fast nichtig vor.

Eine Gefahr war gegangen, die andere nahte. Den Bewohnern der skandinavischen Westküste galt die Seeräuberei als ein ehrenwerter Beruf. Wenn die kargen Felder und das Meer nicht genug lieferten, um die Sippe zu ernähren, dann zogen die Männer eben hinaus und versuchten, an fremden Küsten zu holen, was die Heimat versagte. An diesen Bräuchen nahmen weder Freund noch Nachbar Anstoß, denn jeder tat dasselbe.

Eisenherz kannte die rauhen Sitten der Nordmänner; ebenso kannte er aber auch deren Gastfreundschaft im eigenen Land und hielt deshalb das Boot immer möglichst dicht an der Küste, wo am wenigsten Gefahr drohte. Trotzdem stießen sie noch vor Trondheim mit einem Piraten zusammen.

Es ging auf den Abend, und sie waren schon dabei, einen Landeplatz zu suchen, da löste sich vom Ufer ein Schiff und steuerte so entschlossen auf sie zu, daß über seine Absichten kein Zweifel bestehen konnte. Eisenherz rief: „Achtung!“ und machte sich zur Abwehr bereit, aber Eric, der gerade die Planken mit einem roten Lappen trockenlegte, griff zu einer List und drückte den abfärbenden Lappen so vor Ahabs Gesicht aus, daß dieses mit roten Flecken gesprenkelt wurde. Als die Piraten näher kamen, rief Eric hinüber: „Gebt euch keine Mühe! Wir haben nur einen einzigen Wertgegenstand an Bord . . . hier, diesen Kaufmann, für den wir ein Lösegeld bekommen sollen . . . falls er bis dahin noch lebt, natürlich. Er ist nämlich krank, müßt ihr wissen. Wenn ihr uns ungeschoren laßt, könnt ihr den Wucherer haben und euch das Lösegeld selber holen.“

Daraufhin sahen sich die Seeräuber den Kaufmann genauer an und entdeckten die roten Flecken. „Der Kerl hat ja die Pocken!“ rief der Kapitän entsetzt und konnte nicht schnell genug wegkommen. So wurde die Gefahr für dieses Mal also ohne das *Singende Schwert* gebannt, und alle lachten herzlich

Ehe die Piraten heran waren, bespritzte Eric das Gesicht des Alten mit schmutzigem Wasser.

über diesen Streich. Die „Pocken“ des Kaufmanns verschwanden in einer kurzen Wäsche fast ebensoschnell, wie sie gekommen waren.

Tags darauf erreichte das Boot den Hafen von Trondheim, wo auffallend viele Schiffe lagen. Auch in der Stadt selber herrschte ein ungewöhnlicher Be-

trieb. Eisenherz erfuhr, daß König Valgrind vom Ingermanland in Trondheim gelandet sei, um von da aus nach Thule weiterzureiten, wo er einen Vertrag mit König Aguar unterzeichnen wollte.

Diese Kunde regte die Phantasie des Jünglings an. „Bei solchen Gelegenheiten", so sagte er, „läßt mein Vater immer ein Turnier abhalten. Ich werde daran teilnehmen, und wenn ich Sieger bin, gebe ich mich zu erkennen. Was glaubt ihr, wie mein Vater und meine Freunde staunen werden!"

Eisenherz verdeckte die Juwelen des Singenden Schwertes.

Ein übermütiger Reiter drängte den Prinzen vom Weg.

Beric verhinderte einen Zusammenstoß.

Der Prinz verwandelte sich sofort und legte auch dem juwelengeschmückten Schwert wieder einmal ein Tarngewand an. Auf einem Esel als Reittier begann er dann den letzten Teil seiner Reise. Beric und der starke Eric gingen zu Fuß nebenher. In seinem abgetragenen Rock und mit der umgehängten Laute glich der Prinz nun wirklich keinem Ritter mehr, sondern nur noch dem, was er scheinen wollte: ein fahrender Geselle, der von der Gunst der Edelleute lebt.

Während sich Eisenherz noch überlegte, was für ein Mann der König Valgrind wohl sein könnte, lernte er diesen unliebsam kennen. Auf einer engen Straße wurde er von einem Reiterzug überholt, in dessen Mitte der König trabte. Einer der Knechte drängte Eisenherz mit der Lanze grob zur Seite, und Valgrind lachte selbstgefällig dazu. Des Prinzen Hand flog an den Schwertgriff, aber Beric beschwichtigte ihn, und der Jüngling sah auch sofort ein, daß dieses Mal der Knappe besonnener gewesen war. Ohne ihn wäre Eisenherz in

einen bösen Kampf mit Valgrind und dessen Gefolge verwickelt worden, der den geplanten Vertrag nicht gefördert hätte. In dieser Erkenntnis lenkte der Prinz sein Grautier also zur Seite und ließ die hochmütige Schar vorbei, ohne es auf einen Streit ankommen zu lassen.

„So, das wäre nun Valgrind", murmelte Eisenherz und prägte sich das harte Gesicht ein, aus dem zwei unzuverlässige Augen schauten.

Sie folgten dem Zug in gemessenem Abstand so lange, bis dieser am Nachmittag auf ein Zeichen des Königs hin in einem Waldtal anhielt, um auf den langsam nachkommenden Versorgungstroß zu warten.

Eisenherz ließ auf einer Felsenplatte neben dem Weg das eigene Lager aufschlagen und wartete die Ankunft des Trosses ab. Sein Mißtrauen wollte nicht mehr schweigen. Als der lange Zug endlich vorüber war, bestand bei dem Prinzen kein Zweifel mehr über Valgrinds Absichten. „Das geht doch auf einen gemeinen Verrat hinaus", meinte er. „Kaum eine Frau ist dabei, dafür habe ich aber mehr Krieger gesehen, als für einen friedlichen Besuch notwendig wären. Und dann die Troßknechte! Habt ihr bemerkt, wie breitschultrig sie waren? Ich bin überzeugt, daß die meisten von diesen Burschen ebenfalls Krieger sind, die man nur zur Tarnung in die Gewänder von Knechten gesteckt hat!"

Nach dieser Erkenntnis beschloß der Prinz, hinter Valgrinds Absichten zu kommen. Er begab sich in das Lager des Königs und erklärte dem ersten besten, den er für einflußreich hielt: „Ich bin ein fahrender Sänger, und mein Freund hier ist ein Krieger. Wir wären beide glücklich, dem ruhmreichen Valgrind dienen zu dürfen." — Der Befragte war zufällig des Königs Waf-

Im Verpflegungstroß wurden auffallend viele Waffen mitgeführt.

fenmeister und freute sich über den unverhofften Zuwachs. Eric wurde unter die Krieger eingereiht, und Eisenherz durfte die Hofgesellschaft mit den Possen unterhalten, die er vor Jahren von seinem Freund Jago gelernt hatte. Valgrind lohnte den Spaßmacher mit Essen und Trinken, zuweilen auch mit einigen Kupfermünzen, ahnte aber nicht, daß es diesem Gaukler nur auf die Bewegungsfreiheit im Lager ankam. Der Prinz spitzte die Ohren und bat Eric, dasselbe zu tun. Diesem fiel eine solche Aufgabe allerdings schwer, denn er neigte mehr zum Reden als zum Hören.

Um so aufmerksamer war der Prinz selber. An einem der folgenden Tage, da man schon auf dem Gebiet von Thule stand, wurde er Zeuge eines Gespräches, das zwei Lehensleute Valgrinds miteinander führten. Sie verhielten in einem Wiesental, wo König Aguars Schafherden weideten. „Ich wollte," so bemerkte der eine, „daß dieses schöne Stück Land mir zufalle, wenn wir die Beute teilen." Diese Bemerkung sagte dem Prinzen genug; er wußte jetzt, daß seine Heimkehr nicht so friedlich sein werde, wie er sich das erträumt hatte.

Eines Tages stand er dann vor Wikingsholm, der Burg seiner Väter. die wieder einmal bedroht war.

Als Eisenherz in den Burghof ritt, hatte er noch keinen festen Plan. Er achtete nur darauf, daß er als Fremder erschien, doch wäre sein Geheimnis fast durch einen alten Mann verraten worden, der ihn erkannte und mit einem Freudenruf vor ihm in die Knie sank. Der Prinz hob ihn auf und sprach: „Erlund, mein guter Lehrer, ich grüße dich, aber wahre mein Geheimnis!“

Dann zog er den Alten in eine Ecke und fragte ihn besorgt, warum denn so wenig Bewaffnete auf Wikingsholm anwesend seien?

Erlund erwiderte betrübt: „Viele Krieger mußten an die Ostgrenze ziehen, um einen Einfall der Finnas abzuwehren, die übrigens mit Valgrind verbündet sind. Wir hoffen, daß es nach dem Abschluß des Vertrages auch dort Frieden geben wird."

Diese Hoffnung konnte der Prinz nicht teilen, zumal ihm Eric gleich darauf eine Nachricht brachte, die zu seinen Befürchtungen paßte. „Valgrind hat seinen Männern befohlen, die Waffen bereitzuhalten . . ."

Eisenherz vertraute dem starken Eric, den er zwar als Prahlhans erkannt hatte, aber wenigstens für ehrlich hielt. Das war ein Fehler. Bei sich selber dachte Eric nämlich: „König Valgrind

wird mich belohnen, wenn sein Plan gelingt, und dem hochnäsigen Prinzen schulde ich ohnehin keinen Dank!" Von diesen Gedanken wußte Eisenherz nichts, als er auf der Terrasse der Burg seine Lieder zur Laute sang und ihm die Mädchen begeistert zuhörten. Das junge Volk hatte keine Ahnung, daß der abgerissene Sänger, dessen dunkle Augen so keck dreinschauen konnten, der heimgekehrte Sohn ihres Königs war. Wie sollten sie auch, da es der König doch selber noch nicht wußte?

In der Stunde des Sonnenuntergangs hatte Aguar die Staatsgeschäfte beiseite geschoben und sich auf seinen Balkon begeben, um dem Treiben auf der Terrasse zuzusehen. Während er dem Sänger lauschte, gingen ihm seltsame Gedanken durch den Kopf. „Merkwürdig", dachte er, „seit mein Sohn fort ist, habe ich keine so hübsche Stimme mehr gehört. Der Spielmann scheint ein fröhlicher Bursche zu sein. Vielleicht so alt wie mein Eisenherz. Ach, wenn der Junge doch hier wäre; er würde die Mädchen sicher ebenso nett unterhalten. Ja, wenn . . . er . . .", wiederholte der König unwillkürlich und riß die Augen auf. Sein Herz begann zu singen und zu klopfen, denn er hatte den Sänger endlich erkannt. „Das ist er ja, mein Springinsfeld, mein lieber, herrlicher Sohn. Aber warum steckt er in diesem Anzug? Nun, er wird seine Gründe haben. Lassen wir ihm die Freude, bis er von selber kommt und sagt: Da bin ich, Vater!"

„Valgrind bespricht sich mit seinen Männern. Für heute nacht wird ein Verrat geplant.“

In einem anderen Teil der Burg ging es um diese Zeit weniger friedlich zu. Valgrind hatte seine Anführer zu sich gerufen, um den Verrat in Gang zu setzen. Der greise Erlund, dem die Umtriebe aufgefallen waren, kam nun zu seinem Prinzen gelaufen und berichtete erregt: „Valgrind hat seinen Leuten befohlen, die Vorbereitungen zum Turnier einzustellen und die scharfen Waffen bereitzuhalten. Heute nacht schon, beim Festmahl, wollen sie losschlagen und die Macht in Thule an sich reißen.“

Wie richtig der getreue Mann das alles beobachtet hatte, konnte Eisenherz schon in den nächsten Stunden feststellen. Die Ingerer erschienen mit mehr Waffen im Saal, als sonst üblich war, und benahmen sich in der Halle auch eher wie rücksichtslose Herren denn als Gäste.

Der Prinz stand voller Unruhe auf dem Gang bei der Türe und war darauf gefaßt, daß der Angriff in jedem Augenblick losbrechen konnte. Vorläufig ging jedoch noch alles friedlich zu. Was Eisenherz von drinnen hörte, waren nur erregte Stimmen, Gelächter und Becherklang.

Von diesem verzehrenden Warten wurde er durch einen Wunsch König Valgrinds erlöst. Ein Diener überbrachte ihm einen Auftrag: „Tummle dich, Spielmann, der König verlangt, daß du die Gesellschaft unterhältst."

Diese Weisung kam dem Prinzen gut zupaß, denn so konnte er den Ereignissen in der Halle näher sein. Da ihm nichts anderes befohlen war, stellte er sich unmittelbar vor den Königen auf und begann zu singen. Aber keine romantischen Balladen wie sonst, sondern Thules alte Schlachtgesänge, zu denen die Krieger den Takt mit den Fäusten auf die Tische schlugen. Die wilden Lieder entfachten die Stimmung aufs höchste. Gleichzeitig vollzog sich unter der Oberfläche des lärmenden Festes der Aufmarsch der Ingerer. Eisenherz sah, daß immer mehr Bewaffnete, die nicht zu den tafelnden Edelleuten gehörten, in die Halle drängten und offenbar nur noch auf ein Zeichen warteten.

Als die Dinge soweit gediehen waren, schlüpfte der Sänger weg, um sich zu wappnen. Beric und Erlund erhielten die letzten Anweisungen. „Befolgt alles genau", mahnte der Prinz und begab sich zu einer verborgenen Wendeltreppe, die hinter dem Platz der Könige begann.

So geschah es, daß der übermütige Valgrind plötzlich einen stählernen Griff am Halse spürte. Er kam nicht einmal zum Schreien. Alles vollzog sich so rasch, daß nur die Nächstsitzenden etwas von Valgrinds Verschwinden

bemerkten. Zu diesen gehörte auch Aguar, aber gerade seine Überraschung war am größten, denn er hatte als einziger im Saal wenigstens einen kurzen Blick in das Gesicht des Entführers werfen können.

Während Valgrind die Treppe hinaufgeschleppt wurde, konnte er nur ein paar Grunzlaute herauspressen. Wer ihn am Kragen hielt und wohin die Reise ging, das ahnte er nicht, und das kümmerte ihn auch kaum, denn er hatte genug damit zu tun, etwas Luft zu bekommen.

Unterdessen verbreitete sich in der Halle eine merkwürdige Unruhe. Die Verschwörer begannen zu ahnen, daß ihr Anschlag nicht ganz so einfach verlaufen werde, wie er geplant war. Valgrinds Verschwinden war jedenfalls nicht vorgesehen. So standen die Männer denn ratlos da und wußten nicht, ob sie nun dreinschlagen oder das Wiedererscheinen ihres auf so unerklärliche Weise verschwundenen Königs abwarten sollten.

Aguar hatte inzwischen seine Wachen herbeigerufen. Als alles schon zum Eingreifen bereitstand, erschien auf dem Balkon der Erbe von Thule. Mit der einen Faust hielt er Valgrind fest, die andere umklammerte den Griff des Schwertes. Das Gesicht des Prinzen war bleich, aber seine Gestalt stand kraftvoll neben dem erbärmlich zitternden Verräter.

„Männer!“ donnerte Eisenherz in den Saal. „Bleibt sitzen, oder ihr habt keinen König mehr!“

Bei diesem Stand der Dinge wechselte Eric wieder einmal seine Gesinnung. Seine Aufgabe wäre es gewesen, die Torwache auf den bevorstehenden Überfall hinzuweisen; weil er aber von Valgrinds Erfolg überzeugt war, hatte er das in der Erwartung unterlassen, daß man ihn später an der Beute beteiligen werde. Im Geiste sah er sich schon auf einem reichen Lehen der Sorge um das tägliche Brot enthoben. Allmählich ging dem einfältigen Menschen aber ein Licht auf. Als er gewahrte, wie Eisenherz den verräterischen König mit einer einzigen Hand am Kragen hielt, da dämmerte ihm die Erkenntnis, daß ein junger Mann, der solches vollbringen konnte, vielleicht auch für ihn am Ende doch der bessere Gebieter sein müsse.

Nun rief der wankelmütige Eric endlich die Torwächter auf den Plan, von denen die meisten freilich schon auf den ersten Lärm hin herbeigeeilt waren. Die Türen zur Halle wurden verschlossen, so daß keine Maus mehr durchschlüpfen konnte.

Drinnen ging alles seinen guten Weg. Als Eisenherz den Warnruf in den Saal geschleudert hatte, dachten die Gäste zwar noch an Widerstand, gleichgültig was ihrem König dabei geschehe. Erst die versperrten Türen machten ihnen klar, daß es aus dieser Falle kein Entrinnen gab, zumal auch alle Galerien schon mit Bogenschützen besetzt waren, die ihre Pfeile drohend auf die Herzen der Friedensbrecher gerichtet hielten. So war es für die Verschwörer das beste, sich ergeben auf ihre Sitze zurückfallen zu lassen, was sie denn auch taten. Für sie war der Kampf vorüber und . . . verloren. Als letzte Hoffnung blieb, daß sich König Valgrind aus seiner persönlichen Gefahr herausreden und damit vielleicht alle retten werde.

Auf der Galerie versuchte Valgrind in der Tat auch schon, mit dem Prinzen zu verhandeln. Allerdings tat er dies auf seine Art, und es war sein Glück, daß seine Edelleute nicht hören konnten, wie erbärmlich ihr König daherredete, nur um die eigene Haut zu retten.

„Ich gebe Euch die Erlaubnis, so viele von meinen Gefolgsleuten aufzuhängen, wie es Euch und Eurem königlichen Vater, dem dreifach geehrten Herrscher von Thule, gefällt. Nicht ich, sondern diese Männer sind es gewesen, die den verabscheuungswürdigen Anschlag ausgeheckt haben."

Eisenherz tat, als höre er nichts. „Leiht mir doch Euer Ohr, Herr Prinz", drängte die Memme weiter. „Ist es Geld, wonach Euer Herz begehrt? Ich biete Euch meine ganzen Schätze an. Oder braucht Ihr Land? Ihr könnt von mir mehr Felder und Weiden haben, als Euer Auge zu sehen vermag, wenn Ihr vom Sonnenaufgang bis zum Sonnenuntergang auf einem Pferd dahinreitet. Wollt Ihr vielleicht ein Schloß? Nehmt meines und noch drei Burgen dazu. Ich gebe Euch auch mein einziges Kind, die anmutige Prinzessin Sigrid, zur Gemahlin, dann könnt Ihr, wenn ich einmal gestorben bin, als König in meinem Lande regieren!"

Valgrind hatte am Schluß ganz heiser gesprochen. Nun aber war es dem Prinzen genug. „Wer im Namen der Verständigung kommt, in seinem Innern aber schon zum Verrat entschlossen ist, der gilt immer noch als ein Lump und gehört auch als Lump behandelt. Jeden offenen Gegner kann man achten; deinesgleichen aber verdient den Dolchstoß in den Rücken, versetzt von der Hand eines falschen Freundes!"

Nun wußte Valgrind, daß es keine Gnade gab. Das Blut floh aus seinen Wangen, und er sah aus wie ein Greis in seiner Sterbestunde.

Um diese Zeit kam Herr Aguar mit zwei Waffenknechten auf den Balkon. Wortlos drehte Eisenherz den zitternden Valgrind zu seinem Vater hin, und das war eine Geste, die jeder verstand. Nur der Betroffene selber nicht. Die Gnade, die ihm vom Prinzen versagt worden war, wollte er nun vom König erflehen. Er nahm seine Krone ab und hielt sie Aguar hin. „Herr Vetter“, so rief er in seiner Todesahnung, „nehmt meine Krone und mein Reich, aber schonet wenigstens mein Leben . . .“

Aguar schenkte ihm keinen Blick und gab nur ein kleines Zeichen mit der Hand. Als die Knechte zugriffen, fiel die Krone klirrend zu Boden. Ein Schrei hallte durch den Saal, und das war das Letzte, was man von Valgrind hörte. Die Sage aber berichtet, es sei einmal ein König nach Thule gekommen, um einen Friedensvertrag abzuschließen, und habe bei dieser Gelegenheit den ewigen Frieden gefunden.

Nachdem die Knechte ihr Werk verrichtet hatten, standen sich Vater und Sohn auf dem halbdunklen Gang hinter dem Balkon gegenüber.

„Guten Abend, Herr Vater“, sagte Eisenherz höflich. „Ich hoffe, daß es Euch gut geht.“ — „Erträglich, mein Junge“, antwortete der König mit freundlicher Stimme. „Willst du vielleicht zum Essen bleiben?“

Aguar schenkte Valgrind keinen Blick; er gab nur ein Zeichen.

Einen Atemzug lang schauten sie sich noch schweigend an, dann breiteten sie die Arme aus und weinten die erlösenden Tränen der Freude.

Zur Strafe blieben die Gefangenen noch die Nacht über in der Halle Aguar befreite sie erst am anderen Morgen von ihrer Ungewißheit und gab bekannt: „Eure Heimat ist jetzt unverteidigt! Wir könnten sie erobern, aber das wollen wir nicht. Ich lasse Euch frei und verlange kein Lösegeld. Aber dieses rate ich: Hütet Euch künftig vor solchen Ausflügen; Ihr habt gesehen, was dabei herauskommt!"

Die letzten Jahre waren für König Aguar einsam gewesen. Mit Eisenherz kehrte nun auch das fröhliche Leben nach Wikingsholm zurück. Während aber soviel Lachen ringsum war, verstrickte sich der Prinz selber wieder in eine alte Erinnerung. Er dachte an das goldhaarige Mädchen in der Ägäis, das ihn über alle Weiten des Raumes hinweg zu sich rief.

Die Goldene Prinzessin

Nach einer Reise, die ihn drei Jahre lang von Thule ferngehalten hatte, war Prinz Eisenherz gerade noch rechtzeitig heimgekehrt, um einen tückischen Überfall auf den Thron seines Vaters vereiteln zu können. König Valgrind von Ingermanland, der bei dem von ihm geplanten Anschlag das Leben eingebüßt hatte, erhielt trotz seinem Verrat ein feierliches Begräbnis. Hierzu meinte Herr Aguar, des Prinzen königlicher Vater, die Ehre gelte nicht dem Menschen, sondern dem Fürsten; von dem abgesehen, habe jedoch der Mensch Valgrind seine Missetat schon teuer genug bezahlt.

Die habgierigen Edelleute, die mit Valgrind in der Hoffnung auf reiche Beute nach Thule gekommen waren, wurden zwar mit einer ernsten Verwarnung, doch ohne weitere Strafe über die Grenze abgeschoben.

Nun herrschte wieder Ruhe im Lande, was dem Prinzen eine Zeitlang recht behagte. Im Palast selber fühlte er sich freilich etwas beengt, und so kam es, daß er dort nur selten zu sehen war. Er trieb sich lieber in den Bergwäldern herum und schlief oft auch im Freien am glostenden Lagerfeuer unter dem gestirnten Samthimmel der nordischen Nacht.

Eisenherz hatte wichtigen Dingen nachzugehen. War es nicht der Forellenfang, so war es die Jagd mit dem Falken; und war es nicht die Falkenbeize, dann war es ein Pirschgang auf Hirsch oder Bär. Manchmal freilich suchte er auch nur einen stillen Wiesengrund nach vierblätterigem Klee ab, doch davon im Palast zu erzählen, verbot er seinem Knappen Beric streng.

Dem höfischen Gepränge auf Wikingholm, der stolzen Burg der Könige von Thule, konnte der Prinz keinen Geschmack abgewinnen. Er liebte seinen Vater zwar von ganzem Herzen, doch gelang es ihm nie, sich auch für das eigentliche Leben am Hofe zu erwärmen. Zuweilen ertappte er sich sogar über dem Wunsche, nicht als ein Thronerbe geboren zu sein, der eines Tages die Krone des Vaters tragen muß. Der Jüngling wußte schon sehr genau, daß mit der Würde auch die Bürde kam, der alle Abenteuerlust und aller ungebundene Frohsinn so sicher weichen mußten wie später Aprilschnee der Sonne. Wenigstens einige Jahre wollte Eisenherz noch sein eigener Herr bleiben.

Des Prinzen Überlegungen waren eine Sache für sich. Eine andere Sache wiederum waren die Gedanken seines alternden Vaters, der die Last der Krone möglichst bald an den herangewachsenen Sohn weitergeben wollte. Der Anschlag Valgrinds hatte deutlich genug gezeigt, wie sehr das Land einer festen Hand bedurfte. So reifte in Aguar der Entschluß, den Prinzen auf die Regentschaft vorzubereiten. Der erste Schritt zu diesem Ziel war nach des Vaters Meinung, daß sich Eisenherz unter den hochgeborenen Töchtern des Landes eine seiner würdige Gemahlin zu suchen habe.

Jeder andere junge Mann hätte einem solchen Gedanken begeistert zugestimmt. Nicht so der Prinz, der seine Freiheit über alle Maßen liebte und noch lange nicht ans Heiraten dachte. König Aguar glaubte, seinen Sohn schon soweit zu kennen, und deutete deshalb wohlweislich nichts über den Besuch von mehreren Edelfräulein an, den Wikingsholm demnächst erwartete. Als dann die hübschen Kinder, den Schwalben im Frühjahr gleich, zwitschernd in die Burg einfielen, bezeichnete Herr Aguar ihr Erscheinen als einen reizenden Zufall. Eisenherz glaubte nicht an diesen Zufall; er widersprach seinem Vater jedoch absichtlich nicht, denn er vermutete, daß insgeheim ein Fest vorbereitet werde, von dem er noch nichts wissen sollte.

Wenn die Höflinge ihren Prinzen im Kreise der Edelfräulein sahen, zwinkerten sie sich wissend zu, doch dachte keiner daran, den Jüngling aufzuklären, bis diesem schließlich über einem unbedachten Wort des Königs von selber ein Licht aufging. Um allen künftigen Versuchen dieser Art vorzubeugen, sagte er in Gegenwart der Mädchen: „Sollte wohl mein eigener Vater die Hand in diesem Spiel haben? Kann es wirklich sein Wunsch sein, mich schon so früh zu binden? Ebensogut könnte man doch versuchen, ein wildes Füllen mit seidenen Bändern festzuhalten.“

Nach diesem Zwischenfall ließ der König von den überstürzten Heiratsplänen ab und richtete seine ganze Aufmerksamkeit wieder auf eine Tatsache, die ihn schon seit dem mißlungenen Eroberungsversuch König Valgrinds bedrückte. Aguar, der sich seit längerer Zeit nicht mehr so recht bei Kräften fühlte, zog sich auf sein Zimmer zurück und dachte über seine Sorgen nach. Einige Stunden später ließ er den Prinzen rufen. Ohne zu versuchen, seine Unpäßlichkeit noch länger zu verbergen, sprach der alternde Vater zum heran-

gewachsenen Sohn: „Ich habe die Zügel der Regierung fest in meiner Hand gehalten, bin aber immer gerecht geblieben. Nach der Abschaffung der Seeräuberei begann in Thule ein echter Wohlstand zu entstehen. Trotzdem ist das Land längs der Küste voller Unruhe. Das grenzt fast schon an Rebellion, und ich weiß wirklich nicht mehr, wie ich dem Übel begegnen soll."

Schon an dem Tag, der diesem Gespräch folgte, brachen Eisenherz und Beric zu einem Jagdausflug auf. Eines Abends erreichten sie ein Fischerdorf, in dessen Herberge sie einkehrten. Als die Jäger gegessen hatten, wurden sie, wie das in jenen Zeiten üblich war, nach Neuigkeiten befragt. Eisenherz erzählte von dem Eroberungsversuch König Valgrinds und schloß mit den Worten: „Ein Glück für Thule, daß alles so gekommen ist!"

„Wieso ein Glück?" wollte da ein Mann wissen, der wie ein Berserker aussah. „Unter Valgrinds Herrschaft wären wir doch wieder Seeräuber geworden, aber dieser Aguar, diese schäbige Krämerseele", hier machte der bärtige Pirat eine verächtliche Geste, „hat unsere Heimat in ein Land der Händler und Geldsäcke verwandelt. Die Pocken für diesen schachernden König!"

„Heil, König Aguar!" rief Eisenherz und knallte dem Berserker die Faust ans Kinn. Die anderen schauten erstaunt über diesen Ausbruch auf den Jüngling und griffen nach den Dolchen. „Langsam Freunde", sagte der Prinz. „Ich bin der Sohn eures König, und will . . ."

Die dolchführende Faust
wurde zur Seite gelenkt.

Dieser Satz blieb zunächst unvollendet, denn der Berserker gehörte zu jener Art von Männern, die, wenn sie erst einmal in Wut geraten sind, nur noch Sieg oder Untergang kennen. Er hatte sich wieder auf die Beine gerappelt und ging nun auf seinen Gegner los wie ein gereizter Bulle.

Da ein Ausweichen in dem engen Raum der Wirtsstube nicht möglich war, wählte der Prinz den Angriff zu seiner Verteidigung. Noch ehe die dolchführende Faust des Berserkers zustoßen konnte, wurde sie von Eisenherz abgefangen und zur Seite gelenkt. Der freie Arm des sich duckenden Prinzen schob sich unter den Ellbogen des Gegners, und dann flog der Bärenkerl, getrieben von der Wucht seines eigenen Angriffs und einer fast unmerkbaren Nachhilfe, über den Rücken des Jünglings hinweg auf den lehmgestampften Boden. Das alles ging so schnell, daß das Auge kaum zu folgen vermochte.

Der Mann fiel wie ein Klotz und riß noch einen anderen mit sich. Das milderte den Aufprall so, daß dem Berserker eine ernstliche Verletzung erspart blieb. Bewegen konnte er sich vorläufig freilich nicht mehr, auch war sein rechter Arm schmerzhaft ausgekugelt.

Der erstaunte Bärenkerl flog auf den Boden.

Eisenherz setzte seine Rede an die Dorfbewohner fort, als sei überhaupt nichts Bemerkenswertes geschehen. „Ich bin gekommen, um den Grund eurer Unzufriedenheit zu erforschen, die bereits an meines Vaters Ohr gedrungen ist und ihn sehr betrübt hat. Lasset durch Boten an den Fjorden und auf den Inseln bekanntgeben, daß ich im Auftrag des Königs hier bin, um jeden anzuhören, der eine berechtigte Klage vorzubringen hat!"

Anderntags versammelte sich eine stattliche Zahl von kriegerisch dreinschauenden Wikingern im Dorfe. Von diesen Männern erfuhr der Prinz so manches, was ihm die gereizte Stimmung erklärte, denn sie sprachen frei und kühn über alles, was ihnen nicht paßte.

Zuerst trat ein jüngerer Schiffskapitän auf den Plan. „Dem König gefällt es, uns Piraten zu nennen! Er verbietet uns die freie Seefahrt, und das kränkt uns bitterlich! Gewiß, Herr Aguar ist der angestammte König von Thule. Aber auch wir sind Könige, nämlich Könige auf unseren Schiffen, und unser Reich ist die weite See. Wir fahren auf Beutezüge, ich brauche das gar nicht zu leugnen, aber wir sind doch keine verächtlichen Diebe, die sich nachts einschleichen. Wir plündern offen und wagen alles, um alles zu gewinnen . . . oft genug haben wir ja auch alles verloren. Ist der Grund des Meeres nicht etwa mit den Gebeinen unserer tapfersten Kameraden bedeckt?"

Als nächster sprach ein hochgewachsener Mann, in dessen Gesicht die Sonne und der Wind tiefe Runen gekerbt hatten. „Die Gesetze des Königs verschaffen den Krämern große Vorteile. Ist aber ein durch Handelsgeist erworbener Gewinn vielleicht ehrenhafter verdient als die Beute eines Seefahrers, der dafür tausendmal sein Leben einsetzen muß?"

Zuerst trat ein jüngerer Schiffskapitän auf den Plan.

Danach sprang ein stämmiger Hitzkopf auf. „Was wollen denn diese Könige, die so unschuldig tun? Sie selber führen ihre Kriege zwar unter dem Klange der Hörner und mit wehenden Bannern, aber ihr Ziel ist genau dasselbe . . . sie rauben zusammen, was sie können. Sollten etwa die Könige in der gleichen Sache im Recht, wir aber im Unrecht sein?“

Schließlich meldeten sich drei Knaben, von denen der größte für alle sprach.

Weiter meldete sich ein lederner Patriarch und sprach, gestützt auf seinen Stecken: „Meine Tage als Seeräuber sind längst vergangen. Ich baue jetzt Schiffe . . . so zierlich wie junge Mädchen und dabei so fest wie die Eichenhölzer, aus denen sie gezimmert sind. Wohin, so frage ich, sollen diese Schiffe denn noch segeln? In welche Weiten und Fernen können sie schweifen, um ihre Beute nach Thule zu bringen und unserem König neue Länder zu entdecken? Meine herrlichen Schiffe verrotten vor dem Anker, und selbst die Ratten haben sie schon verlassen!"

Schließlich traten noch drei Knaben auf, von denen der größte für alle sprach. „Ist es unrecht, daß wir von der Seefahrt träumen und Krieger werden wollen gleich unseren Vätern? Wie wäre es denn, wenn Thule einmal mit Krieg überzogen würde? Die weichlichen Kaufleute könnten unsere Dörfer nicht schützen, wohl aber der im Kampfe gehärtete Wiking."

Der Prinz hatte genug gehört und erhob sich. „Das Recht ist auf eurer Seite, ich werde die Klagen vor den König bringen!"

Eisenherz ritt mit schwerem Herzen nach Wikingsholm zurück und begab sich sofort nach seiner Ankunft zum König. „Mein Vater, unsere Leute an der Küste sind Wikinger, geboren und erzogen für die kriegerische Seefahrt. Diesen Menschen ist das Meer Wiege und Grab zugleich. Wenn du sie Piraten nennst, verletzt du ihren Stolz auf das tiefste!"

Damit verflog für Aguar ein schöner Traum. Er hatte geglaubt, seine kampflustigen Wikinger zähmen zu können. Nun sah er ein, daß das nicht ging. „Eines Tages", so sagte er schließlich gebeugt, „wird die Welt der Gewalt müde sein, und dann ist endlich Friede auf Erden!"

Dieses Treffen brachte wieder Ruhe ins Land.

Nach einer langen Beratung mit dem Prinzen ließ der König alle wehrhaften Wikinger durch Boten nach Wikingsholm einladen. Tausende von Kriegern kamen, und Herr Aguar verkündete: „Das Meer gilt seit altersher als die Mutter der Männer von Thule. Die Gewalt seiner Stürme und Wogen ist auch in eurem Blut. Ich sehe das ein. Kehret deshalb zurück zu euren geliebten Schiffen. Jeden Kapitän, der einen neuen Handelsweg öffnet, werde ich reich belohnen, und höchste Ehre soll dem widerfahren, der uns ein unbekanntes Land entdeckt. Eines aber merket euch: solltet ihr Britanniens Küste betreten, dann nur im Frieden, denn sonst bekommt ihr es mit meinem Sohn zu tun, der ein Ritter von König Arthurs Tafelrunde ist!"

Dieses denkwürdige Treffen brachte wieder Ruhe ins Land, so daß Eisenherz Zeit genug für sein geliebtes Waidwerk hatte. Eines Tages, da er allein ausgezogen war, erlegte er einen starken Hirsch. Der Prinz trat nach dem Pfeilschuß sorglos näher und merkte erst zu spät, als der Zwölfender noch einmal auf die Läufe gekommen war und angriff, daß er zwischen dem Tier und einem Abgrund stand. „So kann sich nur ein Narr anstellen", preßte der

Eisenherz hatte Zeit für sein geliebtes Waidwerk.

Jäger und Beute stürzten kopfüber in die Tiefe.

junge Waidmann durch die Zähne, doch da war das Unglück schon nicht mehr aufzuhalten. Eisenherz bekam den Hirsch, der in seiner Lebensangst gewaltige Kräfte entwickelte, zwar noch am Geweih zu fassen, aber schon im nächsten Augenblick stürzten Jäger und Beute kopfüber in die Tiefe.

Das sah nach sicherem Tod aus. Dem Prinzen, der sich vorher noch selber einen Narren geheißen hatte, widerfuhr aber nun freilich auch das Glück der Narren. Als die beiden Körper auf ein Felsband aufschlugen, lag der Hirsch unten und der Prinz oben. Trotzdem fiel Eisenherz in eine tiefe Ohnmacht, aus der er erst gegen Sonnenuntergang erwachte. Das Geräusch von plätscherndem Wasser erinnerte ihn daran, daß er brennenden Durst verspürte.

Der Jüngling richtete sich unter Schmerzen auf und suchte im schon schwindenden Licht des Tages die Umgebung ab. Da trafen seine Augen auf ein erstaunliches Bild. Sein Herz fing wie rasend zu schlagen an, und sein trockener Mund stieß keuchend das einzige Wort hervor: „Aleta“!

Aleta! Konnte sie es denn wirklich sein? Als er Aleta, der Königin der Nebelinseln, zum erstenmal in seinem Leben begegnet war, da hatte sie auch an einem Wasserfall gekniet und auch ihr goldenes Haar gebadet. Fast das nämliche Bild war ihm dann später in Britannien begegnet, doch hatte sich die Badende hinterher als ein fremdes Bauernkind entpuppt.

Nun sah er dieses Bild schon zum drittenmal. Oder war es vielleicht bloß ein Trugbild, das ihm seine Schmerzen vorgaukelten?

Der Prinz hatte das Gefühl, als wanke der Boden unter seinen Füßen. Er schloß die Augen und sank, überwältigt von Schwäche und Pein, mit einem leisen Stöhnen in sich zusammen.

Im gleichen Augenblick stand das Mädchen auf und sah den Jüngling gerade noch fallen. Die Fremde, eine mit Bogen und Speer bewaffnete Jägerin, eilte zu Hilfe. Während Eisenherz einmal kurz die Augen aufschlug, fragte die Jägerin, ob sie ihn in ihre Hütte bringen dürfe. Er nickte und versank gleich wieder in einen Zustand des halben, dumpfen Bewußtseins. Sigrid, so hieß das Mädchen, packte entschlossen zu und schleppte den Findling unter ihr Dach.

Am anderen Morgen erwachte der Prinz in einer kleinen, aber sauberen Waldhütte. Der erste Gegenstand, der seine Aufmerksamkeit erregte, war ein wunderhübsches Schiffsmodell aus Birkenholz und Walroßbein.

„Ist das nicht nett?" fragte Sigrid, die ihn dabei antraf. „Gundar Harl hat es mir geschnitzt." —

Nach dem Frühstück fühlte sich Eisenherz so wohl, daß er dem Mädchen vorschlug, mit ihm nach seinem Pferd zu suchen. Dabei kam ihnen nach kurzer Zeit ein jüngerer Mann entgegengehumpelt, der das Paar einige Atemzüge lang aus traurigen Augen anschaute und sich dann wortlos zum Gehen wandte. Das Mädchen errötete und rief: „Gundar! Warte doch!"

Der Mann, der nur noch ein Bein und einen Arm besaß, blieb zögernd stehen. Sigrid eilte leichtfüßig den Pfad hinunter und redete auf ihn ein. Ihre Worte schienen den verstümmelten Menschen zu überzeugen, denn er schloß sich ihr an, und so gingen alle drei zur Hütte zurück. Gundar erhielt ein

Stück geräucherten Bärenschinken und erzählte beim Essen von einer Walroßjagd, die er einmal mit Björne, Sigrids Vater, im hohen Norden unternommen hatte. Damals waren sie auf dem Heimweg von Feinden überfallen worden, wobei Gundar grausam verstümmelt und Björne gar erschlagen wurde. „Jetzt bin ich nur noch ein halber Mann, der Schiffe schnitzt, die niemals segeln werden", schloß Gundar und sah den Prinzen mit einem Ausdruck an, der diesem wie eine Mischung aus Haß und Eifersucht vorkam.

Was in der Seele des Einbeinigen wirklich vor sich ging, erkannte Eisenherz erst eine Stunde später. Sie waren wieder auf die Suche nach dem Pferd gegangen und entdeckten dabei am jenseitigen Ufer eines Gebirgsflusses einen

Bären, den sie über das Wasser hinweg durch Pfeilschüsse erlegten. Um die wertvolle Beute zu holen, mußten sie das Ufer wechseln. Der Fluß bildete talauf und talab meilenweite Stromschnellen, nur gerade vor ihnen war eine etwas ruhigere Stelle. Eisenherz und Sigrid bauten deshalb aus dem angeschwemmten Treibholz ein einfaches Floß, derweilen Gundar mit der Axt drei Ruderstangen zurechtschlug. Wie sie dann auf dem gebrechlichen Fahrzeug mitten im Fluß trieben, rief Gundar: „Der Bär bewegt sich! Gebt mir die Ruder und schießt noch einmal!" Kaum hatte er die Stangen aber in der Hand, da warf er sie in einer zunächst nicht erkennbaren Absicht ins Wasser.

„Was soll dieser Wahnsinn ?" herrschte ihn Eisenherz an, denn das Floß schoß jetzt führerlos dem nächsten Katarakt entgegen.

„Das kann ich dir sagen", gab Gundar fanatisch zurück. „Du willst mir Sigrid stehlen, doch der Tod wird uns allen ein Ende bereiten!"

„Aber Gundar", besänftigte ihn Sigrid. „Ich liebe dich doch schon seit meiner Kindheit! Komm, sei vernünftig!" — Eisenherz wartete die Versöhnung nicht ab, sondern sprang den Rudern nach und reichte sie dem närrischen Liebhaber zurück. Unter Aufbietung aller Kräfte gelang es ihnen dann, gerade noch vor dem nächsten Wassersturz ans Land zu springen.

Während der Prinz dem Bären das Fell abzog, beobachtete er die Verliebten schmunzelnd aus den Augenwinkeln. Soviel er sehen konnte, mußten

sich die beiden viel zu sagen haben, aber das war eine Erscheinung, die Eisenherz an verliebten Leuten schon kannte.

Seit dem ersten Schuß auf den Bären waren kaum zehn Minuten vergangen, doch nun schien alles, was sich hinterher zugetragen hatte, bereits wieder vergessen zu sein. Sigrid und Gundar standen am Anfang eines neuen Lebens und empfanden dieses köstliche Bewußtsein wie eine himmlische Gnade.

Zuerst war der Prinz geneigt, sich über das verliebte Gebaren lustig zu machen. Dann schoß es ihm aber unter Schmerzen und Neid durch den Sinn, wie glücklich er selber gewesen wäre, wenn seine Begegnung mit Aleta ähnlich und nicht so unheilvoll geendet hätte.

Eisenherz beeilte sich nicht sonderlich mit der Arbeit am Bären und mit dem Bau eines neuen Floßes, aber schließlich mußte er das junge Paar doch an die Rückfahrt erinnern. Drüben fanden sie dann bald auch das Pferd, das friedlich auf einer Lichtung weidete. —

Nach einem Plauderstündchen in der Jagdhütte bereitete der Prinz seinen Heimweg vor. Er, der sich vor kurzem noch zu heiraten geweigert hatte, konnte nun das Glück der anderen nicht länger mit ansehen und fühlte sich grenzenlos einsam. „Jeder andere junge Mann kann heiraten“, dachte er, „mir aber ist eine solche Zukunft durch die Erinnerung an Aleta verschlossen.“ Der Prinz kam sich wie ein uralter Mann vor, der schon viele Erfahrungen gesammelt hat. In dieser Stimmung sagte er beim Abschied zu Gundar: „Es mag sein, daß du nie wieder als Walroßjäger zur See fahren wirst. Aber ein Mann, der so hübsche Schiffsmodelle schnitzt, der kann auch wirkliche Schiffe bauen . . . Thule brauchte solche Männer; vielleicht wirst du bald von mir hören!“ Nach diesem Trost gab der Prinz seinem Rosse die Sporen. —

Auf Wikingsholm wurde Eisenherz schon unter dem Burgtor von seinem Knappen empfangen. Beric erzählte mit bekümmertem Gesicht: „Wir haben heute morgen eine böse Nachricht erhalten . . . es sieht nach Krieg aus . . . der König wartet schon voller Ungeduld auf Euch.“

Der Prinz ließ sich keine Zeit, den Reisestaub abzuschütteln, sondern begab sich, so wie er war, sofort zu seinem Vater, der ihn sorgenvoll empfing.

„Unsere Krieger können gegen die Finnas nichts ausrichten.“

Beric hatte nicht übertrieben, als er von einem Kriege sprach; das bestätigte jetzt Herr Aguar. „Die Nordostgrenze unseres Landes wird schon seit Monaten durch die Finnas verletzt. Ich habe noch nicht mit dir darüber gesprochen, weil ich dir nach deiner langen Abwesenheit die Ruhe gönnte, aber schon vor deiner Heimkehr ist es notwendig geworden, einen Teil unseres Heeres in den bedrohten Raum zu schicken. Nun haben Boten die Kunde gebracht, daß unsere Krieger gegen die Finnas nichts ausrichten können und vielleicht sogar aufgerieben werden, wenn wir ihnen kein Ersatzheer schicken. Ich bitte dich, dieses Heer zu führen."

Eisenherz stellte in aller Eile eine leichtbewaffnete und deshalb auch leichtbewegliche Reitergruppe aus jüngeren Kriegern zusammen, die als Rückhalt eine feste Phalanx von schlachterprobten Fußknechten erhielt. Mit dieser kleinen Heerschar trat er den Marsch an.

Der Weg, dem sie folgten, schlängelte sich immer höher in die Berge hinein und führte sie bis zu den Grenzen des ewigen Schnees. Nach der Überwindung eines letzten Passes stiegen sie in den der Ostsee zugewandten Teil Skandinaviens hinab, wo sie das Feldlager des erschütterten Heeres fanden. Eisenherz ließ sofort sämtliche Anführer zu einem Kriegsrat einberufen, begnügte sich dann aber zunächst damit, schweigend anzuhören, was die Männer von den bisherigen Kämpfen zu berichten hatten.

Eisenherz rief einen
Kriegsrat zusammen.

„Wir brechen die Zelte ab
und ziehen uns zurück!“

Auf diese Weise konnte sich der Prinz rasch ein Bild von seinem Gegner machen. Die Finnas (Vorfahren der heutigen Finnen) waren abgehärtete, etwas klein gewachsene Krieger, die sich im Kampfe ebenso flink wie tapfer zeigten. In der Art der Kriegsführung unterschieden sie sich wesentlich von ihren germanischen Nachbarn. Die Berge und die Wälder waren ihre natürlichen Festungen, in denen sie sich verbergen konnten, solange ihnen das geraten schien, und aus denen sie immer hervorbrechen konnten, wenn die Zeit zu einem Überfall gekommen war. Obgleich sie den Männern aus Thule schon Schaden genug zugefügt hatten, waren sie von diesen bis dahin noch kaum in größerer Anzahl gesichtet worden. Sie kamen wie die Wölfe aus ihren Verstecken und verschwanden nach einem geglückten Ausfall ebenso schnell wieder darin. Für König Aguars Krieger war es einfach unmöglich, diesen flinken Feind zu stellen oder gar in eine offene Feldschlacht zu verwickeln. Einem solchen Kampfe entzogen sich die Finnas immer mit viel Geschick, denn sie wußten genau, daß ihre Stärke nicht in der Zahl, sondern nur im Ausnützen der Überraschung und in der eigenen Behendigkeit lag. Mit dieser gescheiten Taktik hatten sie bis dahin noch stets Erfolg gehabt.

Der Prinz dachte mehrere Stunden lang allein über die mißliche Lage des Heeres nach, dann ließ er seine Hauptleute wieder kommen und sprach: „Unser jetziges Lager ist ein Mittelpunkt, der von allen Seiten ohne sonderliche Gefahr für den Gegner angegriffen werden kann. Dieser Zustand wird auf der Stelle geändert. Wir brechen unsere Zelte ab und treten einen geschlossenen Rückzug an.“ Mit ein paar weiteren Sätzen verriet der Prinz auch gleich, wie er sich diesen Rückzug dachte.

Im Morgengrauen schien dann das Heer von Thule in heller Flucht begriffen zu sein. Der Abzug geschah in solcher Hast, daß auf dem Wege sogar Lebensmittel, wichtige Ausrüstungsgegenstände und selbst Waffen weggeworfen wurden. Den besitzarmen Finnas kam es sehr lohnend vor, den Männern aus Thule in sicherem Abstand zu folgen und die Beute aufzulesen. Genau das war es aber, was der Prinz erreichen wollte. Ein Gletschertal jenseits des Passes, das kein seitliches Ausbrechen zuließ, gab ihm Gelegenheit

zum Handeln. Er versammelte eine kleine Truppe von ausgewählten Kriegern und wies sie an, sich in weiße Stoffe und Felle zu kleiden. Als das im Tausch mit anderen Männern geschehen war, zog die Hauptmacht weiter; Eisenherz jedoch versteckte sich mit seiner Schar in der Seitenmoräne des Gletschers. Kaum eine halbe Stunde später schwärmten die Finnas über die Paßhöhe und zogen ahnungslos an dem Hinterhalt vorbei. Der Prinz wartete noch, bis sie außer Sicht waren, und ließ ihnen dann den Rückweg verlegen.

Etwa um die gleiche Zeit stellte sich die Hauptmacht der Thuler am Ausgang des Tales zur Feldschlacht bereit. Die Finnas versuchten zwar, dem Zusammenstoß auszuweichen, merkten bei ihrem Rückzug aber bald, daß sie zwischen zwei tödlichen Schwingen gefangen saßen. So kam es im Hochtal zu einem vernichtenden Kampf, der den Finnas auf Jahre hinaus die Lust zu Ausflügen auf fremde Gebiete nahm.

Die ausweichenden Finnas wurden von Eisenherz und seinen Kriegern endlich gestellt.

So kam der Krieg schnell und blutig zu seinem Ende.

Die Freude über diesen Sieg hielt indessen nicht lange an. Am anderen Morgen wurde in der Nähe des Gletschers ein Hirsch gesichtet. Eisenherz beschloß, die willkommene Beute selber zu erlegen. Nach dem ersten Pfeilschuß zog sich der verwundete Hirsch in eine Gletscherhöhle zurück, wohin ihm der Prinz in seinem Jagdeifer folgte.

Diesen Leichtsinn mußte er büßen. Als er schon im Inneren der Höhle stand, brach hinter ihm ein Teil der Decke herab und legte eine unübersteigbare Schranke vor den Eingang. Das reichlich fließende Schmelzwasser begann

sich sofort zu stauen, und der Jäger mußte immer tiefer in die Höhle eindringen, um der eisigen Flut zu entgehen. Der durch Risse in der Decke spärlich erhellte Raum wurde zusehends enger und niedriger. Schließlich erreichte der vor Kälte zitternde Prinz die Stelle, wo es für ihn kein Weiter gab; auch der Hirsch hatte sich schon in den hintersten Winkel geflüchtet. Als die Wasser nachkamen und immer noch höher stiegen, begannen beide in verzweifelten Kreisen um ihr Leben zu schwimmen. Draußen hatten die

Mensch und Tier flüchteten in den äußersten Winkel der engen Gletscherhöhle.

Krieger sofort nach dem Einsturz damit begonnen, die ineinander verklemmten Eisblöcke wegzuräumen, aber ihre Bemühungen wären sinnlos geblieben, hätte nicht die Natur selber geholfen. Der Druck des Wassers wurde so stark, daß er das Hindernis schließlich sprengte. Die Flut stürzte brüllend heraus und riß neben den Eisbrocken auch den Hirsch und den Prinzen ins Freie. Beric legte sich den reglosen Leib seines Herrn über die Schultern und machte Wiederbelebungsversuche. Das war eine rauhe Behandlung, doch sie half.

Beric stellte mit seinem ohnmächtigen Herrn die ersten Wiederbelebungsversuche an.

Die Krieger jubelten vor Freude über diesen Erfolg und leiteten sofort in die Wege, was nötig war, um den Prinzen nach dem langen und eisigen Bade

vor ernsteren Gesundheitsschäden zu bewahren. Sie banden aus Birkenstämmchen das Gerüst zu einer bienenkorbähnlichen Hütte zusammen und legten ihre Decken und Kleider darüber. Andere erhitzten derweilen große Feldsteine an einem schnell entfachten Feuer. Als die Steine heiß genug waren und fast glühten, wurden sie in die Hütte gerollt und mit Wasser übergossen. Der zischende Dampf erfüllte den engen Raum sofort mit einer wohltuenden und alles durchdringenden Wärme, die den Prinzen rasch ins Schwitzen brachte. Beric unterstützte den Vorgang durch leichte Schläge mit Schierlingszweigen, und so wurde der Schrecken der eisigen Grabkammer, den Eisenherz bis auf das Mark verspürt hatte, rasch verjagt.

Einige Tage nach diesem gerade noch einmal gut abgelaufenen Abenteuer trat der Prinz an der Spitze seiner Schar den Heimweg an. Er war gesund und freute sich, daß er dem Vater so gute Nachrichten bringen konnte. Hätte er freilich geahnt, was ihm bevorstand, so wäre er vielleicht etwas weniger froh gewesen. Aber die Zukunft behält ihre Geheimnisse für sich, und das ist zumeist ein Segen für den, dem Schlimmes bevorsteht.

Die Männer von Ingermanland, die an dem Anschlag auf Thules Krone teilgenommen hatten, erwiesen sich der von König Aguar gewährten Gnade nicht würdig. Um die gleiche Zeit, da Eisenherz heimritt, hielten sie etwas weiter im Süden einen großen Rat ab. Einar, der Rote, ihr neuer Führer, verhetzte sie alle. „Hört zu! In meinem Kopfe kreisen die Gedanken wie die

Einige Tage später konnte der Prinz mit seinem siegreichen Heer endlich den Heimweg antreten.

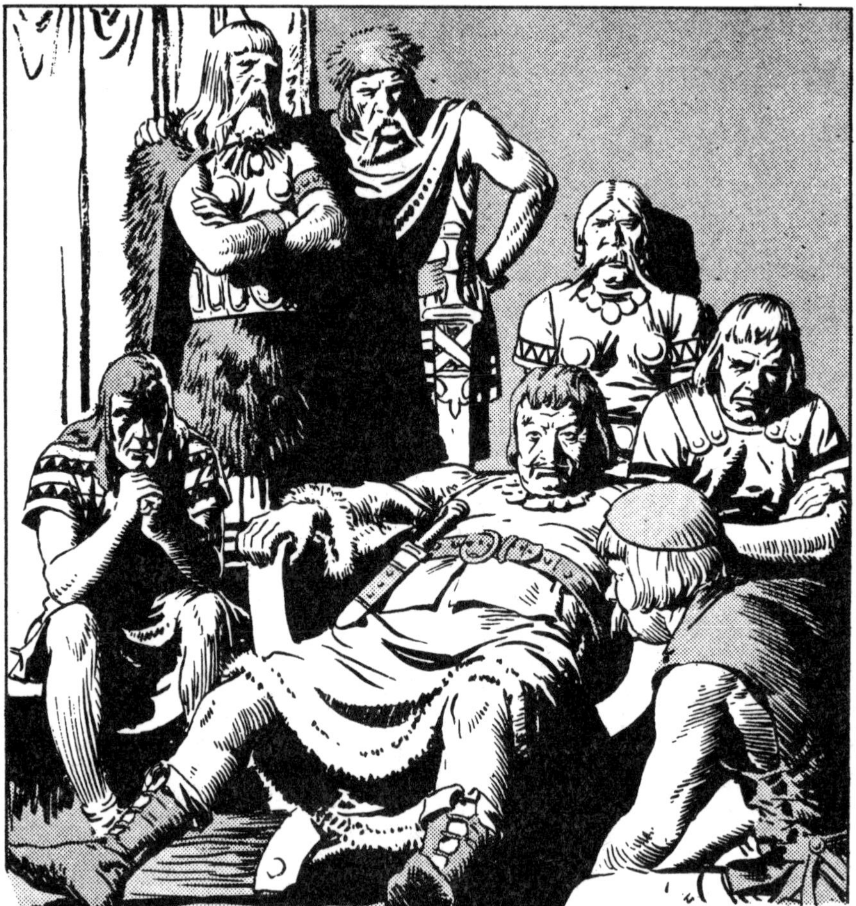

mit Schwertern bewaffneten Räder eines Kampfwagens! Aguar von Thule hat unseren König ermordet. Wir haben eine Niederlage erlitten, unsere Ehre ist beschmutzt. Wenn es uns aber gelingt, Prinz Eisenherz zu fangen, dann sind wir gerächt und können zudem noch ein Lösegeld fordern!" Anschließend enthüllte Einar einen finsteren Plan, den er ausgebrütet hatte und dem seine Gesellen johlend zustimmten.

So kam es, daß am anderen Tag, während Eisenherz mit den Seinen nach Süden ritt, eine Schar von anderen Männern gegen Norden zog. Sie waren gekleidet wie Jäger, aber ihr Sinn stand nicht nach dem üblichen Wild.

Einar hatte von dem Kriegszug erfahren und wußte, welchen Weg der Prinz zurückritt. Dieser Pfad führte an einer verlassenen Burg vorbei, in deren Nähe sich die Jäger versteckten. In ihrem Gefolge war auch ein blondes Mädchen, dem Einar eine graue Perücke und genaue Anweisungen gab.

Drei Tage später kam der Prinz mit Beric ahnungslos des Weges geritten. Sie waren allein und nur mit dünnen Lachsspeeren ausgerüstet, denn sie wollten sich aus dem Bergfluß, der an der Burg vorbeizog, eine Mahlzeit holen. Da saß nun das Mädchen, das sein Gesicht entstellt hatte und die Perücke trug, am Straßenrand und machte ein kummervolles Gesicht. Der Prinz glaubte, eine ältere Bauernfrau vor sich zu haben, und trieb sein Pferd näher heran, um sie anzusprechen. Als die Frau aufsah, standen in ihren Augen deutliche Zeichen eines körperlichen Schmerzes. „Erbarmt Euch, junger Herr",

Die Männer waren wie Jäger gekleidet, aber sie suchten ein ganz besonderes Wild.

wimmerte sie und brachte es sogar fertig, daß sich ihre Augen mit dicken Tränen füllten. „Bitte laßt mich nicht allein. Ich habe mir sehr weh getan.“

„Ich bin gefallen und habe mir schmerzhaft den Fuß verrenkt."

Eisenherz war überrascht.

Der Tonfall der Frau und auch die grauen Haare rührten dem Prinzen ans Herz. Das alles sah so ehrbar aus, und er gehörte ohnehin nicht zu den Menschen, die von anderen immer gleich Böses erwarten. Also stieg er ab und fragte die Frau, welches Mißgeschick ihr denn widerfahren sei, daß sie so unglücklich am Wege sitze und um Hilfe bitten müsse.

„Es ist das Mißgeschick der Alten und Schwachen", klagte sie. „Ich bin gefallen und habe mir dabei den Knöchel schmerzhaft verrenkt oder gar gebrochen. Meine Hütte ist ganz in der Nähe, aber ich kann mich nicht aus eigener Kraft hinschleppen. Bitte, junger Herr, bringt mich heim. Der Himmel möge Euch dafür belohnen."

Eisenherz sandte seinen Knappen zu Fuß voraus an die Stelle, wo sie eine Stunde oder zwei den Lachsen nachstellen wollten, und hob die Frau auf das ledig gewordene Pferd. Als sie die Hütte nach kurzer Zeit erreicht hatten, führte der Prinz seinen Schützling ins Innere. „Ich danke Euch, gütiger Herr", sagte die Frau und tat schnell ein paar unerwartet behende Schritte in den halbdunklen Raum hinein.

Des Prinzen Überraschung stieg noch weiter, als die Frau ihre Perücke abnahm und sich als ein junges Mädchen entpuppte. Ehe er jedoch etwas unternehmen konnte, griff ein halbes Dutzend Männer, das sich bis dahin verborgen gehalten hatte, nach ihm und riß ihn zu Boden. Wenige Sekunden später war der Überraschte schon gebunden und geknebelt. —

Die alte Frau entpuppte sich als ein blondes Mädchen.

Am Burgtor fand Beric
das reiterlose Pferd.

Die verlassene Hütte zeigte
noch die Spuren des Kampfes.

Am Fluß wartete Beric inzwischen geduldig auf die Rückkehr seines Herrn. Schließlich dachte er, der Prinz habe das Fischen vielleicht aufgegeben und irgendeinen anderen Zeitvertreib gefunden. Derlei kam zuweilen vor und war noch lange kein Grund zu Aufregung. Als der Knappe dann aber in der Nähe des Burgtores auf das ledige und auch nicht angebundene Pferd des Prinzen stieß, da wurde ihm schnell klar, daß nicht alles so war, wie es hätte sein müssen. Nun erst begann er zu handeln.

Begleitet von zwei rasch herbeigerufenen Kriegern, ritt Beric in der Richtung, die der Prinz mit der Frau eingeschlagen hatte, und kam so zu der Hütte, die jetzt zwar verlassen war, aber noch alle Zeichen eines heftigen Kampfes aufwies. Von der Hütte weg führten deutliche Hufspuren nach Süden, denen die drei Schwertgenossen mit wachsender Unruhe folgten. Zunächst fanden sie aber nichts, was weiteren Aufschluß geben konnte. Erst an der Grenze erfuhren sie dann von der Besatzung eines Wachturmes, daß eine Schar von fremden Bärenjägern vorbeigezogen sei, die sich auf das Gebiet von Thule verirrt und wegen der ungewollten Grenzverletzung entschuldigt habe. Diese Schilderung gab keinen Hinweis darauf, daß die Bärenjäger in einem Zusammenhang mit dem Verschwinden des Prinzen standen. Beric hörte zwar von einem Mädchen, das dabei gewesen war, aber eine alte Frau oder gar den Prinzen selber hatte niemand gesehen.

Dem jungen Adler waren die Flügel bis zur Hilflosigkeit gestutzt.

Diese harmlose Darstellung wäre freilich etwas anders ausgefallen, hätte einer der Wachtposten nur gewahrt, was für eine seltsame Beute da von den Fremden an einer Stange und verborgen unter einer Wolldecke vor den Augen der Wächter über die Grenze von Thule geschmuggelt wurde. Unter der Decke hatte nämlich Prinz Eisenherz gesteckt, der auf diese Weise verschleppt und schon wenige Tage später vor Einar gebracht wurde. —

„Willkommen, verehrter Prinz", höhnte der Rote, der mit Beruhigung wahrnahm, daß dem jungen Adler die Flügel bis zur Hilflosigkeit gestutzt waren. „Betrachtet dieses Heim als Euer eigenes . . . vielleicht als das letzte. Ich verspreche Euch die prächtigste Unterhaltung bis zu dem Tag, da der stolze Herr Vater ein Lösegeld schicken wird!"

Einars Höflinge gröhlten vor Vergnügen über diese Ankündigung; der machtlose Prinz dagegen konnte nur mit den Zähnen knirschen.

„Ich glaube kaum, daß sich der junge Herr in unserer Gesellschaft besonders wohlfühlt", fuhr Einar hämisch fort. „Aber wir haben so viele nette Dinge zu seiner Zerstreuung vorbereitet, daß er sich bei uns bestimmt nicht langweilen wird. Hinweg mit ihm!"

Die Zerstreuung, von der Einar gesprochen hatte, sah wie ein harmloses Spielzeug aus und bestand im wesentlichen nur aus einem eisernen Reifen, der von der Decke des Kerkers herabhing. An diesem Reifen wurde der Prinz so festgebunden, daß Arme und Beine weit ausgestreckt waren und die Last des Körpers fast nur an den Fingern hing.

Das war keine bequeme Stellung, zumal unmittelbar hinter dem Prinzen noch ein Kessel mit kochendem Öl stand. Auch wurden mehrere Kneifzangen in einem Kohlenbecken geglüht. Die aufsteigende Hitze und ein beizender Rauch machten dem Gefangenen schwer zu schaffen und nahmen ihm zeitweise fast den Atem, was dem Roten ein diebisches Vergnügen bereitete.

Eisenherz mußte vorübergehend die tränenden Augen schließen. Als er sie wieder aufschlug, stand neben Einar ein Mann mit einem Pergamentblatt und einer Zeichenfeder. Hierzu erklärte der Rothaarige: „Wie Ihr seht, tun wir alles mögliche für Eure Unterhaltung, verehrter Prinz. Jetzt haben wir sogar einen Künstler herbestellt, damit er ein Bild von Euch zeichne, das wir Eurem hohen Herrn Vater schicken wollen. Was glaubt Ihr wohl, wie der sich freuen wird? Sollte das Lösegeld allerdings nicht pünktlich eintreffen, dann müßten wir ihm noch ein zweites Bild schicken, auf dem ihr dann einen wesentlich schlechteren Eindruck machen würdet."

Für den Durstgeplagten blieb das köstliche Wasser unerreichbar.

Nach dieser Drohung zog sich Einar zurück; nur bisweilen erschien noch der Folterknecht, um nach den Feuern zu sehen. Der Prinz geriet immer mehr ins Schwitzen und empfand einen brennenden Durst. Unter den Qualen schwanden allmählich auch seine Kräfte. —

„Hoffentlich friert Ihr nicht", meinte da eine Stimme hinter ihm. „Wollt Ihr sehen, wie Wasser aussieht?" Einar war zurückgekommen und stellte einen randvollen Becher so auf den Tisch, daß er überrchwappte, aber für den Durstgeplagten unerreichbar blieb. Danach ging der Rote wieder.

Trotz seiner Benommenheit fiel dem Prinzen auf, daß der Besucher weder zum Kommen noch zum Gehen die Türe benützt hatte; um darüber aber weiter nachzudenken, war er indessen schon zu müde geworden.

Bald darauf meldete sich noch ein anderer Gast. Aus einem Winkel des Kerkers huschte eine Ratte, die vor dem Gefesselten nicht die geringste Scheu zeigte. Auf ihrer Suche nach etwas Freßbarem geriet sie an den Leder-

riemen, mit dem des Prinzen Füße festgebunden waren. Mag sein, daß der schweißbedeckte Riemen für das Tier ein Leckerbissen war, jedenfalls begann es sofort, daran zu nagen. Eisenherz sah einen Weg zu seiner Rettung, mit dem er nicht gerechnet hatte, und verhielt sich reglos, wenngleich er, wie fast alle Menschen, vor Ratten eine geheime Scheu empfand.

Das Tierchen nagte weiter. Sofern keine Störung dazwischen kam, mußte der Riemen bald reißen. Plötzlich spürte der Prinz, wie zuerst der eine und dann auch der andere, durch den gleichen Riemen gefesselte Fuß frei

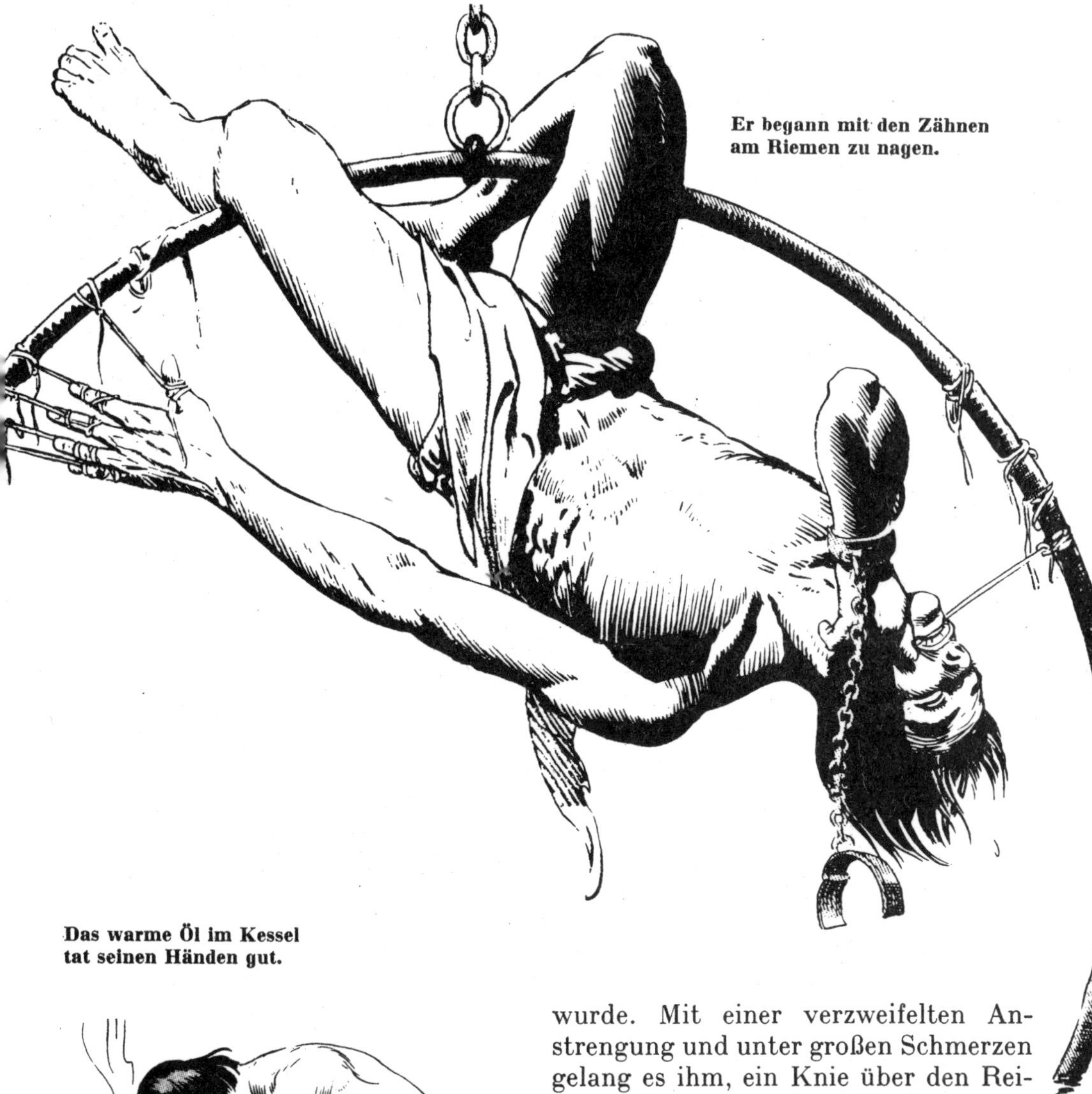

Er begann mit den Zähnen am Riemen zu nagen.

Das warme Öl im Kessel tat seinen Händen gut.

wurde. Mit einer verzweifelten Anstrengung und unter großen Schmerzen gelang es ihm, ein Knie über den Reifen zu bringen und so die Arme von der Last des Körpers zu befreien. Dann begann er, wie vorher die Ratte, mit den Zähnen an dem Riemen zu nagen, der die Finger seiner rechten Hand festhielt. Nach einem langen Kampf war er frei, wenn auch völlig erschöpft.

Seine Hände waren so gefühllos, daß sich der Prinz fragte, ob er jemals wieder ein Schwert werde führen können. Zu langen Überlegungen war freilich keine Zeit. Eisenherz mußte versuchen, seine Glieder wenigstens so weit in Ordnung zu bringen, daß er den kommenden Ereignissen einigermaßen gewachsen war.

Das Öl im Kessel war noch warm, und darin badete er nun seine gequälten Hände, die sich schneller erholten, als er gehofft hatte.

Der nächste Schritt galt der Suche nach dem von Einar benützten Ausgang, doch war dem Gefangenen dabei kein Glück beschieden.

Als das Morgenlicht schon fahl durch das Kerkerfenster drang, hörte der Prinz Schritte. Die Vermutung lag nahe, daß Einar nach einer trunken verbrachten Nacht mit seinen Gesellen wiederkam, um die Marter fortzusetzen, und dagegen galt es, sich zu wehren.

An der Wand lehnte ein Balken, den der Prinz zu einem Wagnis verwenden wollte, von dem sein Leben abhing. In den wenigen Sekunden, die ihm blieben, überlegte er alles genau. Er bewaffnete sich mit einem Hammer und stieg mit dem einen Balkenende auf dem Rücken so auf eine Bank, daß er das schwere Holz jederzeit gegen die Türe fallen lassen konnte. Dann wartete er in der Hoffnung, daß Einar als erster hereinkäme. Endlich drehte sich quietschend der Schlüssel; die Türe ging langsam auf.

Zuerst erschien der Folterknecht, doch Einar folgte ihm auf dem Fuß Während beide noch über das leere Martergerüst staunten, schlug der für sie unsichtbare Prinz die Türe zu und ließ den Balken als Sperre dagegenfallen, so daß von draußen keiner mehr herein konnte. Als dies geschehen war, und es geschah sehr rasch, begann der zweite Teil der Morgenarbeit. Ehe sich

Einar und der Knecht von ihrer Überraschung erholen konnten, wurden sie durch die Kerkerzelle gewirbelt, daß ihnen Hören und Sehen verging. Eisenherz hatte den Hammer und die Kette an seinem Handgelenk zu einer gefährlichen Waffe verbunden, die nun ihr doppeltes Ziel fand. Der erste Schlag traf den Kopf des Folterknechtes, und der zweite legte Einar auf den Rücken. Der Prinz schüttelte ihn wie eine Ratte. ,,Wo ist der geheime Ausgang ?" wollte er wissen. Weil der Rote schwieg, griff Eisenherz auf die Marterwerkzeuge des Kerkers zurück und zog den Dickwanst an einer Kette mit den Füßen voraus so gegen die Decke, daß der Kopf in die Nähe des noch brennenden Kohlenbeckens kam.

Der schwere Hammer traf zweimal ins Ziel.

Inzwischen wurde von draußen her versucht, die Eichentüre einzuschlagen.

Zur Abschreckung der Belagerer fuhr Eisenherz mit einem glühenden Eisenstab durch die bereits entstandene Öffnung. Die kleine Frist, die so gewonnen war, genügte, um Einar endlich gesprächig zu machen. „Laß mich herunter“, so heulte er. „Ich werde alles sagen.“

„Keine Eile“, gab der Prinz gelassen zurück, aber Einar sprudelte sein Geheimnis jetzt trotzdem so schnell er nur konnte heraus. Eisenherz öffnete die verborgene Tür und nahm lächelnd Abschied.

Der hinter der Tür sich auftuende Gang endete schon nach wenigen Schritten auf dem Umgang des Walls, wo er ebenso geschickt getarnt war wie drinnen in der Zelle, die sich offenbar im Wall und nicht in der eigentlichen Burg befand. Von der Besatzung war nichts zu sehen; wahrscheinlich bemühten sich alle Leute um die Öffnung des Kerkers.

Eisenherz schaute über die Brustwehr und gewahrte, daß er oberhalb der Zugbrücke stand. In die Mauer waren eiserne Ringe eingelassen, von denen sich der Prinz einen Nutzen versprach. Er befestigte seine Kette mit Hilfe des Hammers an einem der Ringe und stellte sich auf die Brustwehr. Als endlich doch ein Wächter auftauchte, tat Eisenherz, als wollte er sich durch einen Sprung in den Burggraben retten und hätte nur nicht den Mut dazu. Wie der Prinz das erwartet hatte, schlug der Mann auch gleich Alarm.

Das gut eingefädelte Schauspiel ging weiter. Der vorsichtig näherkommende Krieger wurde Zeuge, wie der Entsprungene seine Furcht doch noch überwand und in den Burggraben sprang. Der Mann hätte jedenfalls darauf schwören können, genau das und nichts anderes gesehen zu haben. Die Rufe des Wächters lockten noch mehr Leute von der Besatzung herbei. Man ließ sofort die Brücke nieder und schwärmte eifrig hinaus, um den Entflohenen tot oder lebendig aus dem Graben zu fischen.

Doch Eisenherz war kein Narr. Er hätte den Graben zwar mühelos durchschwimmen können, aber nur, um dann jenseits in dem offenen Gelände rings um die Burg eine sichere Beute seiner mit Pferden und Hunden versehenen Feinde zu werden. Der Prinz hatte deshalb erst gar nicht versucht, den Graben zu erreichen, sondern war, gesichert durch seine Kette, nur auf den obersten Querbalken der Zugbrücke gesprungen. Als die Brücke dann wie erwartet niederging, bot sie ihm unter ihren Bohlen das schönste Versteck, über das Einar und seine Krieger ahnungslos hinausstürmten ...

Einars Krieger sah zu, wie Eisenherz in die Tiefe sprang.

Die Zugbrücke fiel, und die Männer schwärmten hinaus.

Nach dem Verschwinden des Prinzen hatte Beric sofort einen Boten zu König Aguar geschickt und außerdem auch an der Grenze entlang noch weiter nach dem Verbleib seines Herrn geforscht. Das Geheimnis blieb jedoch ungelöst, bis dann eines Tages ein Reiter aus dem Süden kam und ihm ein für Aguar bestimmtes Schreiben überreichte.

Der Knappe war des Lesens unkundig, doch diese Botschaft verstand er auch so, denn sie bestand zum größten Teil aus der in der Folterkammer angefertigten Zeichnung. Als der inzwischen herbeigeeilte König von dem Vorfall erfuhr, ließ er das Heer nach Süden marschieren; ein Lösegeld wollte er den Verrätern nicht ohne weiteres zahlen.

Während Einar noch nach dem Prinzen suchte, wurde ihm das anrückende Heer gemeldet. Der Rote zog sich in die Burg zurück, wo er sich geborgen wähnte, und überließ dem Gegner das Vorfeld. Wie sehr aber staunte Herr Aguar, als er zwischen den Balken der hochgezogenen Brücke seinen vermißten Sohn entdeckte, dem es seinem Lachen nach nicht einmal schlecht zu gehen

Zwischen den Balken
hockte lächelnd der
vermißte Sohn.

schien. Unter dem Schutz eines Pfeilhagels schwamm der Prinz hinüber und berichtete kurz das Notwendigste, denn der Feind sollte sich hinter den Mauern nicht allzulange sicher fühlen.

In den einsamen Stunden unter der Brücke hatte sich Eisenherz überlegt, wie der Burg ohne Belagerungsgeräte beizukommen sei. Dabei waren seine Gedanken an dem Graben hängengeblieben, der die Burg umfloß und von einem lebhaften Bergbach gespeist wurde.

Nun führte er seinen Vater und eine Schar besonders starker Krieger an die Stelle, wo das Wasser durch eine enge Schlucht abfloß. Jenseits des Grabens standen Einar und einige Leute, die sich, da ein Angriff nicht zu drohen schien, wieder ins Freie gewagt hatten.

„Nun, Vater, was mag wohl geschehen, wenn wir an dieser Stelle einen Damm durch das Bachbett legen?“ — Der König erkannte sofort, was Eisenherz meinte, und befahl seinen Kriegern, auf der Stelle mit dem Werk zu beginnen. Da in der Nähe genügend große Bäume standen, ging die Arbeit rasch voran. Einar merkte schon nach wenigen Stunden, daß das Wasser im Graben ganz unverständlich zu steigen begann.

Am anderen Morgen stand die Flut schon in der Halle. Das wäre harmlos gewesen, aber während der Nacht hatte das Wasser auch die tiefer gelagerten Lebensmittelvorräte überschwemmt. Immer weiter stieg das Wasser, bis die Burg nur noch eine einsame Insel war. Als letzte Zuflucht blieben den Eingeschlossenen die Türme.

Die Belagerten ertrugen den Hunger eine Woche lang, dann ließ Einar durch einen Boten nach den Übergabebedingungen fragen. Aguars Antwort war kurz und bündig: „Sag deinem Herrn, daß ihn genau das erwartet, was er meinem Sohn geboten hat . . . der Tod durch die Folter!“

Eisenherz hörte schweigend zu und begann erst zu reden, als der Bote in seinem Kahn schon wieder zurückfuhr. „Noch ein paar Tage, dann sind die drüben zum Fechten zu schwach. Das Ende der Belagerung wird eine unsaubere Sache sein. Ist es dir recht, Vater, wenn wir das Strafgericht unseren Kriegern überlassen und heimwärts reiten ?"

Dem König war das ganz nach dem Herzen gesprochen, denn es verlangte ihn sowenig wie den Prinzen nach einer Teilnahme an dem blutigen Endkampf mit einem Feind, gegen den zu fechten keine Ehre war. So bestiegen also Vater und Sohn ihre Rösser und trabten ohne Begleitung der Heimat zu. —

Was nun im Bereich der Burg weiter geschah, das war in der Tat das traurige Ende eines gewissenlosen Abenteurers und seiner willfährigen Kumpane. Die Männer von Thule ließen noch eine volle Woche verstreichen, ehe sie den Damm zerstörten. Der Seespiegel begann rasch zu sinken, aber Einar und seine halb verhungerten Leute empfanden diesen Vorgang nicht mehr als Rettung; sie wußten zu genau, daß ihnen der eine Tod nur erlassen wurde, um sie für einen anderen aufzusparen.

Die Belagerer fügten noch während der Nacht ein starkes Floß zusammen und verankerten es in dem nur noch leicht überschwemmten Graben genau vor der Zugbrücke. Von diesem festen Platz aus berannten sie das Holzwerk der hochgezogenen Brücke mit einem wuchtigen Baumstamm, den sie als Rammwidder gebrauchten. Die Verteidiger machten zwar noch einen schwachen Versuch, den Angriff abzuschlagen, aber das nützte ihnen nichts mehr; das Balkenwerk der hochgezogenen Brücke brach schon unter dem dritten Rammstoß zusammen und gab den Weg frei. Einar und seine Kumpane, die sich so tapfer zeigten, wenn der Gegner wehrlos war, bettelten nun um ihr erbärmliches Leben und wimmerten selbst noch im Sterben um Gnade.

Während dies geschah, ritten Aguar und Eisenherz sorglos durchs Land. Sie hatten weder Eile noch Pflichten und waren deshalb ausgelassen wie Kinder. In diesen Tagen fanden die beiden näher zueinander als in der höfischen Luft von Wikingsholm und besprachen manches, was sonst unbesprochen geblieben wäre. „Mein Junge", meinte der König einmal, „eigentlich müßtest du doch heiraten, damit unser Geschlecht nicht ausstirbt."

„Lieber Vater", antwortete der Prinz in nachdenklichem Ernst, „du hast schon einmal die Töchter unseres Adels nach Wikingsholm eingeladen, und sie sind alle reizend gewesen, aber es wäre nicht ehrlich von mir, eines dieser unschuldigen Geschöpfe zu heiraten, denn ich bin verhext!"

Des Königs Augen wurden schmal. „Was, du und verhext?"

Eisenherz, der diese Aussprache schon seit langem mit einigem Bangen auf sich zukommen gesehen hatte und der wußte, daß er ihr auf die Dauer doch nicht entgehen konnte, holte tief Atem und begann zu berichten. „Auf meiner großen Reise bin ich einer Zauberin begegnet, die sich Aleta nannte und Königin der Nebelinseln war. Das ist schon lange her, aber heute noch stehen ihr schimmerndes Haar und ihre forschenden Augen zwischen mir und jeder anderen Frau auf dieser Erde."

Der König, dem diese Anzeichen des Verliebtseins wohlvertraut waren, lächelte still in sich hinein, doch das entging dem Prinzen. Er redete unentwegt weiter, wie das bei Verliebten immer so ist, wenn sie erst einmal begonnen haben, ihr Herz auszuschütten.

„Ich hasse diese Frau, weil sie ein grausames Volk regiert und selber so grausam ist, aber ich kann sie nicht vergessen. Selbst im Traume erfüllt sie mich noch mit Sehnsucht, und ihr Name klingt mir wie Glockengeläute. Du siehst also, Vater, daß ich wirklich behext von ihr bin."

Aguar hätte seinen Sohn am liebsten in die Arme geschlossen und ihm verraten, daß diese Art von Zauber schon ausgeübt wird, seit es Mädchen auf der Erde gibt, und daß er auch weiterhin ausgeübt werde bis ans Ende der Welt. Aber der König räusperte sich nur und sagte mit einem Ernst, der dem des Prinzen fast gleichkam: „Man muß der Gefahr ins Auge sehen und sie besiegen. Reise also hin zu diesen Nebelinseln und zwinge deine königliche Zauberin, dich aus ihrem Bann zu entlassen."

So geschah es, daß der Prinz wieder nach dem Süden aufbrach. Aus Thule nahm er nur seinen Knappen Beric mit. Sein Vater hatte ihn angewiesen, den kleinen Umweg über Britannien zu machen, um König Arthur zu besuchen. Wie immer, wenn der junge Ritter nach Camelot, seiner zweiten Heimat kam, war es dort um die Ruhe geschehen. Der Begrüßung schloß sich ein rauschendes Fest an, das bis in den Morgen hinein dauerte und bei dem Eisenherz ausführlich berichten mußte, was er inzwischen erlebt hatte.

Dem Rate seines Vaters etwas widerstrebend folgend, vertraute der Prinz dem König anderntags unter vier Augen an, was ihn plagte. Als Arthur hörte, daß ein Liebeszauber mit im Spiele sei, da meinte er gleich, man müsse den Herrn Gawain hinzuziehen, der von solchen Dingen doch noch am meisten verstehe. Der verwirrte Jüngling, der die Fäden seines Schicksals schon längst nicht mehr fest in seiner Hand führte, war einverstanden, und so wurde auch der sachkundige Freund eingeweiht.

Brennende Dörfer mahnten daran, daß Gallien immer noch keinen Frieden gefunden hatte.

„Dein Vater hat recht, du mußt auf die Nebelinseln", entschied Gawain, als ihm der Prinz sein Leid geklagt hatte. „Wenn König Arthur einverstanden ist, werde ich dich aber begleiten, denn einen besseren Ratgeber in Herzensdingen kannst du auf der ganzen Welt nicht finden."

Herr Arthur stimmte lächelnd zu, und so fuhren die beiden Freunde mit ihren Knappen schon zwei Tage später über den Ärmelkanal nach Gallien, das damals noch eine römische Provinz war. Für den langen Marsch zum Mittelmeer benützten sie die uralte Völkerstraße durch die Täler der Seine, der Loire und schließlich der Rhône.

Brennende Dörfer, auf die sie unterwegs stießen, mahnten daran, daß der Friede in Gallien auch nach dem Abzug der Hunnen noch nicht wieder eingekehrt war. Da sie jedoch einem ferneren Ziel zustrebten, gingen die Freunde einem Zusammenstoß mit den kämpfenden Gruppen möglichst aus dem Weg. Meistens schliefen sie tagsüber in den Wäldern und benützten dafür die Nächte zum Reiten. Trotz aller Vorsicht gerieten sie gelegentlich aber doch in ein Scharmützel hinein. „Der Sinn steht mir zwar nicht danach, doch es hält die Glieder gelenkig", sagte dann Gawain allemal und schlug wacker zu. So kamen sie schließlich nach Marseille.

Im Hafen fanden sie ein Schiff, das nach Kreta auslaufen wollte. Der Kapitän war betrunken, und das Schiff selber, es führte den merkwürdigen Namen *Tanzmaid*, machte auch keinen guten Eindruck. Eisenherz war schon drauf und dran, zu verzichten, als aus der Kajüte ein reizendes Mädchen heraufstieg. „Meine Tochter", erklärte der Kapitän stolz. „Sie kocht während der Reise für uns!" — Diese Bemerkung gab bei Gawain den Ausschlag, denn für ein holdes Frauenlächeln hatte er schon immer eine Schwäche gehabt. „Komm, Eisenherz, wir nehmen den Kahn. Eine so niedliche Köchin kann man doch nicht kränken." In dieser Lage blieb dem Prinzen nichts anderes übrig, als seine Bedenken zurückzustellen und den Segler zu nehmen.

Eisenherz wußte, daß der letzte Teil der Reise auch ihr schwierigster war. Würde es ihm überhaupt gelingen, die Nebelinseln wiederzufinden? Und wenn er Aleta je gegenüberstehen sollte, würde er dann seinen Seelenfrieden zurückgewinnen oder nur noch unglücklicher werden? Könnte er bei der Begegnung wirklich die Stärke aufbringen, die notwendig war, um den Zauber zu brechen, den Aleta über ihn verhängt hatte?

Viele Fragen und keine Antwort. Eisenherz war ehrlich genug, sich selber zu gestehen, daß ihm vor dem Wiedersehen bangte. Aber seltsamer Gegensatz: ganz tief in seinem Herzen freute sich auch irgendein Etwas auf den Anblick des goldenen Haares und der stillen grauen Augen. Es war das nämliche Etwas, das selbst den kleinsten Verdacht, die Königin der Nebelinseln könnte vielleicht eine hassenswerte Frau sein, entrüstet zurückwies.

Die *Tanzmaid* war zum Auslaufen bereit. Eisenherz, Gawain und die Knappen stiegen an Bord des abgewirtschafteten Seglers. Der Prinz schaute sich, Böses ahnend, an Bord um und gab dem Seelenverkäufer nur geringe Chance, daß er sein Ziel heil erreichte.

Von solchen unromantischen Überlegungen war Herr Gawain weit entfernt, seine Augen gewahrten nichts von dem verlotterten Zustand des Schiffes und suchten nur die hübsche Tochter des Kapitäns.

Auf ein Zeichen hin zog die kleine Mannschaft ein vielmals geflicktes Segel am rissigen Hauptmast hoch. Der Anker wurde gelichtet, und ein frischer Südwest trieb den alten Kahn aufs Meer hinaus.

Als dann die Stunde der ersten Mahlzeit gekommen war, erwarteten die Freunde, von der Tochter des Kapitäns bedient zu werden. Herr Gawain hatte sich zu dieser Gelegenheit besonders fein herausgeputzt. Statt des Mädchens zwängte sich aber eine dicke, schwitzende Frau durch den schmalen Eingang der Kajüte und lächelte den abenteuerlustigen Ritter aus ihrem Warzengesicht verschämt an. — „Ach, ich habe ganz vergessen, Euch zu erzählen, daß unsere Tochter kurz vor der Ausreise davongelaufen ist", erklärte der Kapitän verschmitzt. „Statt ihrer wird uns aber mein reizendes Weib für die Dauer der Reise betreuen." — Über diese Enthüllung brüllte der Prinz vor Vergnügen, doch ein Zurück gab es nun nicht mehr.

Das Schiff fuhr ächzend und stöhnend, im ganzen freilich auch recht brav an der italienischen Küste entlang nach Südosten, bis dann ein Gewitter-

sturm aufkam. Ein besseres Fahrzeug hätte ihm leicht getrotzt; für die *Tanzmaid* indessen brachte er das Ende. Schon der erste Schlag fegte den Mast über Bord. Ehe der in Fallrichtung stehende Prinz zur Seite springen konnte, traf ihn die Rahe am Kopf und riß ihn mit sich über die splitternde Reling. Beric sprang seinem Herrn sofort nach und sorgte dafür, daß er an den Trümmern einen festen Halt bekam. Als das geschafft war, schwammen die beiden aber schon weitab von dem Segler.

Die Zurückgebliebenen wurden bald darauf von einem anderen Schiff aufgenommen; Eisenherz und Beric jedoch trieben bei den Pontinischen Sümpfen ans Land. Der Prinz hatte eine Gehirnerschütterung davongetragen und konnte sich an nichts erinnern. Kaum, daß er Beric erkannte. Als ihn der Knappe durch den Sumpf landeinwärts führte, folgte er ihm willenlos wie ein völlig

verwirrtes Kind. Zwei Tage lang kämpften sie sich ohne Hilfsmittel und fast ohne Nahrung durch den fieberverseuchten Morast, bis sie endlich auf festen Grund kamen. Einige Stunden später fanden sie die Appische Straße, auf der sie sich mühsam weiterschleppten. Am nächsten Wachtturm wurden sie indessen schon aufgehalten. Dem Hauptmann kamen die abgerissenen und doch

Der teilnahmslose Prinz wurde auf einen Esel gesetzt.

irgendwie nach etwas Besserem aussehenden Fremden so verdächtig vor, daß er sie seinem Statthalter vorführen lassen wollte. Also wurde der teilnahmslose Prinz auf einen Esel gesetzt und unter starker Bewachung weggebracht. So gelangte er zum Gouverneur von Formia.

Der Statthalter war ein großsprecherischer Heuchler, der das Recht zwar mit vielen Worten, aber immer nur so auslegte, wie es ihm gerade paßte. Im Falle der beiden Fremden kam es ihm vornehmlich darauf an, das Kettenhemd, die wohlgefüllte Börse und das kostbare Schwert des kranken Ritters in seinen eigenen Besitz zu bringen.

So war es kein Wunder, daß er die Gefangenen nach einer an den Haaren herbeigezogenen Begründung in eine Zelle werfen ließ und dabei hoffte, daß sie dort von allein sterben würden. Diese Erwartung schien nicht zu trügen, denn bei Eisenherz brach schon zwei Tage später das Malariafieber aus, das er sich in den moskitoverseuchten Sümpfen zugezogen hatte. Fieber und Kälteschauer wechselten in tödlicher Bedrohung miteinander ab.

Beric kannte die Merkmale der Krankheit und wußte, daß sein Herr in dieser Umgebung nicht genesen konnte. Irgend etwas mußte geschehen. Der Knappe beobachtete das Verhalten der Wächter auf dem Hof und untersuchte auch jeden Winkel der Zelle selbst. „Was würde mein Herr in einer solchen Lage wohl tun?“ überlegte er immer wieder. Jenseits des Hofes lagen das Wohnhaus des Gouverneurs und die Ställe. Dort mußte er ansetzen! Der biedere Mann hatte schon viel von seinem Herrn gelernt!

Fieber und Kälteschauer schüttelten den Körper des Malariakranken.

Zu den wenigen Einrichtungsgegenständen der Gefängniszelle gehörte auch ein Reisigbesen, von dessen Stiel der Knappe mit seinen Zähnen und Händen der ganzen Länge nach ein Stück abtrennte. Diesen dünnen Stab umwickelte er an dem einen Ende mit einem Lappen, den er sorgfältig mit dem Öl aus der Lampe getränkt hatte. Der Prinz, dessen Geist immer noch in anderen Welten schwebte, schaute der langwierigen Arbeit gleichgültig zu.

Als sich draußen Schritte näherten, versteckte Beric seinen Stab unter dem Láger und wartete. Nach allem, was er bis dahin beobachtet hatte, mußte jetzt gleich ein Wächter mit dem kärglichen Abendbrot kommen. Die Vermutung stimmte. Da sich Beric mit Absicht immer sehr ängstlich gezeigt hatte und von dem anderen Gefangenen ohnedies nichts zu befürchten war, verrichtete der Wächter seine Arbeit mit der größten Sorglosigkeit. Das wurde sein Verhängnis. Beric griff zu, und einen Augenblick später war der Mann ein Opfer seiner eigenen Waffe.

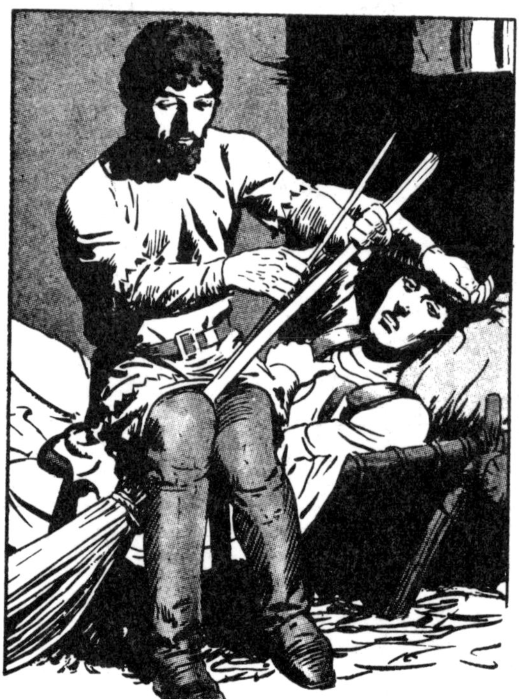

Nun konnte der Knappe ungestört an die weitere Durchführung seines Planes gehen. Der mühsam hergestellte Stab war als Feuerpfeil gedacht, und der Rest des biegsamen Besenstieles mußte als Schleudervorrichtung dienen. Beric stemmte den Stiel mit dem Fuß gegen die Mauer unterhalb des Fensters, und dann flog das brennende Geschoß zielsicher hinüber in den mit Heu und Stroh gefüllten Stall. Einen Augenblick später flammte es drüben auf. Über

den Hof erschallten die Warnrufe der Wächter. Beric wartete noch, bis die Verwirrung aufs höchste gestiegen war und schlich dann zum Hause des Gouverneurs hinüber. Da alle Bewohner beim Löschen waren, blieb der Knappe ungestört; er konnte das Kettenhemd, das *Singende Schwert*, seine eigenen Waffen und selbst die Börse des Prinzen ganz gemächlich zusammensuchen. Schließlich erlaubte er sich auch noch, der Küche des Gouverneurs einen reichlichen Lebensmittelvorrat zu entnehmen.

So versorgt, begab sich der umsichtige Knappe in die Zelle, kleidete den Prinzen an und schleppte ihn weg. Die Römer hatten vollauf mit dem Löschen des Brandes zu tun und merkten nichts von der Flucht.

Draußen auf der Straße sah ein Bauer von seinem Heuwagen aus dem Feuer zu. Plötzlich standen zwei Bewaffnete vor ihm. Der Bauer erfuhr, daß er schnellstens nach dem nächsten Hafen zu fahren habe. Das wäre Gaëta gewesen, eine Stadt zwischen Rom und Neapel und etwas weit entfernt für ein so einfaches Gefährt. Doch blieb dem biederen Landmann keine große Wahl zwischen einer Zusage und einer Ablehnung. Der eine der beiden Bewaffneten stellte ihm nämlich für das erstere eine hohe Belohnung, für das letztere dagegen eine Tracht Prügel in Aussicht.

Während der Fahrt lag der Prinz als hilfloses Bündel auf dem Heu. Wenn seine Augen offenstanden, starrten sie ausdruckslos in den Himmel; meistens waren sie aber geschlossen, und dann sah er aus, als wäre das Leben seinem Körper schon entflohen.

Endlich erreichten sie Gaëta. Beric gab dem Bauern eine überreiche Belohnung und brachte seinen Herrn in einer Herberge unter, wo er von einem

Arzt behandelt wurde und sein Zustand sich schon nach einigen Tagen wenigstens etwas besserte. Als Eisenherz wieder Teilnahme an der Umwelt zeigte, sagte Beric: „Herr, gebt mir Eure Börse, ich will ein Schiff suchen, das uns nach Britannien bringt. Dem weisen Herrn Merlin wird es sicher gelingen, Euch vollständig von dem Fieber zu heilen."

Von einer solchen Lösung wollte der Prinz indessen nichts wissen. Er war zwar damit einverstanden, daß ein Schiff gesucht wurde, aber dieses sollte nicht nach Norden, sondern nach den Nebelinseln fahren. Gegen diese Ent-

Was nicht weichen wollte, war ein Schatten auf des Prinzen Gedächtnis.

Auf dem Schiff kehrte das heimtückische Fieber noch mehrfach zurück.

scheidung gab es keinen Widerspruch, und so heuerte Beric einen kleinen Segler an, mit dem sie nach der Ägäis aufbrachen.

Unterwegs kehrte das hartnäckige Fieber noch mehrfach zurück und warf den Prinzen jedesmal erneut aufs Lager. Der getreue Beric pflegte ihn mit einer Hingabe, in der ihn auch Merlin nicht hätte übertreffen können. Der Arzt in Gaëta hatte ihm einen Vorrat an heilsamen Kräutern und Tränklein mitgegeben, die er gewissenhaft nach der Vorschrift anwendete. Des Prinzen beste Ärzte waren indessen das Meer und die frische, salzige Seeluft, die seinen körperlichen Zustand trotz den Rückfällen allmählich doch etwas kräftigte. Was freilich nicht so schnell weichen wollte, das war ein dunkler Schatten auf des Prinzen Gedächtnis. Eisenherz wußte zwar, daß er auf dem Wege zu Aleta war, grübelte aber oft vergeblich über andere Dinge nach, die nur noch nebelhaft in seiner Erinnerung standen.

Als sie die Ägäis erreicht hatten, fuhren sie wochenlang kreuz und quer durch die Inselwelt, bis am Horizont endlich ein vertrauter Anblick aufstieg. „Die Nebelinseln!“ rief der Prinz, und sein Herz schlug schneller. „Schau, Beric, dort drüben, das ist der Tempel der Aphrodite!“ —

Einige Monate vor diesem Tag hatte Königin Aleta einen Wunsch des feierlich versammelten Rates der Alten entgegengenommen. „Nun bist du

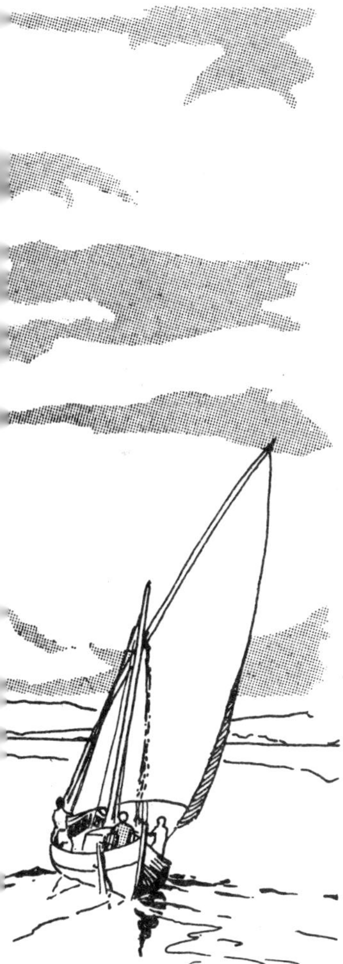

siebzehn Jahre alt", hatte ihr weißhaariger Taufpate damals gesagt, „und es ist Zeit für dich, einen Gatten zu wählen." — Nach den Gesetzen des Landes hatte der väterliche Freund recht, und so mußte sich Aleta dem Rate beugen. Boten wurden in alle bekannten Länder gesandt, und sogar in Länder, die fast nur den Dichtern bekannt waren; so nach Istrien im hintersten Zipfel der Adria, zu den Phrygiern in Kleinasien, zu den Skythen, die nördlich des Schwarzen Meeres wohnten, und selbst zu einigen Völkern tief im Innern Asiens.

Aleta hatte selber gefordert, daß ihre Heiratspläne in alle Welt getragen wurden, denn sie hoffte, so auch das

Ohr des einen Mannes zu erreichen, den sie von allen am meisten herbeisehnte.

Da die Boten in die näher gelegenen Länder erst zuletzt abgesandt wurden, vergingen wieder einige Wochen ohne besondere Ereignisse. Inzwischen bereiteten sich die Nebelinseln auf den Empfang der Gäste vor.

Der Ruhm von Aletas Schönheit war den Boten vorausgeeilt, und so kamen die Freier bald in Scharen herbei. Es waren hochgeborene Prinzen und sogar Könige darunter, aber das eine Gesicht, das Aleta suchte, war nie unter der ankommenden Menge.

Die Königin verschob deshalb ihre Wahl mit immer neuen Ausreden von einer Woche zur anderen, bis dann der Tag kam, da des Prinzen Schiff in eine nahe Bucht einlief, ohne daß Aleta etwas davon ahnte.

Gerade an diesem Tage gaben sich die Freier alle Mühe um Aletas Gunst. Die einen machten ihr schöne Augen hin und sahen dabei wie mondsüchtige Kälber aus. Andere gebärdeten sich gleich eitlen Pfauen, und die dritten versuchten gar, die Liebe der Königin dadurch zu erringen, daß sie mit ihren Heldentaten prahlten. Doch das Herz der Fürstin blieb ungerührt. —

Der Segler näherte sich dem Ufer, soweit es sein Tiefgang erlaubte. Dann stieg der Prinz aus und hieß den Schiffer zu warten.

Nach dem Niedergang der staatlichen Macht im alten Griechenland waren die Nebelinseln so oft das Ziel von Seeräubern gewesen, daß die Regierung für jeden Landungsversuch außerhalb der vorgeschriebenen Häfen die Todesstrafe einführen mußte. Damit das Gesetz auch Beachtung finde, waren längs der Küsten zahlreiche Wachtposten aufgestellt.

Eisenherz, der immer noch an den Folgen seiner Gehirnerschütterung litt, erinnerte sich dunkel des grausamen Todes, den seine Mannschaft bei der ersten Landung an dieser Küste gefunden hatte, und griff deshalb, als die Wächter schreiend auf ihn zuliefen, sofort zur Waffe. In dieser Lage blieb

keinem der Beteiligten mehr Zeit für eine Erklärung. Das *Singende Schwert* fuhr aus der Scheide, und damit war ein Kampf entfesselt, der sich durch ein paar klärende Worte leicht hätte vermeiden lassen. Das erste Blut begann zu fließen.

Dieser Kampf stand von Anfang an im Zeichen des Verhängnisses. Nicht allein, daß er unnötig gewesen wäre, Eisenherz mußte auch bald feststellen, daß die Strandwächter gewandte Fechter waren und viel Mut besaßen. Dazu kam noch ihre zahlenmäßige Überlegenheit.

So konnte ein Zwischenfall geschehen, der grenzenloses Leid über den Prinzen brachte. Beric, der getreue Schwertgenosse, der Seite an Seite mit seinem Herrn focht, begann zu wanken und fiel. Eisenherz hatte das zuerst nur aus den Augenwinkeln wahrgenommen und sah nun genauer hin: in der Brust des Knappen stak ein Speer! Beric war tot!

Der Prinz stürzte sich mit einem Schmerzensschrei erneut in den Kampf und wütete unter seinen Feinden mit einer Wildheit, die nur ein Mann aufbringen kann, der nichts mehr zu verlieren hat.

Als das Gefecht entschieden und kein Wächter mehr auf dem Plan war, trug er den Toten, der ihm mehr ein Freund als ein Diener gewesen war, zur

Dieser Kampf stand
im Zeichen
des Verhängnisses.

Seite und beweinte ihn. In seine Tränen mischte sich aber auch schon ein neuerwachter Haß gegen Aleta, die er für das Unglück verantwortlich hielt. Nachdem er Beric ein Grab geschaufelt hatte, sah er zum Himmel auf und schwor, diese Frau der verdienten Strafe zuzuführen. —

Im Palast am Meer warfen die Ältesten ihrer Königin inzwischen vor, daß sie mit der Wahl des Gatten zu lange zögere.

Aleta sah aufs Meer hinaus. „In einem Märchen wäre er im letzten Augenblick gekommen, aber . . .", so seufzte sie, „wir leben ja in der Wirklichkeit." Dann wandte sie sich traurig ihren Ratgebern zu. „Es sei denn! Heute abend beim Gastmahl werde ich wählen!" —

Eisenherz entbot seinem Knappen den letzten Gruß und machte sich auf den Weg zum Palast. Er kannte sich selbst nicht mehr vor Zorn und schritt dahin wie ein Irrer. Gegen Abend war mit Blitz und Donner ein schweres Unwetter aufgezogen, so daß es früh dunkel wurde. Das paßte zu des Prinzen

Stimmung. Als er den Palast erreicht hatte, versuchte er erst gar nicht, ihn durch das Portal zu betreten, sondern stieg durch ein von einem Vorhang geschütztes Fenster unmittelbar in den Thronsaal.

Das Geplauder im Saal erstarrte zu tödlicher Stille, als der Prinz mit gezogenem Schwert und flammendem Haß im Gesicht eindrang. Es schien, als wäre ein Gespenst aufgetreten, das auch die mutigsten unter den Freiern auf ihre Plätze bannte.

Aleta erhob sich von ihrem Throne und schaute aus ihren grauen Augen in ungläubigem Erstaunen auf den nicht mehr erwarteten Besucher.

In dieser kurzen Spanne wurde der Prinz unschlüssig. Eine innere Stimme rief ihm zu, daß er eben doch vor der Frau stehe, nach der sich sein Herz so innig sehnte, und nicht vor der Teufelin, die ihm sein überschatteter Geist zu hassen befahl. Er glaubte sogar, auf Aletas Lippen die Spur eines Lächelns zu erkennen, wie wenn sie sein Kommen erwartet hätte und sich darüber freute.

Aleta gewahrte die Verwirrung in des Prinzen Antlitz und erschrak. — Die Freier zu beiden Seiten des Thrones bedeuteten für den Jüngling nur Schemen, die er nicht kannte, und die er wegschlagen würde, so sie ihm entgegentreten sollten.

Aber der irre Blick des Prinzen war eine noch viel stärkere Drohung als das blitzende Schwert. Die Freier wichen eingeschüchtert zurück. Keiner wagte zu fragen, wie der Fremde heiße, aus welchem fernen Land er komme, warum sein Kleid und sein Schwert so blutig seien und vor allem auch, was er in diesem Aufzug eigentlich unter der prunkvollen Schar zu suchen habe. Alle diese Fragen unterblieben vor dem Anblick der schreckerregenden, glühenden Augen.

Der Prinz trat vor die Stufen des Thrones und zögerte einen Atemzug lang. Dann senkte er die Lider, um von Aletas Schönheit nicht geblendet zu werden, griff wortlos zu und warf sich

die zarte Mädchengestalt über die Schulter. Aleta wehrte sich nicht, und die Freier waren von dem unbegreiflichen Geschehen so gelähmt, daß keiner die Tatkraft aufbrachte, dem Entführer entgegenzutreten. So gelangte der Prinz unangefochten auf dem schon bekannten Weg ins Freie.

Eisenherz strebte durch das tobende Unwetter verbissen dem Schiff zu, das in der Nähe von Berics Grab ankerte. Das *Singende Schwert* war bereit, jeden Widerstand zu brechen, und der Prinz dachte in seinem Wahnwitz sogar einen Augenblick lang daran, die Klinge im Notfall auch gegen Aleta zu führen. Diese wollte indessen gar nicht fliehen, sie ließ sich ruhig davontragen und empfand eher Mitleid denn Furcht.

Inzwischen hatten sich die Freier von ihrer Überraschung erholt. Sie schämten sich, daß ihnen die Braut vor der Nase weggeholt worden war, und machten ihrem Unmut in lauten Worten Luft. Wenn sie auch ahnen mochten, daß keiner von ihnen je Aletas Hand gewinnen werde, so suchten sie doch die Umgebung noch lange nach den Verschwundenen ab. Sie suchten aber um-

sonst, denn Eisenherz hatte das Schiff längst erreicht. Trotz Sturm und Dunkelheit befahl er die sofortige Abfahrt.

„Bei diesem Wetter die Bucht zu verlassen wäre gefährlich!“ wehrte sich die erschrockene Mannschaft. „Möglich“, antwortete der Prinz hart, „aber Ungehorsam bedeutet für euch den sicheren Tod!“ — Die Männer verstanden, wie das gemeint war, und legten ab.

Im freien Wasser wurde das Schifflein ein Spielball der Wogen, doch ging auch diese Nacht des Schreckens vorüber. Gegen Morgen ließ der Sturm nach, so daß der nur wenig angeschlagene Segler seine Fahrt gefahrlos in südlicher Richtung fortsetzen konnte. —

Eisenherz arbeitete mühsam an einem kleinen Amboß, den das Schiff mitführte, und schmiedete eine Handfessel, so wie er sie von Sklavenschiffen her kannte. Aleta beobachtete ihn dabei sehr aufmerksam, verriet aber mit keinem Wort, was sie über dieses Beginnen dachte.

Als das Werk vollendet war, trat Eisenherz vor die Königin hin und sprach: „Des Leides und der Grausamkeiten wegen, die du und dein barbarisches Volk unschuldigen Menschen zugefügt haben, werde ich dich an dieser Sklavenkette durch alle Königreiche der Welt führen, damit deine Schande offenbar werde. Da ich aber auch dir teuflischen Hexe gegenüber gerecht bleiben will, so frage ich dich, ob du irgend etwas zu deiner Verteidigung vorzubringen hast?“ — Aleta gab keine Antwort, und so wurde die Fesselung angesichts der afrikanischen Küste vollendet.

Eisenherz entlohnte den Schiffseigner und dessen Mannschaft reichlich für die ausgestandene Angst und ging mit Aleta bei der kleinen Stadt Sollum an Land. In diesem Teile Afrikas war man zu jenen Zeiten an seltsame Anblicke gewöhnt. So wunderte sich denn niemand über den abgerissenen Ritter mit dem blonden Mädchen an der Kette. Höchstens, daß der eine oder der andere Mitleid mit dem Fremden empfand, der da so traurig und sichtlich von Leid geplagt seines Weges zog.

Mitleid war auch immer noch Aletas einzige Regung. Sie ertrug die Fessel ohne Klage und wartete geduldig ab, was weiter geschehen werde.

Im Verhältnis zwischen Eisenherz und Aleta ergab sich bald eine erste Wendung. Der Prinz war nach all dem Geschehenen so müde, daß er sich mitten auf dem geräuschvollen Markt niederließ und sofort einschlief. Aleta versuchte nicht, sich zu befreien, und achtete nur darauf, daß des Prinzen Ruhe nicht von Fremden gestört werde. Danach befahl sie die Händler von den nächstliegenden Ständen mit der unvergleichlichen Würde einer Königin zu sich. Ein goldenes Armband brachte ihr so viel ein, daß sie alles kaufen konnte, was für den Augenblick nottat.

Als Eisenherz gegen Abend erwachte, fand er auf dem Boden Aletas Mantel ausgebreitet und darauf einen reichen Tisch gedeckt. Der Hungrige aß und trank, ohne nach dem Woher zu fragen. Noch ehe er ganz fertig war, deutete Aleta aufs Meer hinaus. „Mach schnell“, warnte sie. „Dort kommen meine Schiffe, um mich zu befreien!“ —

„Diese Närrin, sie hätte doch fliehen können“, murmelte der Prinz vor sich hin und verließ mit seiner Gefangenen die Stadt.

Vor der Stadt fanden sie ein gesatteltes Araberpferd.

Der Prinz ritt mit seiner Gefangenen während der ganzen Nacht durch die weglose Wüste.

Die Dunkelheit brach rasch herein. Unweit der Stadt, wo schon die Wüste begann, fanden sie bei einer letzten Palmengruppe ein Zelt und daneben angebunden ein gesatteltes Pferd. Da Menschen nicht in der Nähe waren, nahm Eisenherz das edle Tier ungefragt weg und hinterließ dafür ein Goldstück, was ihm mehr als ausreichend dünkte.

Sie ritten die ganze Nacht hindurch immer tiefer in die weglose Wüste hinein, doch ohne Ziel und Plan. Als der Morgen graute, war die Königin, die hinter dem Prinzen saß, so müde, daß sie fast vom Pferde glitt. Eisenherz setzte sie deshalb vor sich in den Sattel und legte behutsam einen Arm um ihre Schulter, damit sie einen Halt habe. Über die Hintergründe dieser nicht vorgesehenen Fürsorge machte sich der Jüngling keine Gedanken, aber Aleta schien von solchen Dingen etwas mehr zu ahnen. Sie lehnte jedenfalls ihren Kopf zufrieden an die Schulter des jungen Ritters und schlief unter einem glücklichen Lächeln auf den Lippen ein.

Das duftende Haar streichelte des Prinzen Wange so sonderbar, und es war überhaupt alles so merkwürdig. Eisenherz mußte sich gewaltsam daran erinnern, daß dieses Wesen, das er da in seinem Arme hielt, eine Teufelin war, die zu bestrafen er geschworen hatte.—

Aus der Ferne kam das Geräusch von Hufschlägen. Der Jüngling vermutete, daß es von irgendwelchen Verfolgern stamme und ritt seitwärts.

Aleta schlief unter einem glücklichen Lächeln auf den Lippen ein.

Eisenherz bedeckte die Schlafende mit seinem eigenen Mantel.

Zwei Turbane gaben Schutz vor der gnadenlosen Wüstensonne.

Die rasch steigende Sonne verwandelte die Wüste in eine kaum noch zu ertragende Gluthölle, doch der Prinz hielt erst an, als es schon wieder auf den Abend ging. Aleta schlief vor Ermattung auf der Stelle ein. Später wurde die Nacht so bitter kalt, daß es dem Prinzen geraten schien, die Schlafende mit seinem eigenen Mantel zu bedecken.

Wieder kam ein Morgen, und wieder begann ein langer Marsch. Das Pferd war von der doppelten Last so erschöpft, daß ihm schon nach zwei Stunden ein Halt gegönnt werden mußte. Während dieser Rast machte Aleta aus ihrem Obergewand zwei Turbane zurecht, die wenigstens ihren Köpfen etwas Schutz vor der gnadenlosen Sonne gaben. Zum Dank reichte ihr Eisenherz die Wasserflasche, aus der bis dahin noch keines getrunken hatte. Hinterher setzte er die Flasche selber an die Lippen, ohne aber auch nur daraus zu nippen. Er vertraute seiner Ausdauer und wollte den geringen Vorrat für das Mädchen aufsparen, das er so schrecklich zu hassen wähnte. —

Das Pferd war nicht mehr fähig, einen Reiter zu tragen. Eisenherz mußte sich deshalb entschließen, zu Fuß weiterzugehen. Als er unterwegs einmal prüfend die Wasserflasche schüttelte, entdeckte er, daß sie noch ganz voll war. Also hatte auch Aleta die Labe verschmäht.

Dem jungen Ritter schwirrten seltsame Gedanken durch den Kopf, aber er stapfte verbissen weiter, bis er durch einen Ruck an der Kette angehalten wurde. Aleta hockte am Boden, und in ihrem Gesicht stand ein hilfloses

Lächeln, gerade als ob sie sich wegen ihrer Schwäche entschuldigen müßte. Eisenherz entdeckte auf ihren arg zerfetzten Schuhen dunkle Blutflecken, und er vergaß wieder einmal, daß er das Mädchen doch eigentlich bestrafen wollte. Als die Füße verbunden

waren, nahm er die zarte Gestalt kurzerhand auf den Rücken, damit Aleta wenigstens die durch das Gehen verursachte Qual erspart bliebe.

Eine Hügelkette in der Ferne deutete darauf hin, daß sich die Landschaft ändern werde. Ob zum Guten oder zum Schlechten stand freilich noch dahin. Bei Sonnenuntergang erreichten sie den von mächtigen Felstrümmern gesäumten Rand der Berge und tranken gierig den letzten Schluck aus der Flasche. Danach suchte sich jedes eine geschützte Ecke und versank alsbald in den bleiernen Schlaf der Erschöpfung.

Irgendwann in dieser Nacht erwachte Aleta an einem Geräusch. Sie richtete sich auf und lauschte angestrengt. Der Mond war aufgegangen und zeichnete gespenstische Schatten zwischen die Felsen. In seinem fahlen Licht erkannte Aleta das Pferd. Das durstgeplagte Tier hatte offenbar wieder etwas Kraft gesammelt und war ihnen gefolgt. Nun stand es mit tiefgesenktem Kopf und suchte scharrend einen Durchgang zwischen den Felsblöcken. Das Pferd schwankte zwar und fiel vor Schwäche fast um, aber irgend etwas in der Nähe mußte ihm so begehrenswert erscheinen, daß es seinen mühsamen Weg doch Schritt für Schritt fortsetzte. In Aleta siegte die Neugier über die Furcht; sie stand auf und folgte dem Tier.

Es war schon Morgen, als Eisenherz an einem köstlichen Gefühl erwachte; sein Gesicht wurde mit kühlem, lebenspendendem Wasser gebadet. Aleta reichte ihm die Flasche, und er trank in langen, durstigen Zügen.

Aleta folgte dem Pferd zu einer nahen Quelle.

„Woher kommt denn das viele Wasser?“

„Ich habe mir den Schlüssel einfach aus deiner Börse genommen“, sagte Aleta.

Der Prinz bemühte sich, ein strenges Gesicht zu machen.

„Woher kommt denn das viele Wasser?" wollte der Prinz dann erfahren. Aleta berichtete ihm lächelnd, wie sie bei ihrem nächtlichen Abenteuer durch das Pferd zu einer Quelle geführt worden sei, die ganz in der Nähe zwischen den Felsen sprudle.

„Aber, wie bist du denn von der Kette losgekommen?"

„Hm, ganz einfach. Der Schlüssel lag ja in deiner Börse. Ich habe mir auch erlaubt, deine Schuhe für den kurzen Gang auszuleihen!"

Aleta sagte das alles so selbstverständlich, daß der Prinz nicht wußte, ob er ärgerlich oder dankbar sein sollte. Aus lauter Unsicherheit machte er ein strenges Gesicht hin und schloß die Gefangene wieder an.

Das Pferd hatte in der Umgebung der Quelle ausreichend Nahrung gefunden und war wieder so bei Kräften, daß sie es besteigen konnten. Gegen Mittag nickte der Prinz, der die Folgen seiner Gehirnerschütterung immer noch nicht ganz überwunden hatte, im Sattel ein. Aleta ergriff die Zügel und lenkte das Tier in ein Tal hinein, von dem sie hoffte, daß es zur Küste führe. Diese Erwartung traf ein. Als Eisenherz aufwachte, gewahrte er ungläubig, daß am Talende schon ein Stückchen vom Spiegel des Meeres zu sehen war. So gelangten sie nach Tobruk.

In einer der Gassen fiel Aleta ein Araber auf, der das Pferd mit allen Zeichen des Wiedererkennens musterte und dann in Richtung der Wüste

verschwand. Die junge Königin ahnte das aufziehende Unheil und überlegte, wie sie ihm begegnen könnte. Eisenherz half ihr unbewußt dabei, denn er trank den schweren Rotwein, der ihnen in einer Schenke zum Essen vorgesetzt wurde, vor lauter Durst so hastig, daß er alsbald einschlief.

Aleta befreite sich in der gewohnten Weise abermals von der Kette und bestieg das Pferd, um dem Araber nachzureiten, der sich so auffallend benommen hatte. Unweit des Stadtrandes stieß sie auf mehrere zornig dreinblickende Beduinen, die sie unter Rufen der Verwünschung umringten und zum Halten zwangen. „Wo ist der Pferdedieb? Wir schlagen ihn tot und werfen seinen schmutzigen Kadaver den Geiern zum Fraß vor!"

„Hier wird überhaupt niemand umgebracht", sagte die zarte Königin mit betonter Sanftmut. „Seid still und benehmt euch nicht wie Kinder, damit wir endlich vernünftig miteinander reden können!"

So waren die Wüstensöhne bis dahin noch von niemand behandelt worden, und zumal nicht von einer Frau, die bei ihren Stämmen als ein Wesen minderer Art galt. Nun standen sie da und brachten vor Staunen den Mund nicht mehr zu. Aleta ließ ihnen keine Zeit, sich zu fassen, und sprach weiter: „Ich bringe euch das Pferd zurück. Ein vornehmer Ritter hatte es sich geliehen, aber ihr könnt ihm nichts antun; sein Geist ist nämlich verwirrt, und sein Leib steht deshalb unter dem Schutze der allmächtigen Götter. Kommt aber mit, wir machen dafür ein gutes Geschäft miteinander!"

Die Araber folgten Aleta gehorsam auf den Markt von Tobruk, wo diese ihre Perlenkette an einen Edelsteinhändler verkaufte. Für einen Teil des Erlöses erstand sie das Pferd und noch ein anderes dazu zu einem so guten Preis, daß die verwunderten Beduinen insgeheim dem Himmel dankten, der ihnen die hellhäutige Frau über den Weg geführt hatte.

Als Eisenherz, der den ganzen Handel verschlafen hatte, endlich erwachte, da war er noch recht verwirrt. Die Erinnerung an die letzten Tage stand nicht mehr in seinem Gedächtnis. Er schaute um sich und suchte seinen Knappen. Erst beim Anblick Aletas fiel ihm wieder ein, daß Beric ja erschlagen worden war und er selber sich vorgenommen hatte, die Königin der Nebelinseln für ihre Untaten zu bestrafen.

„Ich habe geschworen, dich durch alle Länder der Erde zu schleifen", wiederholte er eigensinnig seinen Vorsatz. Aleta nickte ihm freundlich lächelnd zu und fragte nur, ob er auch gut geschlafen habe.

Der Prinz hatte keine Gelegenheit, sich über dieses Verhalten zu wundern, denn er entdeckte im gleichen Augenblick, daß sie statt des einen Pferdes nun plötzlich deren zwei besaßen.

„Ich habe eines dazugekauft", erklärte Aleta, „denn es ist dir sicher nicht recht, den Sattel mit einer Sklavin zu teilen." —

Am späten Nachmittag liefen wieder drei Schiffe aus Aletas Flotte den Hafen an. Eisenherz ritt mit seiner Gefangenen in die Klippen hinter der

Stadt hinein. Vom Meer herauf wehte ein erfrischender Wind. Aleta öffnete ihr langes, blondes Haar und sang vor lauter Wohlbehagen ein fröhliches

Liedchen. Eisenherz kam aus dem Staunen nicht mehr heraus. Wie konnte es dieser Königin einfallen, in ihrer Lage auch noch zu singen?

Kurz vor dem Anbruch der Nacht fanden sie eine Quelle, bei der sie ihr Lager aufschlugen. Der gleiche Platz war aber auch das Ziel einer umherziehenden und immer beutelustigen Horde von Wüstenräubern. Noch ehe

Eisenherz und Aleta so recht aus dem Schlaf erwachten, waren sie schon überwältigt und gefesselt. Die Gefangenen wurden auf ihre Pferde gesetzt und hinweggeführt. Unter den Räubern brach allerdings schon unterwegs ein heftiger Streit um den Besitz des kostbaren Schwertes und der blonden Sklavin aus, was bei dem Prinzen die wunderlichsten Gefühle auslöste.

Nach einem kurzen Ritt erreichten die Räuber eine größere Oase, wo sie ihr Lager aufschlugen. Eisenherz setzte sich in den Sand und tat, als habe er sich in sein Schicksal völlig ergeben. Hinter seinem Rücken war er aber mit dem Daumennagel schon dabei, die groben Fasern des Strickes, eine um die andere, abzuknipsen.

Während sich die Räuber noch um die Beute zankten, sprang dann ihr Gefangener plötzlich auf und riß das *Singende Schwert* an sich. Das Strafgericht, das nun folgte, war zwar kurz, aber für die Betroffenen doch recht schmerzvoll. Aleta hatte zum erstenmal Gelegenheit, den Prinzen kämpfen zu sehen, und feuerte ihn mit lauten Rufen an.

Am andern Morgen zogen sie weiter. In den Augen der Königin stand ein neuer, undeutbarer Ausdruck, von dem niemand sagen konnte, ob er der

Furcht oder der Liebe oder gar dem Haß entsprang. Nach einem Ritt, der ihnen in der Gluthitze endlos lang vorkam, erreichten sie eine andere Oase, und dort begegnete dem Prinzen ein dummer Unfall.

Eisenherz war kaum abgestiegen, da drängte ihn das nach Wasser lechzende Pferd so unglücklich zur Seite, daß er über eine Felsstufe stürzte. Der Fall

Aleta schleppte ihn an einen schattigen Platz unter den Palmen.

war nicht eben tief; als Aleta aber hinzueilte, sah sie den Prinzen doch beängstigend reglos zwischen den Felsen liegen.

Auf den heißen Steinen konnte der Gestürzte nicht bleiben; das wäre vielleicht sein Tod gewesen. Aleta versuchte deshalb, ihn unter Aufbietung aller ihrer Kräfte an einen schattigen Platz im Innern der Oase zu schleppen, doch gelang ihr das erst, nachdem sie ihm das Kettenhemd und das schwere Schwert abgenommen hatte. Nahe der Quelle bereitete sie dem Ohnmächtigen ein weiches Bett aus Palmzweigen und ein Kopfkissen aus seinem Mantel. Als die Wunden gewaschen und so gut es ging verbunden waren, aber erst dann, dachte die Fürstin auch an sich selber und schleppte sich noch einmal zur Quelle, um ihren Durst zu löschen.

Der Prinz machte einen so hoffnungslosen Eindruck, daß Aleta ernstlich um sein Leben bangte. Sie wachte die ganze Nacht bei ihm und verließ ihn nur, wenn sie frisches Wasser holen mußte.

Es war schon spät am anderen Tag, als die Pferde ohne erkennbaren Grund zu wiehern begannen. Sollte das ein Zeichen dafür sein, daß sich

Fremde näherten? Aleta lauschte angestrengt und glaubte zu hören, daß das Wiehern aus weiter Ferne beantwortet wurde.

Ein altes Sprichwort sagt: „In der Wüste trifft niemand einen Freund!“ Die Königin wußte das und führte die Pferde ein Stück talauf, um sie an einem verborgenen Platze anzukoppeln. Damit wollte sie verhindern, daß die Tiere ihre und des Prinzen Gegenwart verrieten.

Als sie wieder zurückgekrochen war und vorsichtig durch die Palmen spähte, entdeckte sie im schwindenden Licht eine größere Schar von Berbern, die weiter unten im Tal ein Zeltlager aufschlugen.

Aleta machte sich auf unliebsame Zwischenfälle gefaßt und versteckte das *Singende Schwert* und auch ihre eigenen Juwelen im Sand. Bei ihren Überlegungen wurde ihr immer mehr bewußt, daß sie auf fremde Hilfe nicht rechnen durfte und das Leben ihres Begleiters wie auch ihr eigenes nur noch von ihr allein abhing. „Warum eigentlich soll ich mich ängstlich vor diesen Wüstensöhnen verbergen“, meinte sie schließlich, „wo unser Dasein doch ohnehin schon so gefährdet ist?“ —

Das andere Lager gehörte einem Fürsten vom Stamme der Tuaregs, der mit seiner Karawane auf dem Wege von Timbuktu nach der Cyrenaika war. Einige der Männer hatten ihre Instrumente hervorgeholt und eine wilde Musik

Die von Natur aus so grausamen Berber waren hingerissen.

begonnen, als plötzlich eine Gestalt vor ihnen auftauchte, die ihnen wie ein Märchenbild erscheinen mußte: ein Mädchen, goldhaarig und schön wie die Sonne. Die Überraschung wurde vollkommen, als die Erscheinung zu sprechen begann. „Spielt weiter, ich tanze für Euch und fordere nur Lebensmittel als Lohn!"

Die von Natur aus recht grausamen Berber waren so gebannt, daß sie willenlos gehorchten.

Aleta tanzte zum hämmernden Rhythmus der Trommeln und Pfeifen und verzauberte ihre Zuschauer damit so, daß keiner es wagte, sie zu hindern oder gar anzufassen.

Die Trommeln schlugen schneller, und der Klang der Pfeifen wurde noch erregender. Aleta war zum Umsinken müde, aber sie beendete ihren Tanz erst, als sie wußte, daß er seine Wirkung getan hatte. Die Trommelwirbel erstarben in einem letzten Grollen. Nun stand die Königin hoch aufgerichtet im Scheine der Lagerfeuer und heischte gebieterisch ihren Lohn. Die Tuaregs verließen einer um den anderen den Kreis und kamen bald darauf

Aleta tanzte zum hämmernden Rythmus der Trommeln und Pfeifen.

zurück, um ihre Gaben in größter Ehrfurcht vor Aleta niederzulegen. Die sonst so wilden Gesellen brachten sogar mehr herbei, als Aleta erwartet hatte. Da waren Töpfe mit Honig und Krüge mit Wein; dazu noch Früchte, Käse und getrocknetes Fleisch. Nun konnte es für viele Tage nicht mehr an Nahrung mangeln. Aleta ließ alles auf ihren Mantel legen und machte ein großes Bündel daraus. Sie dankte den Tuaregs, lehnte aber jede weitere Hilfe ab und erreichte so, daß man sie allein durch den Palmenhain zurückgehen ließ. Ihr Herz schlug vor Glück, denn nun konnte sie ihrem Pflegling wenigstens etwas zu essen geben. Sie dachte sogar schon daran, die Berber am Morgen noch einmal aufzusuchen und sie um heilsame Kräuter und andere Medikamente für den Kranken zu bitten.

Nun war aber einer unter den Tuaregs gewesen, der seine Gabe nicht sofort vor Aleta niedergelegt hatte. Er hieß M'Belo und war der verweichlichte, etwas einfältige Sohn des Fürsten. Aus seinem kleinen Gehirn war der Gedanke gekrochen, die schöne Tänzerin dadurch zu belohnen, daß er sie zu seiner Frau mache. Der junge Mann zweifelte keinen Augenblick daran, daß das Mädchen über diese Ehre hochbeglückt sei.

So kam es, daß sich Aleta mitten im mondscheindurchfluteten Hain plötzlich angefaßt fühlte. Eine heisere Stimme flüsterte ihr zu: „Oh, du bist die schönste von allen und verdienst es, das Weib eines zukünftigen Fürsten zu werden!"

Aleta erkannte nach dem ersten Schrecken den jungen Mann, der nichts von der Ritterlichkeit seines Vaters geerbt zu haben schien. M'Belo versuchte, das begehrte Mädchen zu umarmen, doch da fuhr ihm auch schon ein Dolch schmerzhaft über die ungewaschenen Finger. M'Belo wollte Aleta die Waffe entreißen, erreichte aber nur, daß er einen zweiten Schnitt davontrug, der ihm die Wange bis auf den Backenknochen spaltete. Aleta benahm sich wie eine Wildkatze, die einer mit bloßen Händen fangen will. Vor

Der Dolch riß ihm die Wange bis auf den Backenknochen auf.

diesem, von ihm selbst entfesselten Wutausbruch verging dem vorher noch so kühnen Jüngling aller Mut. Er riß die Hände vor das blutende Gesicht und lief schreiend davon.

„Sie ist eine Mörderin", wimmerte und kreischte er im Lager. „Sie wollte mich erdolchen, mich, den hochgeborenen Sohn des Fürsten! Ich verlange, daß sie eingefangen und getötet wird!"

Der Fürst war einsichtig genug, um die Zusammenhänge zu erkennen, und lehnte die Forderung des gekränkten Liebhabers ab. Das war eine Entscheidung, die den anderen Tuaregs über alle Maßen gefiel.

Aleta erlebte bei der Rückkehr zum eigenen Lagerplatz eine freudige Überraschung, mit der sie kaum noch gerechnet hatte. Der Prinz schlief ruhig auf seinen Palmenzweigen, und es sah so aus, als wäre das Fieber abgeklungen. Indem sie die Hand behutsam auf die Stirne des Schlafenden legte, wurde ihr dieser erste Eindruck bestätigt.

Unter der Berührung schlug Eisenherz die Augen auf, und das war sein erstes wirkliches Erwachen seit langen, bangen Tagen. Zuvor hatte ihn die Ohnmacht immer nur für eine kurze Weile verlassen.

Die Verletzungen, die er bei dem Absturz davongetragen hatte, schmerzten zwar noch, aber im Kopf fühlte er sich bei aller körperlichen Schwäche doch ziemlich klar. Damit stellte sich auch die Erinnerung wieder ein. Er hatte das Gefühl, als wäre er aus dem Dunkel der Nacht unmittelbar ins helle Sonnenlicht getreten und könnte die ihn umgebende Welt nun plötzlich wieder in aller Schärfe erkennen.

Ein Schatten blieb allerdings doch über seinem Gedächtnis. Er wußte zwar genau, was ihm bis zu dem Augenblick widerfahren war, da ihn der stürzende Mast der *Tanzmaid* getroffen hatte, aber alles, was hinterher gekommen war, glich nur einem Gewirre von Stimmen und Gesichtern, von galoppierenden Pferden und blitzenden Schwertern und einer helläugigen Königin, die er in Sklavenketten mit sich führte.

In seiner Not versuchte er, von Aleta eine Auskunft zu erhalten, doch diese schüttelte den Kopf. „Ich kann auch nicht sagen, was mit dir los war, ehe du in meinen Palast eingebrochen bist. Sicher ist nur, daß dein Begleiter in einem Kampf an unserer Küste gefallen ist und daß du mich aus irgendwelchen Gründen beschämen willst.“

Diese Unterhaltung wurde nicht ausgesponnen, aber Aleta fühlte sich allein schon dadurch von ihrer ärgsten Sorge befreit, daß Eisenherz gerettet war und wenigstens die Gegenwart klar erfassen konnte. Das alte Verhältnis, in dem Aleta als die Gefangene und Eisenherz als der Bestrafende galt, blieb äußerlich bestehen; aber es war schon so gelockert, daß die Königin jetzt nur noch das freie Ende der Kette an ihrem Gürtel befestigte und Eisenherz die Handschelle selber trug.

Sie ritten an die Küste zurück und rasteten eines Tages in der Herberge von Bengasi. Aleta bat um des Prinzen Börse und erklärte dazu ganz harmlos, daß sie sich Kleider kaufen wolle. „Du gehst in deinen Lumpen weiter", schnappte da der Prinz ein, denn er verstand nichts von Frauenwünschen. Am Ende wurden die Kleider aber doch gekauft.

An diesem Nachmittag fiel Eisenherz einem Sultan auf, der kräftige Krieger brauchen konnte und deshalb den Ritter mit seiner Begleiterin in seinen

Der kräftige Ritter fiel einem vorüberziehenden Sultan auf . . .

und wurde zum Gastmahl in den Palast geladen.

Palast einlud. An einem so festlichen Mahl hatte der Jüngling bis dahin noch nicht teilgenommen, doch seine Augen weideten sich mehr an Aleta denn an der prunkvollen Tafel. Irgend etwas an ihr hatte sich verändert; sie trug auch die Haare anders als sonst.

Bei dieser Erkenntnis runzelte Eisenherz die Stirne. Aleta war doch kein Gast, sondern seine Gefangene. Er befahl ihr barsch, zu tanzen.

Zuerst blitzte es in den Augen der Fürstin unwillig auf, aber gleich darauf perlte ein helles Lachen von ihren Lippen. Sie überließ dem Prinzen die Kette, löste ihr goldenes Haar und begann, so leicht wie ein Sonnenstrahl über den Marmorboden des Saales zu schweben.

Auf diesem Höhepunkt des Festes hielt der Sultan die Zeit für gekommen, seinem Gast ein glänzendes Angebot für den Fall zu unterbreiten, daß er ihm gegen die Vandalen helfe, die damals unter König Geiserich in Nordafrika ein Reich gegründet hatten. Aber Eisenherz hörte kaum zu und schaute nur auf die Tanzende, bis der Sultan enttäuscht erklärte: „Ich dachte, du habest sie an der Kette, in Wirklichkeit aber hat sie dich an der Kette. Wer hätte je gedacht, daß ein starker Ritter so schwach werden könnte, wenn ein Mädchen zu tanzen beginnt?" — Bald darauf gab er durch ein Zeichen mißmutig zu erkennen, daß das Fest beendet sei.

Die Gäste ritten weg. Aleta war verärgert, denn das Spiel mit der Kette ging ihr allmählich auf die Nerven. Als sie anderntags an einen Brunnen kamen, stieg Eisenherz ab, um sein Pferd zu tränken. Auf eine solche Gelegenheit

Aleta schlang ihre Kette um den Sattelknopf des Prinzen.

hatte Aleta gewartet. Sie löste die Kette von ihrem Gürtel, befestigte das freie Ende am Sattelknopf des Prinzen und gab dem Pferd einen Schlag, so daß es erschrocken davonlief.

Eisenherz begriff zuerst nicht, was geschehen war; er hatte auch alle Mühe, das Pferd, das ihn mit sich zog, wieder zur Ruhe zu bringen. Als er etwas außer Atem zurückkam, erklärte ihm Aleta: „Wenn es mir nicht möglich gewesen wäre, die Kette zu lösen, dann hätte mich dein Pferd aus dem Sattel gerissen und zu Tode geschleift!" —

Zwei Tage später stellte Eisenherz bei irgendeiner Gelegenheit fest, daß er sein Messer verloren hatte. „Dann nimm doch das meine", sagte Aleta und holte ihren unter dem Gewand verborgenen Dolch hervor. Sie tat, als sei der Besitz einer Waffe die größte Selbstverständlichkeit für eine Gefangene.

„Was, du trägst ein Messer bei dir?" stieß der Prinz verblüfft hervor. „Dann hättest du mich ja im Schlaf umbringen können. Dir grausamen Hexe wäre das . . ." — Weiter kam Eisenherz mit seinen Betrachtungen nicht, denn in Aletas Gesicht versammelte sich eine dunkle Wolke des Zorns, die dem Prinzen nichts Gutes verhieß.

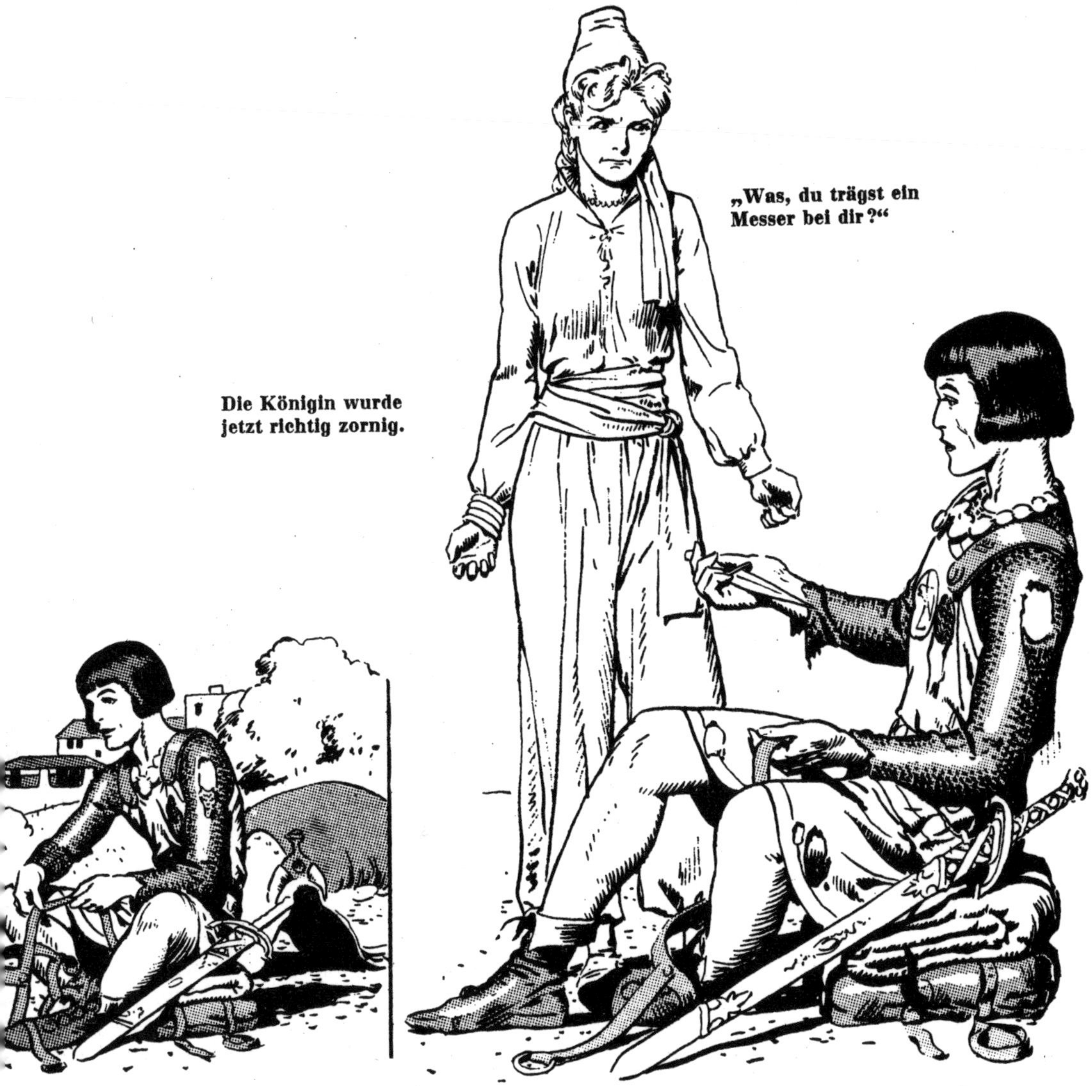

„Grausame Hexe, ich?“ rief sie empört. „Das sagst du mir nicht mehr, sonst ...“ Noch ehe die Drohung recht ausgesprochen war, hatte sie dem Prinzen einen solchen Stoß versetzt, daß er rücklings in den Sand fiel. „Ich bin auch nicht grausamer als du, du gedankenloser Papagei. Seit hunderten von Jahren hat mein Volk schon unter räuberischen Überfällen zu leiden. Daß es zu einem Kampf kam, ist allein deine Schuld. Du hättest ja in einem unserer Häfen landen können, die jedem Fremden offenstehen!“ Aleta beruhigte sich etwas und drohte mit dem Finger. „Du wirst mich also nie wieder eine grau-

same Hexe nennen, und jetzt hilfst du mir zur Strafe das Haar ordnen!"

Die Sonnenstrahlen rieselten über die goldenen Locken, und des Prinzen Hände zitterten bei seinen ungeschickten Bemühungen.

Aleta stand so dicht vor ihm, daß er den verwirrenden Duft ihres Haares einatmen mußte und sogar die Wärme ihres Körpers spürte.

Während diese nach außen hin so unscheinbaren Dinge geschahen, spielte sich im Innern des Prinzen ein erregender Kampf ab. Aletas Erklärung hatte ihm alle Bilder zurückgegeben, die aus seinem Gedächtnis so lange entschwunden gewesen waren, und er sah die Zusammenhänge nun plötzlich in einem ganz anderen Licht. Diese Erkenntnisse

waren beschämend. „Aleta", flüsterte er schließlich hilflos. „Kannst du verzeihen?"

Die Königin dreht sich um und sah den Prinzen prüfend an, wie wenn sie auf den Grund seiner Seele schauen wollte. Eisenherz erwiderte den Blick, wurde aber so befangen, daß er etwas sagte, das zwar wie eine Dummheit klang, aber doch zu einem guten Ende führte.

„Für mich bist du eine Zauberin", sagte er, „denn du hast mich verzaubert vom ersten Augenblick an, da ich dir wie in einem Traume begegnete und nicht mehr lassen konnte, dich zu suchen."

Unter diesen Worten stieg eine liebliche Röte in das Antlitz der Goldenen Prinzessin, und beider Lippen fanden sich zum ersten scheuen Kusse ihres Lebens.

In der Neuen Welt

Zur Einführung oder am Schluß zu lesen

Die Freunde von Prinz Eisenherz fragen oft, wo denn eigentlich das sagenhafte Thule zu suchen sei, in dem ihr Held als Sohn des Königs Aguar das Licht der Welt erblickt haben soll.

Mit unseren heutigen Kenntnissen ist dieser verständliche Wissensdurst leider nicht mehr ganz zu stillen; einiges läßt sich aber doch noch auf die Frage berichten.

Die erste schriftliche Kunde über Thule verdankt die Nachwelt einem Seefahrer Pytheas aus Massilia, der heutigen Hafenstadt Marseille unweit der Rhônemündung in Südfrankreich. Dieser wagemutige Mann unternahm schon im Jahre 330 vor Christi Geburt eine abenteuerliche Reise vom Mittelmeer nach Britannien und zu den Bernsteinküsten der Ostsee. Irgendwie wurde er dabei noch weiter nach Norden verschlagen und fand so, gleichsam durch Zufall, ein zwar bewohntes, bis dahin aber unbekanntes Land, das er Thule nannte.

In seinem Reisebericht, der übrigens auch den ersten geschichtlich gewordenen Hinweis auf die alten Germanen enthält, legte Pytheas die Lage von Thule nun freilich nicht so eindeutig fest, daß sie heute noch genau danach zu bestimmen wäre. Immerhin hat der Seefahrer das später wieder in Vergessenheit geratene Land für das nördliche Ende der Welt gehalten; aus gewissen Andeutungen muß auch geschlossen werden, daß Thule bestimmt nicht auf Island zu suchen ist.

Die einstige Lage des Landes wurde schon auf der früher noch wärmeren Insel Grönland vermutet; die Amerikaner haben deshalb einer erst in unseren Tagen errichteten Niederlassung auf Grönland den Namen Thule gegeben. Wahrscheinlicher aber ist, daß Thule auf den Shetlandinseln (nördlich von Schottland) oder im nördlichen Norwegen gelegen hat. Dieser letzteren Auffassung, die besonders auch von dem berühmten norwegischen Polarforscher Fritjof Nansen vertreten wurde, hat sich der Verfasser der „Sage vom Singenden Schwert" angeschlossen.

Wesentlich mehr als vom geheimnisumwitterten Thule läßt sich über die Geschichte des 5. Jahrhunderts erzählen, in dem sich unsere Sage abspielt. Damals war die hohe Zeit der Völkerwanderungen. Nordische Stämme, die ihre alte Heimat aus Not oder auch nur aus Wanderlust und der Sehnsucht nach dem milderen Himmel des Südens verlassen hatten, errangen sich mit Schwertgewalt neue Wohnsitze auf dem Balkan und in Italien. In dieses aufgewühlte Europa stießen die gelbgesichtigen Reiter des Hunnenkönigs Attila hinein und brachten dadurch die Völkerwanderung noch mehr in Gang; sie kamen aus den weiten Steppen Innerasiens, scheuchten die Ostgoten aus deren neugewonnenem Lebensraum am Schwarzen Meer auf (etwa 375 n. Chr.), ließen sich selber in Pannonien an der unteren Donau nieder und bedrohten Europa von dort aus zusammen mit unterjochten germanischen Stämmen jahrzehntelang durch ihre Raub- und Eroberungskriege. Bald tränkten sie ihre struppigen Pferdchen auch am Rhein.

In diesem brodelnden Chaos war kein Volk seiner Wohnsitze und kein Mensch seiner Freiheit mehr sicher. Die ostgermanischen Wandalen, ursprünglich in Schlesien zu Hause, zogen am Anfang des 5. Jahrhunderts allmählich bis nach Spanien, wurden aber von den nachstoßenden Westgoten wieder verdrängt und setzten schließlich nach Nordafrika über, wo sie unter ihrem König Geiserich auf den Trümmern Karthagos ein eigenes Reich gründeten (435), das immerhin hundertjährigen Bestand hatte.

Etwa um die nämliche Zeit (437) wurde das noch junge Reich der Burgunder, dessen Hauptstadt Worms am Rhein war, von hunnischen Hilfsvölkern des römischen Feldherrn Aëtius vernichtet (geschichtlicher Kern der Nibelungensage). Der Ansturm der gelben Reiter konnte erst tief im Herzen Galliens (Frankreich) auf den Katalaunischen Feldern gebrochen werden (451). Diesmal waren die Hunnen mit ostgotischen Stämmen verbündet; ihnen gegenüber standen die Westgoten des Königs Theoderich I. und römische Legionen unter Aëtius. Es kam zu einer mörderischen Schlacht, von der eine gotische Sage berichtet, die Toten, zu denen auch Theoderich selbst gehörte, seien im weiten Umkreis zu Hügeln aufgeschichtet gelegen. Sogar die Geister der Erschlagenen hätten den Kampf noch in den Lüften fortgesetzt, während ihre sterblichen Leiber schon von den Strömen des vergossenen Blutes fortgeschwemmt worden seien.

In der Schlacht selber hat es weder einen Sieger noch einen Besiegten gegeben; die Unterlegenen waren aber doch wohl die Hunnen gewesen, die ihren Vormarsch nach so starken Verlusten abbrechen und sich auf Pannonien zurückziehen mußten. Die Sage will wissen, der Römer Aëtius habe sie nur entkommen lassen, weil er hoffte, in ihnen später einmal Verbündete gegen die immer stärker werdenden Germanen zu finden.

Als dann zwei Jahre darauf König Attila, der Etzel des Nibelungenliedes, plötzlich eines rätselhaften Todes starb, entzweiten sich seine Söhne. Nach einer letzten, verlustreichen Schlacht an der unteren Donau zogen die meisten der überlebenden Horden wieder nach Osten ab. Von Europa war ein Alpdruck genommen.

Diese Wende konnte den Zusammenbruch des morschen Römerreiches freilich nicht aufhalten. In einem Anfall von Eifersucht ließ Kaiser Valentinian III. den großen Aëtius meuchlings ermorden. Germanische Freunde des Feldherrn übten Gefolgschaftstreue und Blutrache, indem sie nun ihrerseits den Kaiser erschlugen.

So ging es mit Rom vollends rasch bergab. Im Jahre 455 mußten die Bewohner der Hauptstadt machtlos dulden, daß sie von den Wandalen des Königs Geiserich vierzehn Tage lang ausgeplündert wurden, und noch einmal einundzwanzig Jahre später zwang Odoaker, ein germanischer Heerführer aus dem Stamme der Rugier, den letzten weströmischen Cäsaren Romulus Augustus zum Niederlegen seiner Würde (476). Das schon vorher abgesplitterte oströmische Reich mit der Hauptstadt Konstantinopel konnte sich 1000 Jahre länger halten.

Um die Mitte des 5. Jahrhunderts setzte im Norden Europas noch eine andere Völkerverschiebung ein. Die seebeherrschenden Sachsen, Angeln und Jüten, alles germanische Stämme, denen der eigene Lebensraum zu klein geworden war, begannen mit ihren überschüssigen Volksteilen unter der Führung des sagenhaften Brüderpaares Horsa und Hengist von Jütland, Friesland und Flandern aus in kriegerischer Absicht nach der von den Römern schon im Jahre 412 wieder aufgegebenen britischen Insel überzusetzen. Vielleicht waren sie von den Briten anfangs auch nur zur Hilfe gegen die wilden, im Norden des Landes lebenden Pikten und Skoten gerufen worden. Aus dieser Zeit ist uns die Sage von König Artus, dem Arthur unserer Erzählung, überliefert. Der Kampf der Angelsachsen gegen die auf der britischen Insel alteingesessenen Kelten zog sich noch 150 Jahre hin; dann erst hatten sie die Oberhand errungen und konnten sie auch so lange behalten, bis sie von den aus Nordfrankreich eingedrungenen Normannen im Jahre 1066 auf dem Schlachtfeld von Hastings selber besiegt wurden.

Das also sind in großen Zügen die geschichtlichen Hintergründe der erregten Welt, in der Prinz Eisenherz lebte und von der uns jetzt schon fünfzehn Jahrhunderte trennen.

An einer Küste der Nebelinseln war aus Mißverständnis und jähem Zorn ein Gefecht entbrannt, bei dem Prinz Eisenherz seinen Knappen verloren hatte. Nach dem Kampf drang er in den Palast der Königin Aleta ein, die er für eine grausame Zauberin hielt und wegen einer Schuld bestrafen wollte, von der sie selber noch nicht einmal etwas ahnte. Das blanke Schwert in der Hand, verschaffte er sich durch ein offenes Fenster Eingang in den Thronsaal und entführte die junge Fürstin, ehe ihn die überraschten Höflinge daran hindern konnten. Mit der leichten Last auf dem Rücken eilte er dann zu seinem an der Küste wartenden Schiff und ließ es noch während eines heftigen Unwetters in See stechen. Sein nächstes Ziel war die nordafrikanische Küste, von wo aus er die vermeintliche Hexe in Sklavenketten durch die Königreiche der Welt schleppen wollte, damit ihre Schande überall offenbar werde.

Es kam aber anders. Der Prinz, vordem einer der wagemutigsten Ritter von König Arthurs Tafelrunde, wurde zum stillen Träumer. Ein elfisches Lachen und zwei graue, seentiefe Augen hatten ihn in ihren Bann geschlagen. Während einer Irrfahrt durch den glühenden Sand der Libyschen Wüste dämmerte dem Jüngling die Erkenntnis, daß Aleta keinen anderen Zauber anwende als eben den, der in der Schönheit ihrer Seele und ihrer zierlichen Gestalt beschlossen war. Diese Zaubermittel aber, soviel verstand der Prinz davon, hatten hübsche Mädchen schon immer gebraucht und würden sie auch immer wieder gebrauchen, bis ans Ende der Welt.

So wandelte sich denn ganz allmählich des Prinzen Ansicht über die Hexennatur seiner Gefangenen. Eines Tages mußte er sich sogar gestehen, daß er aufs heftigste in Aleta verliebt war und sich ein Leben ohne sie nicht mehr denken konnte. Nun war es aber so, daß der Jüngling zwar über ein Heer von tausend wilden Kriegern zu gebieten wußte, vom Umgang mit einem so zarten Wesen verstand er jedoch nichts. Stundenlang konnte er dasitzen und immer nur auf Aleta schauen, ohne sich zu rühren oder ein Wort zu reden.

Zum Glück besaß die mädchenhafte Königin etwas mehr Unternehmungsgeist; sie entschied kurzerhand, daß man nach Rom reisen und den Heiligen Vater um seinen Segen für den Bund bitten werde. Der Aufbruch geschah etwa um die nämliche Zeit, da auch der Wandalenkönig Geiserich mit einem großen Heer auf dem Schiffsweg von Nordafrika nach Rom war.

Als das junge Paar Italien erreichte, stand das Land in Flammen; die Wandalen lagen bereits vor den Mauern Roms. Damit die Stadt vor dem Schlimmsten bewahrt bleibe, verhandelte Papst Leo selber mit Geiserich und hatte deshalb keine Zeit für den Königssohn aus Thule. Enttäuscht wandten sich die beiden an die abgesetzte Kaiserin Eudoxia, die, um sich an dem Mörder ihres Gatten zu rächen, die Wandalen selber gerufen hatte. Eudoxia hörte sich den Kummer des Paares freundlich an und wußte auch Rat. „Unweit von hier“, sagte sie, „lebt ein Eremit in einer Felsengrotte. Er war einst ein hoher Kirchenfürst. Soll ich euch zu ihm geleiten?“ — Eisenherz und Aleta waren einverstanden, und so geschah es, daß sie von dem Einsiedler in der Stille des Waldes und der Felsen vermählt wurden.

Hinterher schloß Eisenherz seine Gemahlin in die Arme und sagte: „Und nun, mein Lieb, segeln wir nach Thule, damit du meine ferne Heimat kennenlernst. Mein Vater, dessen Herzenswunsch jetzt erfüllt ist, wird dich sehr liebhaben."

In Ostia, dem Hafen Roms, bestiegen sie ein Schiff, auf dem sie wochenlang durchs Mittelmeer und den Atlantik fuhren.

Als endlich die Küste Britanniens vor ihnen auftauchte, war es hoher Winter. Der Prinz hatte Lust, die Reise zu unterbrechen und König Arthur zu besuchen; dann aber dachte er an den wartenden Vater zu Hause und ließ weitersegeln. Sie durchkreuzten das stürmische Nordmeer und erreichten schließlich wohlbehalten den Trondheims-Fjord an der skandinavischen Westküste, wo der Prinz alsbald von einer Küstenwache seines Vaters erkannt und freudig begrüßt wurde.

Eisenherz besorgte für den kurzen Landmarsch, der ihnen noch bevorstand, einige Pferde. Endlich sahen sie dann von der Kuppe eines schneebedeckten Hügels aus Burg Wikingsholm, den Stammsitz der Könige von Thule, wo auch des Prinzen Wiege gestanden hatte. Die Türme schienen noch höher gegen den blauen Himmel zu ragen als die fichtenbestandenen Berge zu beiden Seiten des Flußtales.

König Aguar hatte nicht damit gerechnet, daß Eisenherz mitten im strengsten Winter heimkehren werde. Um so größer war nun seine Überraschung. Als er den Sohn und dessen Gemahlin in die Arme schloß, konnte er die Tränen der Rührung nicht aufhalten.

Ein solches Festmahl, wie es nun in aller Eile gerichtet wurde, hatte Wikingsholm bis dahin noch nicht erlebt. Beim Essen mußten Eisenherz und Aleta immer wieder über ihre Erlebnisse berichten, besonders aber die junge Frau, deren glockenheller Stimme Herr Aguar nicht genug lauschen konnte. Einmal fiel dem Vater freilich auch ein kleiner Wermutstropfen in den Becher der Freude. Ihm wurde nämlich plötzlich die Erkenntnis, daß er seinen Prinzen nun nicht mehr allein besaß, sondern mit Aleta teilen mußte.

In den folgenden Wochen saßen Vater und Sohn oft zusammen, um über die Regierungsgeschäfte zu beraten. Noch häufiger war der Prinz mit Aleta in den verschneiten Bergen zu finden, wo sie die Bären in den Winterlagern aufstöberten. Dazu mußte die zarte Prinzessin Ski fahren lernen.

Endlich zog der nordische Frühling ins Land. Tausend Bächlein rieselten über die Bergflanken zu Tal, und auf dem überschwemmten Fluß brach das Eis unter Donnergrollen. Thules schönste Zeit hatte begonnen.

Die Sonne taute den Boden bald bis in die Tiefe auf, so daß die Bauern das Feld bestellen konnten. Herr Aguar ritt mit den Seinen oft ins Land hinein, um sein Volk nach dem langen Winter wieder einmal zu besuchen.

In diesen glücklichen Tagen kam von der See her der alte Graf von Gunguir mit seinem Sohn Ulfrun, einem gewalttätigen Seeräuber, der aber bei den Wikingern gerade seiner Wildheit wegen in hohem Ansehen stand. Beide liebten den König nicht, da sie dessen Gerechtigkeitssinn daran hinderte, ein Leben ganz nach ihrer eigenen Willkür zu führen.

Der erste Mensch, dem Ulfrun nach der Landung seine Aufmerksamkeit schenkte, war Aleta. Die Schönheit der Prinzessin ließ in dem Hünen gefährliche Wünsche keimen. Als Eisenherz dazukam, wurde auch sofort offenbar, wie es zwischen ihm und Ulfrun stand. Der Wiking lächelte höhnisch und vieldeutig mit einem Seitenblick auf Aleta hin, aber der Prinz ließ sich nicht aus der Ruhe bringen und unterdrückte den aufsteigenden Zorn.

Dieses Maßhalten hatte seinen guten Grund. Ulfrun war mit seinem Vater gekommen, um an dem Frühjahrsthing teilzunehmen, einer Volksversammlung, auf der Herr Aguar die Geschicke des Landes mit seinen Mannen besprechen wollte. Also galt es zunächst, den Frieden zu wahren.

Während des Things wurde indessen nicht nur über Staatsangelegenheiten gesprochen, sondern auch manche alte Freundschaft zwischen Menschen

erneuert, die sich seit Monaten nicht mehr gesehen hatten. So traf Eisenherz den Schiffsbauer Gundar Harl wieder, der vor Jahren bei einer Walroßjagd im Nordmeer ein Bein und einen Arm verloren hatte. Die Freundschaft hatte auf einer Bärenjagd unter merkwürdigen, ja gefährlichen Umständen begonnen, und so begrüßten sie sich jetzt in herzlicher Freude. — „Ihr habt mir den Lebensmut wiedergegeben, mein Prinz", sagte der Schiffsbauer. „Nachdem wir voneinander schieden, habe ich ein Schiff gebaut, von dem ich denke, daß es wohlgeraten ist. Nun kommt und seht mein Werk!"

Eisenherz ging mit dem Freund zum Fluß hinunter. Gundar deutete stolz auf ein schmuckes Drachenboot, das auf den Strand gezogen war. „An diesem neuen Schiff habe ich alle meine Gedanken verwirklicht. Es ist als reiner Segler gebaut und braucht keine Ruderknechte mehr. Für seine Bedienung genügt deshalb eine ganz kleine Mannschaft."

Während Eisenherz und Gundar das rassige Boot besichtigten, wandte Ulfrun seine Aufmerksamkeit weiterhin Aleta zu. Je länger er die liebliche Prinzessin betrachtete, desto überzeugter wurde er innerlich davon, daß er Wikingsholm nicht ohne sie verlassen werde.

In den nächsten Stunden ließ der Wiking sein Schiff für eine längere Reise ausrüsten und versorgen. Als er dann am Abend wieder in die Burg kam, waren die Edelleute und ihre Damen in der großen Halle versammelt. Ulfrun trat auf die Prinzessin zu und nahm sie keck beim Arm. „Kommt!" sagte er, „ich zeige Euch, wie schön die Mondnacht draußen ist."

Wie nun Aleta ahnungslos aus dem erleuchteten Saal in das Dunkel der Terrasse trat, ließ Ulfrun seine Falle zuschnappen. Als Seeräuber war er gewohnt, sich rücksichtslos zu nehmen, was er haben wollte. Daß die Prin-

zessin seines eigenen Königs Schwiegertochter war, kümmerte ihn nicht. Er sperrte den Eingang zur Halle mit seinem Körper; seine Helfer aber hüllten die zarte Gestalt in Decken und trugen sie hinunter zum abfahrtbereiten Schiff.

Trotz aller Heimlichkeit hatte Katwin, Aletas Zofe, die Entführung indessen beobachtet. Sie schlug Lärm und nahm auch gleich die Verfolgung auf. Als sie das Ufer erreichte, watete sie ins Wasser hinein und schwamm schließlich auf das Schiff zu. Derweilen sich Ulfrun noch hämisch über die leichte Beute freute, entdeckte einer seiner Bootsleute das schwimmende Mädchen. — „Ersäuft mir die Katze!" brüllte der Pirat, und der Bootsmann schlug mit dem Ruder so lange nach Katwin, bis sie unterging...

Die Kunde von der Entführung brachte den Prinzen so von Sinnen, daß er die Verfolgung blindlings aufnehmen wollte. Zu überlegen begann er erst, als ihm hinterbracht wurde, daß Ulfrun sein Schiff für eine lange Reise ausgerüstet hatte. Das deutete auf eine Flucht nach der hohen See hin. Dort konnte aber nur ein einziges Schiff den Piraten stellen: Gundar Harls neuer Segler! Eisenherz bat den Freund um seinen Beistand.

Solange der Segler beladen wurde, schritt Eisenherz rastlos am Strand auf und ab und griff oft auch selber zu, nur um die quälenden Gedanken an Aleta und an den Piraten zu übertäuben, die jetzt schon weit draußen in der Nacht schwammen.

Als endlich der Morgen graute, erhob sich am Strand eine erschöpfte Gestalt und taumelte auf den Segler zu. Der Prinz erkannte Katwin und sprach ernst: „Du kannst nicht mitkommen; auf diesem Kriegsschiff ist kein Platz für Frauen."

„Meine Herrin wird mich aber brauchen, wenn wir sie gefunden haben", antwortete Katwin ruhig und zeigte ein Paar winzige Kinderstrümpfchen vor. Damit enthüllte sich dem Prinzen ein Geheimnis, von dem er bis dahin nichts geahnt hatte.

Eisenherz hielt das zarte Strickwerk in seinen starken Händen und schwieg versonnen. Allmählich glätteten sich die harten, bitteren Linien des Leides in seinem Gesicht. Dann zog er das *Singende Schwert* aus der Scheide und schwur auf seinen Griff, daß er dem Verräter folgen werde bis ans Ende der Welt. Seine Männer rissen ebenfalls die Klingen heraus und gelobten ihm ihren Beistand bis zum letzten Atemzug.

Herr Aguar sah dem fortsegelnden Schiff traurig nach. Während der langen Wintermonate waren soviel Lachen und Jugend im Palast gewesen; nun würde es dort doppelt einsam sein. Diese Stunde zeigte dem König, wie sehr ihm die Schwiegertochter schon ans Herz gewachsen war. Über seinen trüben Gedanken blieb er aber nicht untätig; er ließ seinen Heerführer rufen und befahl ihm, Ulfruns Stammburg dem Erdboden gleichzumachen . . .

Als Ulfrun im Morgengrauen keinen Verfolger hinter sich entdeckte, hielt er es an der Zeit, seine widerspenstige Gefangene zu zähmen. Um Aleta einzuschüchtern, befahl er, daß man sie in der ihr zum Aufenthalt angewiesenen niederen Deckhütte mit beiden Händen anbinde.

Kaum war Aleta indessen wieder allein, da rollte sie so lange auf ihrem Lager hin und her, bis sie den verborgenen Dolch fassen konnte, den sie immer bei sich trug. Sie befreite sich mit flinken Händen von ihren Stricken und hielt nach einer besseren Waffe Ausschau. Den Dolch wollte sie für den Fall der höchsten Not verborgen halten.

Aleta überlegte sich die Lage blitzschnell, denn sie wußte, daß man ihr nicht lange Ruhe gönnen werde. Nachdem ihr klar war, wie sie zu einer Waffe kommen konnte, stellte sie sich hinter die niedrige Türe und wartete auf den nächsten Besucher. Dieser war zum Glück ein ziemlich einfältiger Patron Ehe er etwas begriff, hatte ihm die Prinzessin schon das Kurzschwert aus dem Gürtel gerissen und die flache Klinge so über den Kopf geschlagen, daß er das Aufstehen fürs erste vergaß.

Auf die Besatzung des Piratenschiffes wartete eine Überraschung. Die Männer waren zwar daran gewohnt, daß Gefangene — zuweilen auch Frauen — gebunden in die Deckhütte geworfen wurden, aber sie konnten niemals darauf gefaßt sein, daß die zierliche Prinzessin, die sie gebunden in der Hütte wähnten, mit dem blanken Schwert in der Hand unter sie träte. Ulfrun, der sein gefährliches Dasein ohnehin schon immer mit der Hand am Schwertgriff führte, riß seine Waffe heraus und stellte sich zum Kampf bereit.

Das hätte er freilich nicht tun dürfen, und er sah den Fehler auch sofort ein. Doch da war es zu spät. Aleta lachte ihn nur noch aus.

„Sieh an, der tapfere Ulfrun", höhnte sie, „er will gegen schwache Frauen fechten. Aber du brauchst dich nicht zu fürchten. Mit Helden deines Schlages werde ich auch ohne Waffe fertig. Schau!" Dies gesagt, schleuderte sie das Schwert rückwärts über die Schulter ins Meer.

Unter dieser Behandlung wurde Ulfrun weiß vor Wut. Er wollte sich auf Aleta stürzen, doch diese machte einen Seitenschritt und entzog sich ihm ohne sonderliche Eile.

Das Drachenschiff war nicht eben für Prinzessinnen eingerichtet. Unter dem Deck lagen nur ein paar muffige Zellen, in denen die Ruderer schliefen und ihre Sachen verwahrten. Aber vorne am Bug, auf dem Gefechtsdeck, fand Aleta doch einen geeigneten Unterschlupf in der Waffenkammer.

Der schwer verärgerte Ulfrun begann schon in dieser Stunde für seine Willkür zu büßen. Nach Thule konnte er nie mehr zurück, und auf dem Schiff, seiner eigentlichen Heimat, hatte ihn eine Frau vor aller Augen verhöhnt. Außerdem näherte sich jetzt auch ein Schiff mit rotem Segel, das sehr schnell zu sein schien. Die Verfolger waren zur Stelle.

Der Pirat ließ gegen den Wind drehen, der genau aus dem Westen blies. Dadurch kam der Segler in Nachteil, denn er mußte nun gegen den starken Wind kreuzen, während das Ruderschiff auf seinem neuen Kurs viel weniger behindert war.

Als der Prinz diesen Wechsel gewahrte, sagte er besorgt: „Nun, Gundar, wird es sich zeigen, was dein Schiff für uns wert ist!"

Um dem Drachenboot zu folgen, mußte Gundar einen weitausholenden Zickzackkurs steuern lassen, der sie nur langsam voranbrachte. Der Räuber konnte seinen Abstand allmählich vergrößern und verschwand schließlich ganz aus der Sicht.

Vorher hatte der erfahrene Gundar aber den Sonnenstand abgelesen und wußte deshalb, wo etwa im Westen der Gegner zu suchen war.

Die grimmige Jagd ging weiter ; Tag reihte sich an Tag und Woche an Woche. Prinz Eisenherz ließ auf die Shetlands zuhalten, denn er hoffte, den Räuber in einer der vielen Buchten dieser Felseninseln zu finden.

Ulfrun hatte indessen andere Pläne; er ergänzte auf den Shetlands nur seinen Wasservorrat und ließ dann nach Norden steuern, bis er den Breitegrad erreicht hatte, auf dem die Färöer-Inseln lagen. Diese Inselgruppe, die er von früher her kannte, wollte er jetzt wieder aufsuchen.

Als Eisenherz die Felsenbuchten der Shetlands lange genug abgesucht hatte, war er bitter enttäuscht. Ulfrun, der sich sonst keinem Streit entzog, wollte es in diesem Fall offenbar auf keinen Kampf ankommen lassen.

Der Prinz bestieg den höchsten Berg einer der Inseln und hielt Umschau. Bei der klaren Luft konnte er zwar sehr gut sehen, ein Schiff aber entdeckte er weit und breit nicht. Doch fiel ihm etwas anderes auf: im Nordwesten lag dicht über dem Horizont ein eigenartiges Wolkengebilde, das festes Land vermuten ließ. Vielleicht war Ulfrun dort zu suchen?

Der Prinz merkte sich die Richtung und ließ alle Segel setzen. Einige Tage später bestätigte sich seine Vermutung: Weit voraus kam ein Drachenboot in Sicht! Die Männer auf dem Segler stießen wilde Schreie aus, denn sie meinten, daß es jetzt zum Kampf kommen müßte.

Ulfrun aber sagte angesichts der Verfolger: „Wir haben das größere Schiff und sind auch mehr Männer; trotzdem werde ich den anmaßenden Burschen nicht erschlagen. Er soll unverrichteter Dinge heimkehren und fürs Leben gedemütigt bleiben!" — Während der Pirat so prahlerisch daherredete, saß Aleta unter der Mannschaft und flüsterte beunruhigende Dinge vor sich hin. „Euer Herr tut gut daran, wie ein erschrockenes Kaninchen zu fliehen. Aber das wird ihm nichts nützen; mit eurem Schiff ist der Tod!"

Wiederum nutzte der Pirat den Vorteil des Gegenwindes und verließ damit den Bereich der damals bekannten Welt. Der Prinz folgte, so gut es ging. Er war gewiß, daß es trotz allem bald zum Kampf auf Leben und Tod kommen werde, und gönnte seinen Leuten zuweilen sogar etwas Ruhe.

Eines Tages tauchte eine Landmasse aus dem Nebel auf. Island war entdeckt, doch den Wikingern auf dem Segler bedeutete das nichts.

Die Zeit verging. Gundar Harl konnte dem Piraten so gut folgen, daß dieser fast immer in Sicht blieb. Sie fuhren die von wilden Gletschern bedeckte Küste Grönlands entlang, bei deren unheimlichem Anblick die Männer des Prinzen zur Umkehr mahnten. Ein Blick in die Augen ihres Herrn ließ sie aber ahnen, daß diese Fahrt nur ein einziges Ende nehmen konnte. — Kaum anders erging es der Besatzung des Piraten. Die Landschaft und dazu noch der hartnäckige Verfolger erfüllten ihre Herzen allmählich mit Todesfurcht.

An diesem Tage brach ein Sturm los. Der Wind peitschte aus Nordosten und riß den Ozean auf. In dieser Welt aus Regen und Gischt kamen sich die Schiffe durch Zufall so nahe, daß man vom einen Bord zum anderen sehen konnte. Am Mast drüben entdeckte Eisenherz sein junges Weib, das ihm lachend zuwinkte. Und Aleta sah neben ihrem Prinzen auch die getreue Katwin stehen, um deren vermeintlichen Tod sie schon soviel Tränen geweint hatte. Gleich darauf verloren sich die Schiffe wieder im grauen Dunst.

Während der Segler noch tagelang nach Südwesten trieb, sahen die Männer nichts mehr von Ulfruns Drachenboot. Sie fanden aber wieder eine Küste, die später „Neufundland" genannt wurde. Der Prinz war ebenso wie der kundige Gundar davon überzeugt, daß der Pirat in dem Sturm auch keinen anderen Weg genommen haben konnte. Tatsächlich entdeckten sie das Drachenboot nach langem Suchen in einem Meeresarm zwischen den Inseln, aber Ulfrun drehte nach Südwesten ab und verschaffte sich so noch einmal einen Vorteil. Eisenherz setzte die Verfolgung unverdrossen fort.

An der Küste einer Insel fanden sie ein verlassenes Lagerfeuer des Piraten. Bei dieser Gelegenheit konnten sie auch einen Elch erlegen, dessen Fleisch für sie nach der langen Seefahrt sehr wertvoll war.

Auf der Weiterfahrt kam Katwin beim Waschen dahinter, daß das Wasser nicht mehr salzig war. Das Schiff schwamm offenbar in der Mündung eines Riesenstromes. Ulfrun konnte nicht mehr ausweichen.

Das nächste Zeichen für die Anwesenheit des Piraten war ein niedergebranntes Dorf. Also mußte es Eingeborene in dem Lande geben. Zwischen den Trümmern entdeckte der Prinz einen verwundeten Knaben, dessen Haut seltsam bräunlich war. Er versorgte den Jungen und baute ihm auch ein Dach, unter dem er sich bergen konnte, bis seine Angehörigen zurückkamen.

Die Jagd ging weiter den St.-Lorenz-Strom hinauf. Unter Ulfruns Mannschaft herrschten Hunger und Verzweiflung. Es kam zu einer offenen Meuterei. Als aber der Sprecher der Mannschaft vor den Piraten hintrat und die Heimfahrt forderte, da wurde er von Ulfrun im Jähzorn erschlagen.

Nach dieser Tat fiel der Blick des Wahnwitzigen auf Aleta. Langsam, mit dem blutigen Schwert in der Hand. schritt er auf die Wehrlose zu.

Blinde Wut stand in des Wikings Augen, als er sich der Prinzessin näherte, die er für die alleinige Quelle seines Mißgeschickes hielt. Aleta aber blieb ruhig, wenngleich sie wußte, daß es nun ums Leben ging.

Das einst so herrische Gesicht des Mannes war jetzt verstört und nur noch eine Maske der Verzweiflung; in seinen Augen stand Raserei. Mit einem jähen Ruck schleuderte er Aleta aufs Deck, und seine Mannschaft johlte dazu, als ob sie ihn zu noch Schlimmerem ermuntern wollte.

Ulfrun faßte das Schwert fester. Doch dann zögerte er. Irgendein kleiner Rest von männlichem Anstand hinderte ihn, die schreckliche Tat auszuführen, zu der er schon fest entschlossen gewesen war. Dieses Zögern rettete die Prinzessin. Ulfrun entdeckte, was Aleta die ganzen Wochen über so still beschäftigt hatte. Auf dem Boden lagen ein Nähkörbchen und zierliche Kindersachen.

Diese Dinge gewahrten auch die rauhen Seeleute, deren Sinn sich nun plötzlich zugunsten Aletas wandelte. Von diesem Augenblick an war es mit der Macht des Piraten vorbei; er stand als Ausgestoßener inmitten der eigenen Mannschaft.

Das Drachenboot kroch müde über den weiten Ontariosee. Ulfrun wußte nicht, welche Gefahren vor ihm lagen, aber er wußte jetzt sehr genau, welches tödliche Verhängnis ihm auf dem Fuße folgte.

Dem Prinzen, der schon viele Reiseerfahrungen besaß, gelang es, sich mit einigen Eingeborenen durch Zeichensprache zu verständigen. Auf diese Weise erfuhr er, daß Ulfrun seine Flucht nicht mehr lange fortsetzen konnte, da weiter landeinwärts ein Wasserfall den Weg versperrte.

Damit nahte die lange Jagd ihrem Ende. Eisenherz ließ alle Segel setzen und geradewegs den Platz ansteuern, den ihm die Indianer gewiesen hatten. Es war die Mündung des Niagarastromes in den See, die Ulfrun durchfahren mußte, wenn er seine Flucht fortsetzen wollte.

Am Morgen eines kühlen Herbsttages schob sich der Segler in die breite Flußmündung, wo er den Piraten endgültig einholte. Als die zunehmende Strömung beiden Schiffen die Weiterfahrt verbot, kam es zu einem mörderischen Kampf. Die Männer des Piraten wehrten sich trotz ihrer Müdigkeit verbissen um ihr Leben, aber Ulfrun selber verließ sie mitten im Gefecht. Mit ihm flohen auf sein Geheiß hin auch zwei Ruderknechte, die ihm sein Gepäck und Aleta nachschleppen mußten. Der Wiking ahnte, daß er mit dem Leben nur noch davonkommen könnte, wenn er die Frau als Geisel behielte. Dem Prinzen war dieser Verzweiflungsschritt indessen nicht entgangen; er bahnte sich mit weitausholenden Schlägen des *Singenden Schwertes* einen Weg durch die Masse und nahm die Verfolgung auf. Als die zurückgelassenen Seeräuber gewahrten, daß ihr Anführer weggelaufen war, gaben sie den Kampf auf und flohen in den nahen Wald.

Beim Näherkommen des Prinzen trennten sich die drei Verfolgten. Ulfrun wandte sich nach links, seine Männer mit Aleta nach rechts. Nun war guter Rat teuer. Aleta sah, wie ihr Gatte zögerte; sie erriet, daß er schwankte, wem er nun folgen sollte, und deutete ermunternd in die Richtung, die der Entführer eingeschlagen hatte. Dann verhandelte sie mit den Knechten.

„Wenn ihr mich unversehrt meinem Gatten zurückgebt, sorge ich dafür, daß euer Leben verschont bleibt“, sagte Aleta. „Belästigt ihr mich aber noch länger, so ist euch ein schrecklicher Tod auf jeden Fall gewiß. Bedenkt, daß es für euch kein Entrinnen mehr geben kann. In den Wäldern lauern die Eingeborenen, deren Dorf ihr zerstört habt!“

Dem hatten die Männer nichts entgegenzusetzen; sie konnten nur noch nicken. Aleta gab ihrem Gatten, der bis dahin unschlüssig gewartet hatte, einen beruhigenden Wink, worauf dieser Ulfruns Spuren folgte.

Während der Pirat auf seiner Flucht einen steilen, mit Fichten bestandenen Felsenhang hinaufhastete, drang ein Donnergrollen immer lauter an sein Ohr. Plötzlich hörte der Wald auf; vor Ulfruns Augen entrollte sich ein gewaltiger Anblick.

Der Pirat verhielt seinen Schritt auf einer kahlen Felsplatte am Rande einer fast senkrecht abfallenden Riesenschlucht. Weit unten in der schwindelnden Tiefe zerstäubte sich ein mächtiger Fluß selber zu einem schäumenden, brüllenden Mahlstrom.

Ulfrun wollte den unheimlichen Ort schnell wieder verlassen, doch da trat sein Verfolger mit dem blanken Schwert aus dem Walde heraus.

Eisenherz rückte näher, um seinen Schwur zu erfüllen. Er schaute in zwei angsterfüllte Augen, die nichts mehr von der alten Wildheit ahnen ließen. Ulfrun war fertig. Statt zu kämpfen, wandte er sich um und sprang freiwillig in den grausigen Abgrund. So starb dieser Verräter eines unrühmlichen Todes, ohne daß es der Prinz nötig gehabt hätte, sein gutes Schwert gegen ihn zu gebrauchen. Er sah nachdenklich in die Tiefe.

Trotz der Großartigkeit des Platzes hielt es den Prinzen nicht an der Stelle. Er wußte, daß Aleta in Sorge auf ihn wartete, und lief eilends zurück. Als das Paar dann nach langen, bangen Monaten wieder vereint war, flüsterte Aleta dem Gatten ihr Geheimnis ins Ohr. — „Ich weiß es schon, Liebste", sagte der Prinz und holte das Strümpfchen hervor. „Diesen Talisman habe ich die ganze Zeit über auf meinem Herzen getragen."

Derweilen Aleta nun auch Katwin begrüßte, kam die Nachricht, daß Ulfruns Männer und die Eingeborenen im Kampfe lägen. Eisenherz eilte hinzu und erreichte durch Gesten, daß sich die Gegner trennten. Darüber waren auch die Indianer froh, denn sie hatten zum erstenmal die Wirkung von stählernen Waffen verspürt. Die Seeräuber mußten mit ihrem Schiff wegfahren, stahlen aber vorher noch Gundars Navigationsgerät.

Als das Drachenboot mit den letzten Feinden den Strom hinuntertrieb, wandte sich Eisenherz an seine Leute: „Wir müssen den Winter noch in diesem fremden Land verbringen, aber wenn der Frühling kommt, segeln wir heim!" Den Rothäuten wurde durch Zeichen dasselbe bedeutet, worauf sich diese bereit erklärten, den eisengewappneten Fremden zu helfen.

Indem die Männer noch umständlich verhandelten, trat Aleta singend und mit einem Kranz aus blauen Kornblumen im sonnengoldenen Haar mitten unter sie. Das machte auf die einfachen Rothäute einen höchst erregenden Eindruck; sie starrten mit offenen Mündern auf die Prinzessin, die ihnen in diesem Augenblick wie eine fremde Gottheit erschien.

Nach einem langen Schweigen trat der Medizinmann des Stammes vor und band Aleta einen eigenartig gewirkten Gürtel um die Hüfte. Die so Geehrte lächelte ihren Dank, wußte aber nicht, was die feierliche Handlung bedeuten sollte, und dachte, daß sich das schon noch zeigen würde.

Da der Prinz ein weiser Führer war, hörte er in allen Dingen gerne auf den Rat der Eingeborenen, denn diese mußten ihre eigene Heimat besser kennen als die Männer aus dem nordischen Thule.

Das Schiff wurde in einer kleinen, windgeschützten Bucht an Land gezogen, wo es ungefährdet liegen konnte. Dann gingen die Seefahrer mit ihren neuen Freunden auf die Jagd, um sich mit Vorräten zu versorgen.

Als Eisenherz mit dem Bau einer Blockhütte beginnen ließ, gab es für die Indianer wieder etwas zu staunen. Für sie, die ja kein Eisen kannten, war

das Fällen eines Baumes ein recht umständliches Unterfangen; für die hellhäutigen Fremden mit ihren blinkenden Stahläxten dagegen fast ein Kinderspiel. Die Rothäute kannten auch keine richtige Vorratshaltung und entnahmen dem Wald und dem Strom fast nur, was sie im Augenblick benötigten; sie wunderten sich deshalb, daß die Nordländer so ausgiebig für einen langen Winter vorsorgten.

Von den Frauen und Kindern der Eingeborenen war in der ersten Zeit nichts zu sehen. Als auch sie später dann aus ihren Waldverstecken kamen,

ging Aleta oft und gerne zu ihrem Lager hinüber und freundete sich mit allen an, besonders aber mit den Kindern, die bald ihre Scheu vor der fremden Frau verloren.

Eines Tages kamen die Häuptlinge anderer Stämme ins Dorf und sahen von weitem aufmerksam zu, wie Aleta mit den Kindern spielte. Nach einer kurzen Weile gingen sie wieder, ohne ein Wort gesprochen zu haben; anderntags aber kehrten sie mit ihren Medizinmännern in einer feierlichen Prozession zurück. Sie hielten Aleta für ein überirdisches Wesen und baten sie, mit ihnen den Platz zu besuchen, an dem Manitou, der Große Gott, wohne.

Wenngleich die Häuptlinge waffenlos waren, ließ Eisenherz keine Vorsicht außer acht. „Jeder legt volle Rüstung an“, rief er seinen Männern zu. „Die eine Hälfte folgt mir, die andere hält hier Wache!“

Die Rothäute führten Aleta in den Wald. An der Richtung und an dem in der Ferne aufkommenden Donnergrollen erkannte Eisenherz bald, wohin die Reise ging. Schließlich erreichten sie eine Felsenplatte und schauten auf eines der großartigsten Naturschauspiele, die sich Menschenaugen darbieten können . . . auf den Niagarafall, das *Donnernde Wasser* der Indianer.

Die Eingeborenen baten Aleta, allein vorzutreten, und hielten sich selber scheu zurück, als erwarteten sie irgendeine Offenbarung.

In diesem Augenblick löste sich drüben ein breites Felsenband und gab den Fluten einen zweiten Weg frei. Der Fall hatte sich verdoppelt.

Den in ehrfürchtiger Erwartung dastehenden Rothäuten erschien dieses gewaltige Naturereignis als ein Zeichen Manitous, dessen Größe sie auf dem Heimweg zu ihren Hütten in eintönigen Gesängen priesen.

Der Rat der Häuptlinge mußte sich nun den Kopf darüber zerbrechen, was der Große Manitou mit seinem Zeichen gemeint hatte. Wollte er seinem Volk mit der Teilung des Wasserfalles vielleicht bedeuten, daß die weiße Göttin von ihrem Gatten getrennt werden sollte?

Eine ältere Frau wagte es, sich der Ratsversammlung zu nähern, was ihr seitens der Männer unwillige Zurufe eintrug; sie ließ sich aber nicht abhalten und flüsterte dem Ältesten etwas zu.

Der alte Häuptling erhob sich und verkündete feierlich: „Das *Donnernde Wasser* hat sich vor unseren Augen verdoppelt. Damit will uns Manitou sagen, daß die Göttin der Fruchtbarkeit zu uns gekommen ist und uns bald einen kleinen Gott schenken wird. Hugh, ich habe gesprochen!"

Nach dieser Rede brachten die Indianer dem Gast mancherlei Geschenke, besonders aber warme Kleider für den Winter. Nun kannte Aleta zwar den Wert eines frohen Liedchens oder eines freundlichen Lächelns, aber den sparsamen Umgang mit Geld und Kostbarkeiten hatte sie als Königin nie gelernt. So verschenkte sie, um die Eingeborenen zu erfreuen, ein Schmuckstück um das andere, bis sie selber nur noch ihren goldenen Kamm besaß. Für die Rothäute, die vom eigentlichen Wert dieser wahrhaft fürstlichen Geschenke nichts ahnten, war jedes Stück ein wundertätiger Talisman.

In diesen sorgenfreien Wochen fühlte sich die junge Frau von Herzen glücklich. Die Zukunft lag so strahlend vor ihr, und alle Gefahren schienen gebannt zu sein. Auch die Wälder ringsum schreckten sie nicht. Was sollte ihr schon widerfahren, solange der Gatte bei ihr war?

Einmal, an einem blaugoldenen Herbsttag, wanderte Aleta allein vom Lager weg, obwohl man sie davor gewarnt hatte. Sie liebte diesen schon rötlich verfärbten Wald und seine Tiere, die vor dem Geräusch ihrer Schritte wegliefen. Plötzlich kreuzte ein merkwürdig ausschauendes Kerlchen ihren Pfad. Es machte ein ernstes Gesicht hin und schien nur an seine eigenen Geschäfte zu denken. Weil das Geschöpf stehenblieb, dachte Aleta, daß sie mit ihm spielen könnte. Das putzige Tier war aber ein Stachelschwein.

In ihrem Übermut konnte Aleta der Versuchung nicht widerstehen, das Kerlchen ein wenig zu necken. Sie hüpfte darüber hinweg und hielt ihm schließlich ihren nur mit einem dünnen Mokassin bekleideten Fuß vor die Nase. Das machte ihr Spaß! Vielen herrlichen Spaß!

Nicht so dem Stachelschwein, das sich belästigt und angegriffen fühlte. Es blieb mit einem Ruck stehen, sträubte die Stacheln und schätzte seinen Quälgeist ab.

Ein solches Ärgernis hatte ihm bis dahin noch niemand im Waldland zu bieten gewagt. Schon die Hopserei war dem Kerlchen lästig gewesen; aber daß man ihm jetzt auch noch so dumm den Weg versperrte, das machte es richtig verdrießlich.

Der kleine Raufbold vollführte eine unerwartete, heftige Bewegung und erzielte mit seinen Stacheln mehrere Volltreffer in die Zehen Aletas, so daß diese vor Schmerz und Überraschung laut aufschrie.

Mit diesem Erfolg war das Stachelschwein vollauf zufrieden; es trollte sich im Bewußtsein der eigenen Überlegenheit gemächlich von dannen und wandte nicht einmal mehr den Kopf nach seinem Opfer.

Zum guten Glück war der Prinz seiner Gattin gefolgt, so daß er sofort zu Hilfe eilen konnte. Er fand Aleta auf einem Fuß hüpfend; der andere Fuß aber sah wie ein eng bestecktes Nadelkissen aus.

„Dem Himmel sei Dank", lachte Eisenherz, als er sich den Schaden besehen hatte. „Ich dachte schon, du seiest ernstlich verletzt."

„Bin ich auch, du herzloser Klotz", stöhnte und schimpfte Aleta.

Diese Rüge nahm der Prinz nicht sonderlich ernst. Während er die Stacheln herauszog, schmunzelte er sogar vor sich hin, denn seiner Meinung nach mußte der Zwischenfall für Aleta eine gute Lehre sein. Nun würde sie wohl nicht mehr so unvorsichtig in den Wald hineinlaufen.

„Wie kann ein so kleiner Kerl nur so tückisch sein?" fragte sich Aleta auf dem Heimweg recht nachdenklich. Bis ihr Fuß ausgeheilt war, blieb sie in der Nähe des Lagers; später aber lockten die Wälder wieder. „Ich bin doch eine Göttin", sprach sie zu sich selber, „also darf ich mir auch erlauben, in den Wald zu gehen. Oder nicht?"

Nachdem sich Aleta solchermaßen angespornt hatte, schlüpfte sie eines Tages auf einem schmalen Pfad doch wieder allein in den Wald hinein. Die schmerzhafte Begegnung mit dem Stachelschwein hatte sie zwar noch nicht vergessen, aber das Tierchen, dem sie nun auf dem Weg begegnete, schien ihr mit seinem längsgestreiften Fell und dem buschigen Schwanz wirklich harmlos zu sein; es kam ihr nur etwas neugierig vor. „Dieser nette Bursche wird mir bestimmt nichts tun“, dachte sie und ließ sich beruhigt auf einem umgestürzten Baume nieder, wo sie in die Zukunft hineinträumen konnte. Im Halbschlaf aber, der sie alsbald überkam, rutschte sie von ihrem Lager und erschreckte dadurch das Tier, das zu einer Art gehörte, die man niemals erschrecken soll. Es war ein Skunk, und diese Sippe verfügt über eine noch viel unangenehmere Abwehrwaffe als das Stachelschwein, über eine Stinkdrüse nämlich, deren Inhalt sie auf ihre Feinde verspritzen kann.

Als das Unglück geschehen war, rannte Aleta in der Hoffnung zurück, sie könnte sich unbemerkt ins Lager schleichen. Der von dem Stinktier gespendete Duft verriet indessen jedem schon von weitem, was geschehen war, und so hatte Aleta nebst dem Schaden auch noch den Spott zu tragen. Ein von Katwin bereitetes Dampfbad half nur wenig. Die Gezeichnete hielt sich deshalb einige Tage lang abseits auf einem Hügel am Rande der Lichtung auf und ließ sich auch dann nicht sehen, wenn die Indianer kamen, um ihr zu huldigen; sie konnte doch ihren Ruf als Gottheit nicht aufs Spiel setzen.

In den folgenden Wochen wurde der Anteil der Rothäute am Wohlergehen der Prinzessin womöglich noch größer. Sie erklärten, das Blockhaus sei vielleicht gut für die weißen Krieger, die Göttin jedoch müsse eine richtige Winterhütte bekommen. Damit war der Prinz gerne einverstanden.

Die Eingeborenen gingen eifrig ans Werk und errichteten ein leichtes Gerüst aus zähen Zweigen, über das gegerbte Tierhäute gespannt wurden. Darauf kam eine dicke Packung Moos, und das Ganze wurde zum Schutz vor der Feuchtigkeit mit Platten aus Birkenrinde abgedichtet.

So nahm die Hütte allmählich die Form einer gehälfteten Tonne an. Um ihr gegen die zu erwartenden Schneelasten einen sicheren Halt zu geben, wurde der untere Teil der Längswände durch Baumstämme verstärkt. Ein ringsum laufender Abzugsgraben hatte für Trockenheit zu sorgen.

Ebenso wohlbedacht wie das Äußere richteten die Rothäute auch das Innere ein. Die Herdstelle wurde in den Boden versenkt, so daß bei Kälte große Feldsteine darauf gewälzt werden konnten, deren aufgespeicherte Wärme auch während der Nacht vorhielt.

Eisenherz und Aleta waren über das Geschenk ihrer Gastgeber entzückt, denn nun konnten sie, die sie bis dahin mit den Seeleuten zusammengehaust hatten, etwas mehr für sich allein sein. Bald stellte sich auch heraus, daß die Hütte nicht zu früh gebaut worden war. Die Vögel zogen nach Süden, und dann brachte der Nordwind fast über Nacht den Winter.

Es wurde bitter kalt, und der Sturm trug tiefe Schneewehen zusammen. Trotzdem ging Eisenherz mit seinen Männern noch oft auf die Jagd, denn er wußte, daß er für die im Frühjahr beginnende Heimfahrt großer Vorräte bedürfen würde. Wild gab es auch um diese Zeit genug, und das hartgefrorene Fleisch konnte während des Winters in aller Ruhe geräuchert oder eingesalzen werden.

Wenn ihn die Jagd nicht beanspruchte, saß Eisenherz zufrieden bei Aleta in der behaglichen Hütte. Früher war Kampflärm einmal die schönste Musik in seinen Ohren gewesen; nun aber dünkte ihn nichts lieblicher als das Geplauder seiner Gattin, auch wenn diese nur von den kleinen Dingen des Alltags oder von ihren Sorgen im Haushalt sprach.

Als Knappe und junger Ritter auf Camelot hatte sich der Prinz einst mit seinem regen Geist und seiner flinken Zunge bei all den edlen Frauen beliebt gemacht; nun aber, da er neben Aleta saß, schien er nicht mehr als drei oder vier Wörtlein zu kennen, die er immer wieder sprach und die Aleta immer wieder freuten.

Obwohl der Winter streng wurde und die geliebte Heimat so fern lag, verbrachte der Prinz in diesen Monaten den glücklichsten Abschnitt seines Lebens. Noch nie zuvor hatte er soviel Zeit für seine junge Gattin gehabt, wie jetzt. Aleta malte ihm aus, wie sie sich die gemeinsame Zukunft dachte, und es war dabei nicht mehr vom Alleinsein die Rede, sondern nur noch vom großen, wunderbaren Glück der Zweisamkeit.

Eines Morgens erschienen die Abgesandten von mehreren in der Nachbarschaft ansässigen Sippen, um Aleta zu einem Fest abzuholen, das man ihr zu Ehren gerüstet hatte. Eisenherz, der sich übergangen und in seiner Ruhe gestört fühlte, spielte den gekränkten Ehemann.

„Ich habe diese Leute allmählich satt", brummelte er mißlaunig, als er der Gattin in die Pelze half. „Warum erzählst du ihnen eigentlich nicht, daß du gar keine Göttin bist?"

Aleta lächelte schelmisch. „Wieso? Kannst du vielleicht das Gegenteil beweisen?" Der Prinz konnte das nicht, und so blieb alles beim Alten.

Beim Verlassen der Hütte knurrte der Prinz immer noch vor sich hin, aber er fügte sich, denn es wäre töricht gewesen, die Rothäute in ihren Gefühlen zu verletzen. Eine Göttin war für sie immerhin eine Göttin und somit eine Sache, bei der sie keinen Spaß verstanden.

Draußen wartete ein seltsames Gefährt, um Aleta in das Dorf zu bringen, wo das Fest abgehalten werden sollte. Eisenherz schaute sich das gebrechlich scheinende Fahrzeug zweifelnd an. Es sah aus wie eine Tierfalle auf Kufen und hatte ein Rudel halbwilder, wolfsähnlicher Hunde vorgespannt. Die Eingeborenen forderten Aleta zum Einsteigen auf.

Eisenherz schaute besorgt auf die Gattin. „Sei vorsichtig, Lieb. Du mußt jetzt ganz besonders vorsichtig sein."

Die Prinzessin stieg leichtfüßig ein; sie war immer begierig darauf, etwas Neues kennenzulernen. „Du wirst mir doch den Spaß nicht verderben", zirpte sie. „Glaubst du vielleicht, ich sei zerbrechlich?"

Das konnte der Prinz nicht behaupten, und so blieb ihm nur noch übrig, dafür zu sorgen, daß Aleta einen guten Sitz bekam und warm eingehüllt

wurde. Auch drohte er dem Hundetreiber alle Strafen des Himmels und der Erde an, so er nicht vorsichtig fahre. — Auf einen Peitschenknall hin zogen die Tiere an und brachten den Schlitten bald in sausende Fahrt. Die Rot-

häute benutzten für die Reise nicht das unebene Gelände, sondern das glatte Eis des Stromes. „Ist es nicht herrlich, so dahinzuschweben?" fragte Aleta.

„Für mich nicht", keuchte der nebenhertrabende Prinz. „Ich kann mir bei diesem Spaß die Seele aus dem Leib rennen."

Nach der Ankunft im Dorf wurden sie in die große Ratshütte geführt, wo die Häuptlinge mehrerer Stämme versammelt waren.

Wie wichtig die Rothäute das Treffen nahmen, ging schon aus der Länge der feierlichen Ansprache hervor, die der älteste Häuptling hielt. Eisenherz und Aleta hatten sich mit dem Kauderwelsch der Eingeborenen bereits etwas vertraut gemacht und konnten wenigstens Bruchstücke der Rede verstehen. Das aber genügte schon, um in Aleta einen Widerstreit zwischen Stolz und Demut aufkommen zu lassen, der sie erröten machte.

Am Ende der feierlichen Handlung erhielt Aleta wieder viele Geschenke, darunter auch ein Mädchen zu ihrer persönlichen Bedienung.

Eisenherz sah den Zuwachs stirnrunzelnd an; er glaubte nicht, daß aus diesem wilden Falken eine willige Dienerin werden könnte. Aleta aber erkannte die Ergebenheit des Mädchens und nahm es lächelnd zu sich.

Die Heimfahrt begann Aleta in tiefem Sinnen. Es war schon schwierig, die Rothäute in ihrer üblichen Einsilbigkeit zu verstehen; noch schwerer indessen war es, hinter ihre Gedanken zu kommen, wenn sie lange Reden hielten. Nun aber hatte Aleta doch eine etwas deutlichere Vorstellung von der Rolle bekommen, die sie selber im Glauben der Eingeborenen spielte.

Über diese Rolle war der Prinz immer noch nicht allzu glücklich. Während er wieder neben dem Schlitten herlief, gab er das auch ganz offen zu. ,,Es ist hart genug, mit einer gewöhnlichen Frau verheiratet zu sein; aber neben einer Göttin leben zu müssen, das ist ein bitteres Los für einen ohnehin schon so geplagten Ehemann."

,,Ich kann dir das gut nachfühlen", antwortete Aleta ohne mit einer Wimper zu zucken. ,,Bedenke aber, um wieviel schwerer es erst für eine Göttin sein muß, das Dasein eines Sterblichen zu teilen."

Damit hatten beide Teile für den Rest des Heimweges etwas zum Nachdenken. Als sie aber vor der Hütte hielten, fand Aleta, daß sie den Gatten genug geärgert hätte, und besänftigte ihn mit einem Kuß. Nun war die kleine Neckerei vergessen und alles wieder eitel Sonnenschein.

Tillicum, die neue Dienerin, erklärte ihrer Herrin die Nützlichkeit der indianischen Geschenke. Als Aleta begriffen hatte, daß ein korbähnliches Gebilde von den Frauen der Eingeborenen zum Herumtragen ihrer Jüngsten benutzt wurde, war sie gerade für diese Gabe von Herzen dankbar.

Der Winter hielt an. Manchmal zeigten sich die Wälder wundervoll in ihrer weißen Pracht. Es gab indessen auch Wochen, da der Sturmwind den Schnee vor sich hertrieb und die so kalt waren, daß selbst große Bäume klirrend zersprangen. Für längere Zeit ins Freie zu gehen, war dann nicht mehr ratsam, aber Eisenherz und Aleta hatten in der Geborgenheit ihrer Hütte trotzdem keine Langeweile, denn es gab ja so vieles zu bereden.

Schließlich kam der Tag, wo Tillicum dem Prinzen seine Sachen aushändigte und ihn bat, die Hütte zu verlassen. Eisenherz begriff, um was es ging, und fragte erschrocken, ob seiner Frau auch nichts geschehen könne.

,,Es ist alles gut", antwortete Tillicum mit einem beruhigenden Lächeln. ,,Ich werde den Gebieter wieder rufen."

Also ging der Prinz schweren Herzens hinüber zur Blockhütte, wo die Männer von seinem ernsten Gesicht sofort alles ablesen konnten.

Dieser Stunde hatte der Prinz so freudig entgegengesehen; nun aber, da sie unmittelbar bevorstand, erfüllte ihn ihr Kommen mit Angst und Bangen. Die Sorge hielt ihn nicht bei den Gefährten; er ging ins Freie und stapfte stundenlang auf und ab, wobei ihn sein Weg immer wieder an der Hütte vorbeiführte, aus der leise Stimmen drangen. Da er nicht helfen konnte, hielt er sich für das unnützeste Geschöpf auf dieser Erde.

Plötzlich verstummten sie in der Hütte. Eisenherz klammerte sich an einen Baumstamm und starrte schreckensbleich auf die Türe. Lange blieb es unerträglich still, doch dann hörte er die Stimmen wieder . . . da ist Katwin . . . und da Tillicum . . . und nun — endlich — auch Aleta! Dem Prinzen fiel ein Stein vom Herzen. Doch was war das? In die Stimmen der Frauen mischte sich ein neuer Klang . . . ein winziger, ach so kläglicher Schrei. Der Prinz begriff und sank, überwältigt von seinen Gefühlen, in den Schnee.

Als Katwin ihn zu holen kam, folgte er ihr auf Zehenspitzen in die Hütte und kniete wortlos an Aletas Lager nieder. Um die Lippen der jungen Mutter spielte ein müdes, glückliches Lächeln.

Ein wenig später reichte Tillicum ihrer Herrin ein schmales, in Leinen gehülltes Bündel hin. Eisenherz hielt den Atem an, während Aleta ein Ende des Linnens behutsam zurückschlug. „Ist er nicht hübsch?" sagte sie. „Ganz gewiß wird unser Sohn einmal ein großer Krieger sein."

Der Prinz schaute sinnend hin. Konnte dieses runzelige und so unfertig aussehende Wesen wirklich einmal ein König von Thule werden?

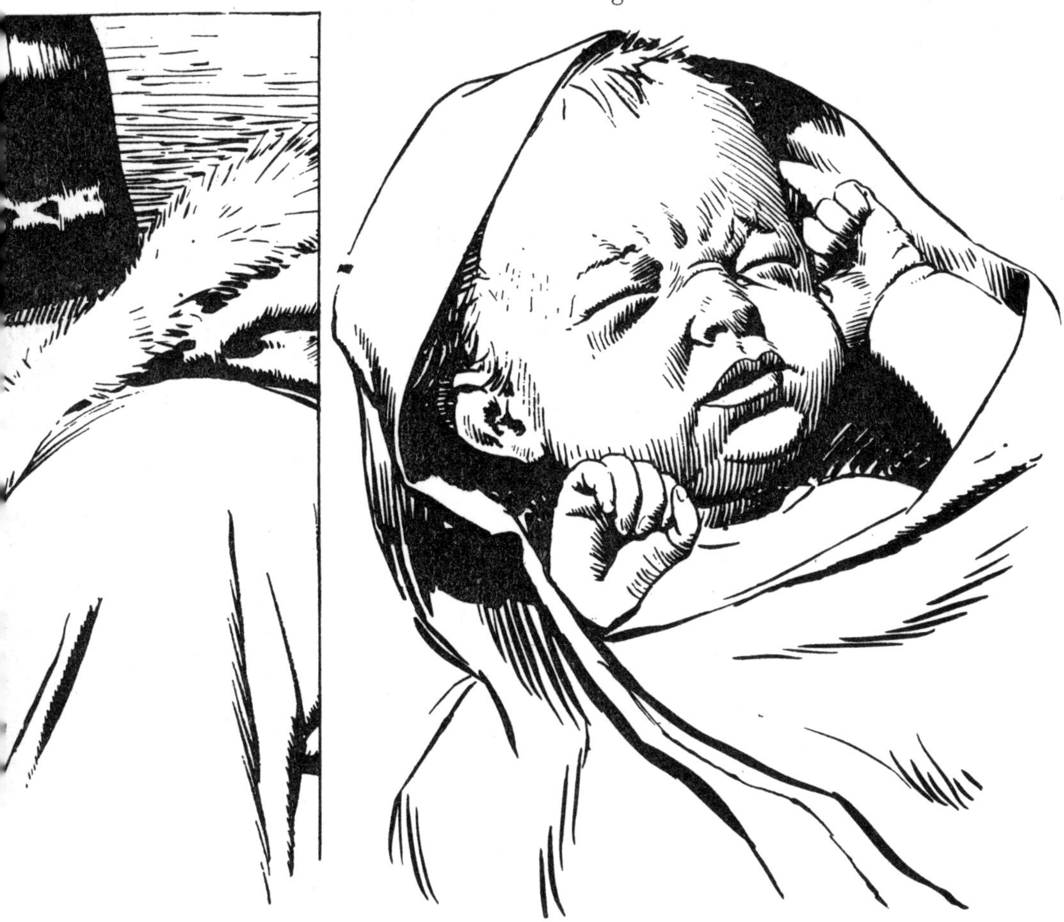

Die junge Mutter las aus dem zweifelnden Gesicht des Gatten, was diesen bewegte, und versicherte, daß der Neugeborene wirklich ein schönes und gesundes Kind sei, das seinen Mann dereinst schon stellen werde.

Als Eisenherz die Hütte wieder verlassen mußte und dann allein in der Frostnacht draußen stand, empfand er das wundersame Geschehen zum ersten Male voll bewußt. „Ich habe einen Sohn!" so rief er jubelnd zu den funkelnden Sternen hinauf und stürmte zum Blockhaus, um auch die wartenden Gefährten an seiner Freude teilnehmen zu lassen.

„Freunde!", so verkündete er schon unter der Türe. „Dem Thron von Thule wurde heute ein Erbe geboren! Lang lebe der König!"

Unter den aufbrausenden Heilrufen der Männer erzitterte die Hütte; auch wurden im Laufe der Nacht noch viele Trinksprüche auf das Wohl des jüngsten Sprosses derer von Thule ausgebracht.

Am Morgen ging Eisenherz schon beim ersten Frühlicht zur Hütte hinüber, wo er Aleta noch schlafend fand. Um die Genesende nicht zu wecken, ließ sich der Prinz behutsam neben dem Lager nieder, doch da meldete sich ein anderer Prinz von Thule und forderte gebieterisch, was ihm zustand. Wenngleich sich der kleine Mann noch kaum rühren konnte, so besaß er doch schon eine durchdringende Stimme, die alle anderen aufscheuchte.

Die frohe Geschäftigkeit hielt auch in den folgenden Tagen an. Draußen heulte der Sturm mit den Wölfen um die Wette, aber das konnte die glücklichen Menschen in der Hütte nicht stören. Die stolzen Eltern behüteten ihren Sohn wie einen Augapfel und wunderten sich immer wieder, daß alles so gut gegangen war.

Als der Kleine seine ersten Tage hinter sich hatte, beschloß der Prinz, seine Männer mit dem Erben von Thule bekannt zu machen. Das war ein schwieriges Unterfangen, denn Eisenherz fürchtete, der Kleine könnte ihm entgleiten; aber ihn fester anzufassen, das wagte er auch nicht.

Der Empfang im Blockhaus war überwältigend. Die Männer hatten von dem Besuch erfahren und ihre Rüstungen angelegt. Nun schlugen sie mit ihren Schwertern so dröhnend auf die Schilder, daß ihr künftiger Herr sofort zu brüllen anfing. Um den Schreihals zu beruhigen, gab ihn Eisenherz erleichtert an die Mutter weiter.

Voller Stolz überreichten die Seeleute ihr Geschenk, eine nach heimatlichem Brauch geschnitzte Wiege, an der sie den ganzen Winter über heimlich gearbeitet hatten.

Hinterher geleitete der Prinz seine Gattin und den Kleinen in die Hütte zurück, damit beide zur Ruhe kämen. Ihn selber zog es noch einmal zu den Gefährten hinüber, denen er noch vieles über seinen herrlichen Sohn zu erzählen hatte.

Die Männer aus Thule hörten sich die gutgemeinten Übertreibungen stundenlang geduldig an; allmählich erinnerte sich aber so mancher unter ihnen, daß er daheim auch eine Frau und Kinder hatte, die auf ihn warteten und nach denen er sich sehnte. Das Heimweh wurde übermächtig.

In dieser Stunde konnte es geschehen, daß die Wikinger, die ihrem jungen Führer so zuversichtlich über das wilde Meer in ein unbekanntes Land gefolgt waren, plötzlich alle Lust an dem Abenteuer verloren.

Als die Krieger ihrem Unmut auch in Worten Luft zu schaffen begannen, erhob sich der Älteste aus ihrer Runde und sprach die versöhnlichen Worte: „Wir wissen, daß Euch ein wunderbarer Sohn geschenkt wurde, denn Ihr habt uns das schon hundertmal gesagt. Bedenket aber wohl, Herr Prinz, daß die meisten von uns auch Väter sind, und nicht das Glück haben, bei ihren Frauen und Söhnen weilen zu dürfen. Ihr solltet uns nicht so wortreich vorführen, um wieviel besser Ihr daran seid als wir anderen!“

Eisenherz sah den begangenen Fehler sofort ein und blieb noch eine Weile schweigend bei den Gefährten, ehe er sich schlafen legte. Der Stille folgte nun ein heftiges Durcheinander. Die Männer wollten alle erzählen ... von ihren Söhnen natürlich. —

Eines Tages, es ging schon auf den Frühling zu, wurde der junge Gunnar vermißt. Eisenherz hätte andere auf die Suche schicken und selber in der warmen Hütte bleiben können, doch das war nicht seine Art. Mit Vorräten für mehrere Tage ausgerüstet, machte er sich allein auf den Weg. Da Gunnar der einzige unter ihnen war, der rich-

tige Skier gebrauchte, ließ sich seine Spur leicht verfolgen; sie führte an den Rand des Wasserfalls und hinab in die Eisfelder, die sich unterhalb des Falles aufgetürmt hatten. Dieses Eis war morsch, auch gurgelten zwischen den Blöcken schon die dunklen Wasser. Trotzdem wagte Eisenherz den Übergang. Kaum hatte er aber einen Fuß auf das andere Ufer gesetzt, da begann es hinter ihm zu krachen und zu bersten. Am Fall lösten sich riesige Eistürme und zerschlugen die Brücke für die Heimkehr . . .

Für den Prinzen erhob sich jedoch unversehens eine andere Sorge. Neben Gunnars noch deutlich zu sehender Spur liefen nämlich plötzlich andere her, die der Fußstellung nach von Rothäuten stammen mußten. Auch Eindrücke

von Schneereifen kamen hinzu, und sie bedeckten manchmal Gunnars Fährte. Also waren die Rothäute hinter dem Kameraden her; ob als Feind oder als Freund, das mußte sich freilich erst noch weisen.

Später stieß Eisenherz auf Gunnars Nachtlager. Die fremden Spuren umgaben es im weiten Umkreis und führten dann in den Wald hinein. Das deutete auf feindliche Absichten hin, was sich auch bald bestätigte, als der Prinz einen Platz fand, der noch die Spuren eines Kampfes trug. Im Schnee lagen ein abgebrochenes Steinbeil und mehrere Kleiderfetzen. Das alles verriet, daß Gunnar in die Hände feindlicher Rothäute gefallen und weggeschleppt worden war. Eisenherz machte sich kampfbereit.

Die schmale Spur mündete nach einiger Zeit in einen stärker begangenen Pfad, woraus der Verfolger schloß, daß er sich einer Siedlung näherte. Unter diesen Umständen schien ihm ein Erfolg nur durch Überraschung möglich zu sein. Er schritt deshalb, mit dem Speer in der einen und dem blanken Kurzschwert in der anderen Hand, aufrecht und selbstbewußt in das bald auftauchende Lager hinein.

Auf dem Dorfplatz stand Gunnar, von den unentschlossenen Indianern neugierig umringt, sonst aber wohlbehalten. Ehe die Eingeborenen etwas begriffen, sprang Eisenherz mitten unter sie und trieb sie auseinander. In der Überraschung dachte nur ein einziger an Gegenwehr und versuchte, dem Prinzen ein Steinmesser in den Rükken zu stoßen. Als die Waffe dann an dem unter dem Lederwams verborgenen Kettenhemd zersplitterte, ertönte ringsum ein erstauntes „Uff!"

Eisenherz entriß dem verdutzt zusehenden Häuptling einen geschnitzten Totemstab, das Zeichen der obersten Würde, und pflanzte das Symbol neben sich auf. Dann verkündete er in der Sprache der Eingeborenen und mit einer Stimme, die keinen Widerspruch duldete: „Merket euch eins! Wo ich bin, da herrsche ich auch! Hugh, ich habe gesprochen!"

Diese Warnung saß so trefflich, daß sich Eisenherz gleich noch einmal an den Häuptling wenden konnte. „Wage also nie wieder, einen meiner Freunde zu kränken! Und wenn ich dich rufen lasse, dann hast du zu kommen! Doch komme in Frieden . . . ich rate dir gut!“

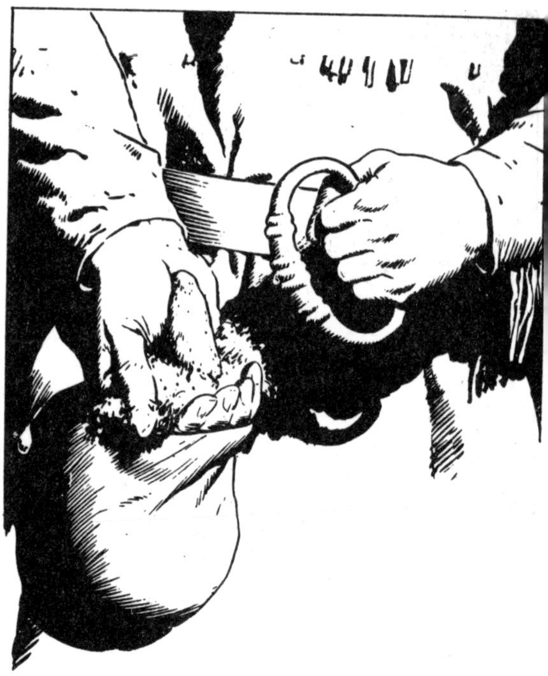

Als sich der Prinz mit Gunnar gelassen zum Gehen wandte, verhielten sich fast alle Rothäute ruhig. Es gab aber doch wieder einen unter ihnen, dem der Mut schneller als den anderen zurückgekehrt war und ihn versuchen hieß, den Feind in den Rücken zu schießen.

Der Kriegspfeil schwirrte von der Sehne und traf den Davonschreitenden aus wenigen Metern Entfernung genau zwischen die Schulterblätter. Eisenherz zuckte unter dem harten Aufschlag zusammen, doch das Kettenhemd bewährte sich wiederum gegen die steinzeitliche Waffe. Wenn nun der Pfeil auch harmlos in den Schnee fiel, so mußte doch die Tat, um weiteren Angriffen vorzubeugen, gleich auf der Stelle gesühnt werden. Der Prinz holte seinen Feuerbeutel hervor und schlug mit einem Eisenring einige Male gegen den Flintstein, bis der dürre Zunder zu glosten begann.

Eisenherz drehte sich um und wirbelte den Beutel mit erhobenem Arm an einem Riemen im Kreis herum, worauf der Brand hell aufloderte. Den Rothäuten mußte es scheinen, als hätte er das Feuer aus der Luft geholt. Nun drückte der Prinz den Beutel mit der bloßen Faust unter die Birkenrinde der nächstliegenden Hütte. „Das ist die Strafe für euren Ungehorsam", warnte er, als die Hütte in Flammen aufging. „Das nächste Mal wird das ganze Dorf brennen! Seht zu, daß die Flammen nicht jetzt schon übergreifen!"

Während die Rothäute den Funkenflug bekämpften, konnten sich Eisenherz und Gunnar ungehindert entfernen. Der ganze Zauber hatte den Prinzen nicht mehr als ein paar Brandblasen an den Fingern gekostet.

Was den Gefährten freilich auf dem Heimweg noch bevorstand, war viel bedrohlicher. Der anrückende Frühling hatte den Schnee in tiefen Matsch und selbst die kleinsten Bäche in reißende Flüsse verwandelt, auch standen weite Strecken des Landes unter Wasser, so daß die Wanderer oft zu Umwegen gezwungen waren. Unter diesen Verhältnissen wäre ein Weitergehen in der Dunkelheit leichtsinnig gewesen; der Prinz schaute sich deshalb rechtzeitig nach einem Platz um, wo sie die Nacht einigermaßen trocken verbringen konnten. Dort bereiteten sie sich ein Lager aus Fichtenzweigen; die richtige Ruhe fanden sie bei der Kälte freilich nicht.

So brachen sie denn schon beim ersten Morgengrauen auf und kamen, da sich der Grund in der nächtlichen Kälte etwas gefestigt hatte, auf ihren Skiern und Schneereifen zunächst auch recht gut voran. Nach dem Aufgang der Sonne wurde der Schnee indessen bald wieder so brüchig, daß sie die Geräte ablegen und zu Fuß weiterstapfen mußten. Die Bäche konnten sie nur an ruhigen Stellen überqueren, wo sich eine dünne Eisschicht gehalten hatte, doch mußten sie selbst da zur Sicherheit noch Baumstämme unterlegen. Das war ein mühseliges und gefährliches Fortkommen. Schließlich erreichten sie aber den Niagarastrom oberhalb seines Falles. Die schnell dahinziehenden Wasser führten eine dichte Schicht Treibeis mit sich.

Hier den Übergang auch nur zu versuchen, wäre Wahnwitz gewesen. Sie wanderten deshalb stromabwärts, um nach der Eisbrücke unterhalb des Falles zu sehen, doch diese war von den stürzenden Wassern längst zerschlagen und weggeschwemmt worden.

„Vielleicht finden wir weiter unten eine günstigere Stelle", schrie Eisenherz, damit ihn der Gefährte im Donnern der Fluten verstehen konnte. Gunnar nickte, und so zogen die Freunde weiter.

Nach einer zweiten Nacht im Freien kamen sie in flacheres Gelände, wo der Strom nicht mehr ganz so wild dahinfloß. Dort wollten sie den Übergang wagen und begannen auch gleich mit dem Bau eines Floßes.

Als Unterlage dienten zwei starke Baumstämme, die sie durch Äste miteinander verbanden. Dieses einfache Fahrzeug war fest genug, um den Wassern zu trotzen, zumal der Fall und die Stromschnellen das Eis zu kleinen Stücken zermahlen hatten. Zuerst ging auch alles gut. In der Mitte des Stromes wurden die Wasser aber so reißend, daß alles Rudern nicht mehr dagegen ankam. Das Floß trieb fast steuerlos dem Ontariosee zu.

Inzwischen versuchte Aleta immer wieder, sich nicht um den Prinzen zu ängstigen. Sie vertraute dem Glück des Gatten, aber ihr Herz sagte ihr auch, daß dieser in ernster Gefahr schwebe. Nur Tillicum wußte, wie oft die weiße Frau von ihrer Unruhe an den Rand der Lichtung getrieben wurde, um zu spähen und zu lauschen. Eines Nachts, nachdem das Mädchen stundenlang in die Glut des Herdes gestarrt hatte, durchbrach es das Schweigen in der Hütte. „Der, den du erwartest", sagte es seherisch, „wird morgen da sein!" — Und so geschah es auch. Eisenherz war den Wassern entkommen!

Die Freude der Wikinger über die Heimkehr ihres Prinzen war riesengroß, denn ohne diesen hätten sie sich den Rückweg über den unbekannten Ozean nicht zugetraut. In den nächsten Tagen brachte der Südwind einen kräftigen Regen, der die letzten Spuren des Winters davonschwemmte.

Als das Wetter besser wurde, ging Gundar Harl daran, sein Schiff für die Heimreise zu rüsten. Dabei stellte sich bald heraus, daß das Navigationsgerät verschwunden war. Gundar konnte zwar ein neues bauen, aber die Zeichen, an denen die Breitengrade nach dem jeweiligen Stand der Sonne abzulesen

waren, die konnte er nur schätzungsweise einsetzen. Der Schiffsbauer berichtete dem Prinzen sofort über seine unangenehme Entdeckung und fügte hinzu, daß er bisher noch niemand etwas davon gesagt habe.

„Das ist auch gut so", meinte Eisenherz. „Wenn wir Thule jemals wiedersehen wollen, dürfen uns die Männer nicht mutlos werden."

Sie begannen sofort mit dem Bau eines neuen Gerätes, auf dem sie die Zeichen nach der Erinnerung eintrugen. Das bedeutete nicht mehr und nicht weniger, als daß sie das auf keiner Karte verzeichnete Meer nur nach der bloßen Mutmaßung durchkreuzen mußten.

Eines Tages, da Eisenherz und Gundar wieder einmal ihre Reisepläne berieten, kam Aleta mit den Mägden heraus, um dem Kleinen ein Sonnenbad zu bereiten. Der Prinz fühlte sich von dem glücklichen Geplauder so angezogen, daß er das eigene Gespräch abbrach und mit dem Kind spielte.

„Eigentlich müßte man ihm bald einen wirklichen Namen geben", meinte er nach einer Weile. „Zuckerlämmchen und Sonnenstrählchen mögen heute zwar noch ganz nett für ihn sein, zu einem heranwachsenden Krieger scheinen mir solche Namen aber nicht zu passen."

Am Abend, während Eisenherz gerade seine Waffen reinigte, fragte Aleta unvermittelt nach der Herkunft des *Singenden Schwertes*. Nun erinnerte sich der Prinz, daß er darüber noch nie gesprochen hatte.

Er lächelte versonnen und berichtete, wie er und Prinz Arne zu einer Zeit, da sie beide noch im Jünglingsalter standen, in das Mädchen Ilene verliebt gewesen waren.

„Ilene wurde von Normannen entführt . . . wir verfolgten das Schiff, doch wir kamen zu spät. Ein Sturm hatte es verschlungen. Arne und ich wurden Freunde. Zum Abschied schenkte er mir seinen kostbarsten Besitz, das *Singende Schwert*."

„Dann wird das Schwert also später einmal an unseren Sohn übergehen?" fragte Aleta.

„Das ist es schon", stellte der Prinz fest, als er den Kleinen am Schwertgriff lutschen sah.

„Es scheint ihm auch zu schmecken!" Die Ehegatten lächelten sich zu. Danach beugte sich der Prinz zu seinem Sohn hin und sagte feierlich: „Dieses Schwert wird einst dem Prinzen Arne gehören! Ich grüße dich, Arne, du Herzog von Thule und Kronprinz der fernen Nebelinseln!"

So wurde denn beschlossen, auf der Heimreise in Britannien anzulegen und den Sohn auf Schloß Camelot im Beisein von König Arthur und der Ritter von der Tafelrunde durch den Bischof von Canterbury taufen zu lassen. Taufpate aber sollte Prinz Arne von Ord werden.

Als Eisenherz mit Klein-Arne auf dem Arm vor die Gefährten hintrat und diesen Plan verkündete, schwoll Jubel auf. Nun zweifelte keiner mehr daran, daß die Heimfahrt glücken werde; sie gingen mit verstärktem Eifer ans Werk, und Gundar Harl überprüfte zum letzten Male sein Navigationsgerät, von dessen Genauigkeit soviel abhing, mit der peinlichsten Sorgfalt.

Noch zur gleichen Stunde unterrichtete der Prinz den Häuptling des Dorfes über die baldige Heimfahrt, doch dieser schüttelte besorgt das Haupt. „Die Reise zum Meer könnte gefährlich werden, da bei den Stämmen westlich des Flusses Aufruhr herrscht; sie hören nicht mehr auf ihren obersten Häuptling."

Der Prinz bat seinen Gastgeber für die weitere Unterhaltung zu sich in die Hütte, wo dessen Blick sofort auf den Totemstab fiel. „Uff!" rief die Rothaut erschrocken. „Du hast ihnen das heilige Zeichen genommen, das ist der Grund dafür, daß sie jetzt gesetzlos sind!"

An so weitgehende Folgen seiner Tat hatte Eisenherz damals nicht gedacht. Ihm war es nur darauf angekommen, den jungen Gunnar zu befreien. Daß dadurch aber ein ganzes Gebiet in Aufruhr gerate, das hatte er gewiß nicht gewollt.

Zum Nachdenken zog sich Eisenherz später an seinen Lieblingsplatz im Wald zurück. Danach sandte er Boten

zu allen Nachbarstämmen, um die Häuptlinge zu einem Großen Rat einzuladen. Was er auf dieser Versammlung sagen wollte, wußte er zur Stunde freilich selber noch nicht, aber irgendwie mußte er Frieden stiften, damit das Schiff ungefährdet die hohe See erreichen konnte.

Während er noch über einen Ausweg nachgrübelte, trat Aleta zu ihm. „Hör zu, mein verstörter Gatte, Tillicum hat mir berichtet, was du angestellt hast. Vielleicht kann ich dir helfen. Willst du mich nicht um meinen königlichen Rat bitten?"

„Oho", spottete der Prinz lächelnd zurück. „Und welchen Vorschlag hätte denn mein blonder Genius?"

„Du brauchst gar nicht zu lachen!" verwies ihn da Aleta. „Offenbar hast du vergessen, daß ich eine Gottheit bin und großes Ansehen unter den Eingeborenen genieße!" Dann aber erklärte sie ausführlich, was sie sich gedacht hatte.

Oberhalb des *Donnernden Wassers* lag eine Insel im Strom, die als Niemandsland zwischen den Grenzen galt. Auf diesem Eiland ließ Aleta ein riesiges Zeltgerüst errichten und mit den großen, roten Segeln des Schiffes bedecken. Auch das Innere mußte ganz nach ihren besonderen Wünschen eingerichtet werden.

Während der Bau im Werden war, nahm sich Aleta den entführten Totemstab vor, der soviel Unruhe gestiftet hatte, und setzte an Stelle der ausdruckslosen Augen zwei funkelnde Edelsteine aus dem Griff ihres Dolches ein. Hinterher betrachtete sie zufrieden das geheiligte Zeichen der Macht, dessen Antlitz sich durch die neuen Augen zauberhaft verwandelt hatte.

Diese strahlenden Augen verdeckte Aleta zunächst wieder mit flüchtig daraufgepinselter Farbe, die sich bei Bedarf rasch und unauffällig mit dem Finger abwischen ließ.

„Die Männer sind komisch", bemerkte Aleta zu ihren beiden Mädchen, die ihr staunend zugesehen hatten. „Wenn sie auch nur das kleinste Problem lösen sollen, dann wissen sie nichts Besseres als Schreien und Dreinschlagen. Ich werde ihnen nun zeigen, daß es auch anders geht."

Katwin und Tillicum nickten heftig; sie wußten zwar nicht, zu was das Werk dienen sollte, aber sie hatten ein unbegrenztes Vertrauen zu ihrer Herrin. „Wie gut, daß ich eine Göttin bin", dachte Aleta bei sich selber. „Ich will mir jetzt zuerst einmal die Häuptlinge der friedlich gesinnten Stämme herbestellen."

Als diese Häuptlinge versammelt waren, hielt Aleta Hof. Sie bat nicht und sie verhandelte nicht, sondern teilte den Männern geradewegs als feststehende Tatsache mit, was sie von ihnen auf der Ratsversammlung erwarte. Dieses Verhalten schien ihr einer Gottheit würdig zu sein.

Auch Prinz Eisenherz, ihr Herr und Gebieter, Führer großer Armeen und Sieger in vielen Schlachten, mußte sich damit abfinden, daß ihm die zarte Frau bis in die letzten Einzelheiten hinein vorschrieb, was er zu tun oder zu lassen hatte.

Der Herr Gemahl kam aus dem Staunen nicht heraus. Bis dahin hatte er in seiner Frau nur die geliebte Gefährtin seines Lebens gesehen; nun aber wurde er unvermittelt belehrt, daß Aleta, als Königin eines hochkultivierten Inselreiches, auch auf das trefflichste zu regieren verstand. Sie erteilte ihre Befehle mit gelassener Selbstverständlichkeit, und alle, auch der Prinz, fügten sich, ohne noch weiter nach einem Warum zu fragen.

Während die Wikinger und die befreundeten Rothäute das große Zelt vollendeten, erging sich der Prinz mit Gundar Harl am Rande der Insel; sie sprachen über Aletas Pläne und natürlich auch von der Heimreise, die jetzt vielleicht wieder in weite Ferne gerückt war.

„Die Ratsversammlung muß unbedingt ein Erfolg werden", sagte Eisenherz. „Gelingt es uns nicht, die aufrührerischen Eingeborenen zum Frieden zu bewegen, so könnten sie uns während der Flußfahrt einen Hinterhalt legen, gegen den wir machtlos wären. Hoffentlich hat Aleta Glück."

„Nun", antwortete Gundar zuversichtlich, „morgen wissen wir mehr!"

In der Nacht, die durch den vollen Mond erhellt wurde, kamen die feindlichen Rothäute mit ihren Kanus zum vereinbarten Treffpunkt beim Zelt. In den wilden Zügen der Häuptlinge und Medizinmänner standen verletzter Stolz und der Zorn über die angetane Schmach. Von einer Bereitschaft zum Frieden war in diesen Gesichtern nichts zu erkennen. Der vorsichtige Prinz wies deshalb seine Gefährten insgeheim an, die Waffen für jeden Fall griffbereit zu halten.

Ein wenig später trafen auch die befreundeten Rothäute ein; sie waren ruhig und zuversichtlich, denn sie vertrauten der blonden Gottheit mit den hellen Augen blindlings.

Die Feindschaft der fremden Rothäute kam nicht offen zum Durchbruch, denn das Wunder am *Donnernden Wasser*, das sich inzwischen herumgesprochen hatte, mahnte sie zur Vorsicht. Auch mochten sie mißtrauisch ahnen, daß mit den fremden Kriegern nicht zu spaßen sei.

Als der Morgen graute und ein Hornruf über die Insel gellte, teilte sich der rote Vorhang des Zeltes. Der Häuptling der östlichen Stämme begrüßte

die Brüder aus dem Westen, doch war es diesen nicht eben brüderlich zumute. „Man hat uns einen Gefangenen weggenommen und das heilige Zeichen gestohlen", so murrten sie. „Wir verlangen Wiedergutmachung!" Das Murren schwoll an, aber Eisenherz stand gelassen auf und stellte sich mit dem Totemstab in der Hand vor den Rothäuten auf. Gleich seine ersten Worte erweckten bittere Erinnerungen: „Wo immer ich bin, da herrsche ich!"

Während dieses erregenden Auftaktes wartete Aleta in einer Hütte hinter dem Ratszelt und beschäftigte sich ruhig mit ihrem Kindlein. Nun war die Bühne für das große Schauspiel gestellt. Ein Wiking steckte den Kopf herein und nickte Aleta zu. Diese übergab den kleinen Arne an Tillicum, ordnete das Haar und schlüpfte heimlich durch den Vorhang ins Zelt. Sie erkannte mit einem Blick, wie winzig klein die eigene Schar gegen die Menge der Eingeborenen war, aber es war kein Hauch von Furcht in ihr, denn auf der Bühne stand hochaufgerichtet Prinz Eisenherz.

„Wo immer ich bin, da herrsche ich!" wiederholte er, solange Aleta noch unbemerkt im Hintergrund verhielt. „Ich habe euch das heilige Symbol genommen, weil ihr anmaßend durch Macht und nicht demütig durch Weisheit sein wolltet. Anmaßung aber bringt Blutvergießen und Feinde; Weisheit dagegen Frieden und Freunde! Es war von euch nicht eben weise, einen Mann gefangenzunehmen, der im Frieden zu euch kam; und es war erst recht nicht weise, daß ihr zweimal versuchtet, mich zu ermorden. Nun sind eure Stämme von Unruhe geschlagen, eure Pflanzungen liegen brach, und wenn der Winter kommt, werden eure Frauen und Kinder darben!"

Unter diesen ernsten Worten verstummte das Zornesgemurmel. Eisenherz fuhr fort: „Wir wollen die Sonnengöttin, die Bringerin der Ernte, bitten, euren Kindern und Frauen im nächsten Winter gnädig zu sein."

Damit hatte er das Gesetz des Handelns an Aleta übergeben. Auf deren Zeichen hin erklang ein Hornsignal. Während in der Kuppel des Zeltes das Segel zurückgeschlagen wurde, schritt sie, einer Göttin gleich, im Lichte der einfallenden Sonnenstrahlen auf den erhöhten Platz im Hintergrund zu

Das alles mußte den Eingeborenen wie ein Wunder erscheinen. Indessen, es war kein Wunder, sondern nur die Auswirkung eines wohlbedachten Planes. Aleta hatte die Segel so auflegen lassen, daß sie längs des Firstes zurückgeschlagen werden konnten, und so folgten ihr nun die Sonnenstrahlen, gesteuert von einigen Wikingern, bis auf die Bühne.

Sonst war Aleta keine Freundin von derlei Zauberkünsten, aber in diesem Falle ging es um die Rettung ihrer eigenen Schar, um die Rettung des Kindes und auch um die Indianer. Als sie auf der Bühne stand, beruhigte sie den Prinzen mit einem kleinen Wink und machte sich zum Sprechen bereit.

Wie wunderschön Aleta in diesen Augenblicken war, konnten die Rothäute nicht beurteilen, denn bei ihnen galten andere Maßstäbe als in der Alten Welt; aber sie sahen in der hellhäutigen Frau die Sonnengöttin.

Schließlich durchbrach Aleta die lastende Stille: „Es ist nicht gut, wenn ein Volk seine heiligen Symbole entbehren muß. Ich gebe euch deshalb euer Totem zurück!“ Mit diesen Worten trat sie an den Rand der Bühne.

Während Eisenherz seiner Gattin beim Herabsteigen von der Bühne half, flüsterte er ihr zu: „Paß auf! Der große, hagere alte Mann mit der roten Decke, das ist ihr oberster Häuptling!“

Aleta schritt feierlich und ganz allein zu dem Bezeichneten hin und überreichte ihm den Totemstab. Der Häuptling frohlockte, weil nun die Macht über die Stämme erneut in seiner Hand zu liegen schien. Ganz soweit war es indessen noch nicht, denn Aleta nahm den Stab wieder zurück. „Einst hast du mit diesem Zeichen die Macht, nicht aber auch die Weisheit empfangen“, sagte sie und wischte heimlich die Farbe von den Augen des Idols. „Ich muß deshalb einen Wächter über dich setzen, dem du künftig für deine Taten verantwortlich bist. Schau!“

Der Häuptling prallte erschrocken zurück, als er in die unheimlich lebendig gewordenen Augen sah, die ihn so forschend anzublicken schienen. Aleta schritt langsam zurück und stellte sich wieder auf die Bühne. Drunten war zuerst nur Schweigen. Als aber die Menge der Rothäute die merkwürdige Veränderung an ihrem Stammestotem begriffen hatte, brach ringsum lauter Jubel aus. Frauenlist hatte über rohe Kraft gesiegt!

Aleta gab mit der Hand ein Zeichen, daß die Ratsversammlung beendet sei, und ging, begleitet von ihren Kriegern, sinnend hinaus; sie ahnte erschauernd, wie tief sie mit ihrem Tun in die Empfindungen der Rothäute eingegriffen hatte.

Anderntags begannen die Wikinger ihr Schiff für die lange Reise zu beladen. Die Arbeit schritt nun mit beflügelter Eile voran.

Während die Männer werkten, fanden sich viele Rothäute zum schweigenden Zuschauen ein. Zu des Prinzen Überraschung waren auch einige Häuptlinge der bisher feindlichen Stämme darunter. Weil dem Prinzen an diesen Besuchern irgend etwas als nicht ganz geheuer vorkam, fragte er einen der Indianer rundheraus nach dem Grund seiner Gegenwart. Die Antwort war nicht gerade erfreulich.

„Wenn die Sonnengöttin von uns geht, wer wird dann unsere Felder behüten? Wer wird die Ernte reifen lassen, damit unsere Frauen und Kinder zu essen haben?"

Das war es also! Aleta bedeutete den Rothäuten so viel, daß diese ihr Bleiben wünschten. Der Prinz versprach, die Frage später zu beantworten und eilte zu seiner Gattin. Er fand sie auf einem Steinblock sitzend und wehmütig ihr Heim betrachtend.

„Ach“, seufzte sie, als sie vernommen hatte, was die Rothäute bewegte. „Wie liebe ich doch diesen Platz. Hier wurde unser Sohn geboren, und hier bin ich so glücklich gewesen!“ In ihren Augen schimmerte es feucht, dann aber lächelte sie durch ihre Tränen. „Komm, laß uns zu unseren Freunden gehen, damit sie einen Trost erhalten.“

Aleta trat zum letzten Male vor die Eingeborenen hin und sprach: „Ich muß euch nun verlassen, aber glaubt mir, mit meinen Gedanken werde ich auch künftig bei euch sein und über eure Felder wachen, sofern ihr nur weise seid und unter euch selber Frieden haltet!“

Damit war die Stunde des Abschieds gekommen. Die Eingeborenen überreichten ihre Geschenke, und Tillicum schickte sich an, das Schiff zu besteigen. Eisenherz wollte sie zurückhalten. „Wir reisen in ein fernes Land, in dem du dich unglücklich fühlen wirst. Du kannst nicht mitkommen.“ Davon wollte Tillicum aber nichts wissen; sie erklärte vielmehr unter Tränen, sie sei der fremden Frau geschenkt und werde immer bei ihr bleiben.

Von soviel Anhänglichkeit gerührt, legte Aleta ihre Arme auf des Mädchens Schultern. „Vielleicht wirst du einmal großes Heimweh haben, dann soll dich Arne trösten, den ich deiner Pflege anvertrauen will.“

Als die roten Segel gesetzt waren, stieß das Schiff vom Ufer ab. Aleta freute sich zwar, daß die Reise nun endlich heimwärts gehen konnte, zugleich war's ihr aber auch recht kümmerlich ums Herz, denn sie hatte die fremden Menschen und ihr Land in diesen langen Monaten wirklich liebgewonnen. Die Eingeborenen begleiteten das Schiff auf ihren Kanus noch bis zum Abend und nahmen erst dann mit einem letzten Winken ihren Abschied von der hellhäutigen Gottheit, die ihnen solche Wunder beschert hatte.

Während der Nacht durchsegelte das Schiff einen großen See, und am Morgen schwamm es im Bereich einer verwirrenden Inselwelt. Durch Wind und Strömung gefördert, machte es eine gute Fahrt. Irgendwie mußte die Kunde von Aletas Kommen vorausgeeilt sein, denn sie wurden vielerorts von fremden Rothäuten erwartet und jubelnd begrüßt. Diese Aufmerksamkeiten endeten erst, als sich das Wasser wieder so weitete, daß seine beiden Ufer nicht mehr gleichzeitig zu sehen waren.

Vom Meere her zog Nebel herein, feucht und grau, der die Sicht bald fast gänzlich verhüllte und kaum noch ein Zurechtfinden erlaubte. Gundar Harl ließ das Schiff mit gerafften Segeln weitertreiben. Einmal zeigte sich schemengleich eine Küste im Dunst, doch welche Küste das war, vermochte niemand zu sagen. Da allmählich auch wieder die Sonne durchdrang, beschloß Gundar, dieser Küste bis zum offenen Meer zu folgen.

Das war ein gewagtes Unternehmen, denn der abziehende Ebbstrom schoß immer noch mit Macht durch die Bucht und bildete gerade an den Rändern gefährliche Wirbel. Eisenherz hatte das Gefühl, daß sich Gundar Harl in seiner Freude über die Heimreise zu viel zutraute, und wollte warnen. Doch da war es schon zu spät. Das Schiff wurde auf ein unter Wasser verborgenes Riff getrieben und setzte sich so plötzlich fest, daß alles an Bord, was gerade keinen festen Halt hatte, der Länge nach hinfiel. Es gelang der Besatzung erst nach Stunden, als die Flut aus dem Ozean zurückkam, den Segler wieder flott zu machen. Alle Bemühungen, die Küste noch zu erreichen, schlugen indessen fehl. Das Schiff hatte ein solches Leck bekommen, daß es fünfzig Meter vom Strand entfernt im flachen Wasser liegenblieb.

So wurde die Fahrt an der Ostspitze von Neufundland jählings unterbrochen. Die Seeleute konnten sich zwar alle an die Küste retten, aber sie waren überwältigt von dem Unglück und rafften sich erst wieder auf, als Eisenherz die Rettungsarbeiten für das Schiff anordnete. Das alles mußte Schlag auf Schlag geschehen, damit der Flut keine Zeit blieb, noch größeren Schaden anzurichten. Die Hälfte der Männer ging flußaufwärts in den Wald, um geeignetes Holz für zwei große Flöße und auch für die eingedrückten Planken zu beschaffen; die anderen richteten unterdessen einen Zimmerplatz ein.

Die Flöße wurden bei Niederwasser zu beiden Seiten des Seglers befestigt. Als dann die Flut wieder stieg, lösten sie durch ihren Auftrieb das Schiff vom Grund, so daß es die Wikinger mit vereinten Kräften etwas näher ans Land schieben konnten.

Dieses Unterfangen mußte oft wiederholt werden. Da man es nicht darauf ankommen lassen wollte, daß etwa ein plötzlich losbrechender Sturm das Schiff noch weiter zerstörte oder gar entführte, ging die Arbeit auch während der Nacht weiter.

Als das Schiff soweit gehoben war, stiegen die Wikinger in den Laderaum und holten den restlichen Ballast heraus. Dann schoben sie den so erleichterten Rumpf vollends auf den Strand.

Das Heben und Bergen war schon sehr zeitraubend gewesen; noch mehr Zeit aber würde das Auswechseln der zerstörten Teile kosten. Um mit den Lebensmitteln bei der Weiterfahrt nicht zu knapp zu werden, schickte Eisenherz deshalb alle beim Schiffsbau entbehrlichen Männer zum Jagen und Fischen fort; ihre Beute war so reich, daß sie nicht nur für die täglichen Mahlzeiten, sondern auch für die Erneuerung der Vorräte reichte, die zum Teil bei dem Schiffbruch gelitten hatten.

Wenn Gundar Harl nicht gerade beim Schiffsbau gebraucht wurde, nahm er ein Kanu, das ihnen die Indianer geschenkt hatten, und erkundete durch sorgfältiges Loten eine sichere Fahrrinne zum offenen Meer hin.

Unter diesen Arbeiten zogen einige Wochen ins Land; schließlich war dann das Schiff so schmuck und seefest wie je; der Weiterfahrt über die unbekannte See stand somit nichts mehr im Wege.

Obwohl die Männer von der schweren Arbeit bei Tag und Nacht recht erschöpft waren, gingen sie freudig an das Beladen des Schiffes mit Vorräten und Ballast, denn nun durften sie wieder hoffen, noch zur Sommerszeit nach Hause zu kommen, wo man sie vielleicht schon aufgegeben hatte.

Als das Schiff im Wasser schwamm und seine Segel entfaltete, entstieg den Kehlen der Wikinger ein einziger Freudenruf. Nun erwies es sich auch, wie gut Gundar Harl mit seiner Erkundung der Fahrrinne vorgearbeitet hatte. Er konnte den Segler nach den von ihm festgelegten Landmarken steuern und ohne weitere Zwischenfälle ins Meer bringen.

Dem Prinzen fiel beim Anblick der blauen, sonnigen Weite ein Stein vom Herzen, denn er hatte bis dahin ja immer noch mit neuen Hindernissen rechnen müssen. Das Schiff hob und senkte sich mit der leichten Dünung, und alles schien gut zu sein. Am andern Tag kam zwar wieder Nebel auf, auch begann es zu regnen, aber das störte die wetterharten Seeleute nicht. Damit Aleta mit dem Kind geschützt sei, errichtete ihr Eisenherz auf dem Deck einen Unterschlupf, von wo aus sie den Männern zusehen konnte.

Später lichtete sich die Nebelbank, doch dafür nahm der Wind zu und wurde schließlich zum Sturm, den ein heftiger Regen begleitete. In dieser Lage konnte Gundar seinen Segler nur noch vor dem Winde treiben lassen, und der blies wochenlang genau nach Osten. Als das Unwetter endlich ein wenig abflaute, war sich Gundar darüber klar, daß sie weit südlich vom vorgesehenen Weg liegen mußten. Um wieder auf den alten Kurs zu kommen, ließ er nach rdwesten drehen. Wegen der immer noch herrschenden Windstärke konnte auch weiterhin nur das kleine Sturmsegel setzen. Trotzdem ächzte iff in sämtlichen Fugen und leckte schließlich wieder so, daß die Mänalle Hände voll zu tun hatten, um mit dem Wassereinbruch fertig zu werden. Indessen, das Glück war den Seefahrern hold: aus dem nachlassenden Regen tauchte eine Küste auf!

Eisenherz ließ eine Bucht ansteuern, wo sie Wasser fanden und auch einen sandigen Strand, auf dem sie das Schiff überholen konnten. Nun waren wieder alle voll beschäftigt. Ein Teil der Mannschaft zimmerte, der andere durchstreifte die Wälder, um für Nahrung zu sorgen.

Die Wikinger merkten bald, daß es an der so einsam scheinenden Küste nicht ganz geheuer war. In der Nacht wurden am Schiff Taue gelöst und Teertöpfe umgeworfen, auch verschwanden einige Werkzeuge auf rätselhafte Weise. Ein Posten wollte im Morgengrauen sogar menschliche Gestalten in den Klippen gesehen haben. Dazu kam noch etwas anderes: Eisenherz begegnete auf der Heimkehr von einem Pirschgang einem Elch, der so riesig war, wie er bis dahin noch kaum einen gesehen hatte.

„Solche Riesenelche gibt es doch nur in Irland", erinnerte er sich und schloß daraus, daß man auf der grünen Insel gelandet sei.

Um die nämliche Zeit machte Aleta einen kleinen Spaziergang in der Nähe des Schiffes. Während sie nichtsahnend dahinwandelte, fühlte sie sich jählings am Handgelenk ergriffen. Sie drehte sich erschrocken um und sah in ein listig grinsendes Gesicht. „Bei uns zulande", sagte der Mann in einem schwerverständlichen Dialekt, „ist es Brauch, daß Reisende einen Tribut entrichten. Da du mir aber nicht eben viel zu besitzen scheinst, werde ich dich selber behalten."

„O Herr", erwiderte Aleta mit betonter Sanftmut. „Ich bin doch eine verheiratete Frau und habe für ein kleines Kind zu sorgen. Mein Mann wird Euch, davon bin ich fest überzeugt, gerne geben, was Ihr verdient."

„Mit Ehemännern will König Roary nichts zu tun haben. Mag er den Balg behalten; du aber bleibst bei mir", entschied der Bärtige und wollte Aleta mit sich ziehen.

Der selbstbewußte König ahnte nicht, daß die zierliche Frau, die da so harmlos vor ihm stand, gelegentlich, wenn es darauf ankam, auch wie eine Hornisse sein konnte. Urplötzlich sah er sich von einem blitzenden Dolch bedroht, der mit Geschick und wilder Entschlossenheit gegen ihn geführt wurde. Es gelang ihm nur mit knapper Not, die Rasende abzuwehren und an der Flucht zu hindern. Ein Hornstoß rief die in der Nähe streifenden Gefährten zu Hilfe.

Dieser Notruf drang nicht nur zum Jagdgefolge des Königs, sondern auch an die Ohren des Prinzen, der soeben beim Landeplatz eingetroffen war und gleich Lärm schlug. So geschah es, daß beide Parteien gleichzeitig auf dem Plan erschienen. Als sich die Bewaffneten indessen kampfbereit gegenüberstanden, da zögerte Eisenherz, denn er mußte für Aletas Leben fürchten.

„Wenn du dich rührst, stirbt die Frau!" drohte nämlich Roary.

Des Prinzen Gegenwort kam kühl und befehlend: „Aleta! Du gehst ganz langsam zum Schiff zurück! Und du, du grinsender Narr, dich lasse ich lebendig gefangennehmen, wenn meiner Frau ein Leid geschieht!"

„Ach, so sieht das aus!" lächelte Roary verschmitzt. „Dann wollen wir die Kleine laufen lassen, aber heute nacht hole ich sie mir doch!"

Beide Seiten zogen sich langsam zurück. Am Landeplatz wandte sich der Prinz an Gundar Harl und fragte: „Wann können wir segeln?"

„Frühestens morgen, wenn die Flut kommt!" war die Antwort.

Nach dieser Auskunft hatte sich der Prinz zu richten. Die Arbeiten am Schiff wurden mit vermehrtem Eifer fortgesetzt. Um den in größerer Zahl zu erwartenden Feinden begegnen zu können, ließ Eisenherz quer durch die Bucht einen Schutzwall aus Holz und Reisig errichten. Als die Sonne ins Meer versank, meldeten des Prinzen Vorposten den anrückenden Feind.

Das Gefecht begann schon hoch in der Senke, die sich von der Bucht aus in die Berge hineinzog, wobei es dem Prinzen zunächst nur darauf ankam, den Iren möglichst viele Verluste beizubringen. Da die Entscheidung erst am

Wall fallen sollte, zogen sich die Wikinger langsam zurück, bis sie ihre Deckung erreicht hatten. Hier mehrten sich die Verluste der Iren, aber ihre Zahl war so groß und ihre Kampflust so unerschütterlich, daß sie das Häuflein des Prinzen immer noch hart genug bedrängen konnten.

Eisenherz hatte den Wall schon vorher mit Fischtran begießen und auch Fackeln bereitstellen lassen. Als das Bollwerk nicht länger ohne Verluste zu halten gewesen wäre, befahl der Prinz, es in Brand zu stecken. Bald leuchtete es taghell durch die Nacht, die inzwischen eingebrochen war.

Bis dahin hatte König Roary den Kampf mit zweien seiner Hauptleute von einem kleinen Strandhügel aus geleitet; er wollte erst in den letzten Augenblicken selber in das Gefecht eingreifen. Eisenherz, der den König beobachten konnte, bekam unversehens Lust zu einem Bad. Er schwamm mit einigen Kriegern in die See hinaus und ging erst hinter dem Rücken des Königs wieder an Land. Das alles geschah völlig unbemerkt von den Kämpfenden.

Plötzlich wurde der König von einer freundlichen Stimme aus dem Dunkel hinter dem Hügel angerufen. „Wollen wir ein wenig schwimmen?"

Ehe der Überraschte sich wehren oder auch nur einen Hilferuf ausstoßen konnte, waren er und seine Begleiter schon zum Schweigen gebracht. Seine Männer, die noch immer gegen den brennenden Wall anzurennen versuchten, hatten keine Ahnung, daß ihr König entführt wurde.

Roary mußte es hinnehmen, daß man ihn gebunden und geknebelt auf zwei mit Luft gefüllten Wasserschläuchen zum Schiff brachte.

Inzwischen hatte das etwas nachlassende Feuer den Iren einen neuen Angriff erlaubt. Einem Teil von ihnen gelang es, über den Wall zu kommen, aber das in der Waffenkunst überlegene Häuflein der Wikinger wehrte sich heftiger denn je; jeder Mann wußte, um was es jetzt ging. Bei diesem Hin und Her hatten die Iren ihre schwersten Verluste.

Als der Kampf auf seinem Höhepunkt stand, gab es eine überraschende Wende. Eisenherz ließ nämlich den König am Hauptmast des Schiffes hochziehen, so daß ihn die Iren im Flammenschein baumeln sehen konnten. Bei diesem Anblick verging ihnen alle Lust zum Weitermachen.

Der Waffenlärm verstummte, und Eisenherz rief in die Stille hinein: „Euer sauberer König bleibt unser Gast, bis wir weitersegeln."

„Das stimmt, ihr heulenden Schurken", brüllte der König dazu. „Wie aber soll ich diese edlen Herren mit meinem Besuch erfreuen, wenn ihr euch wie die Wilden benehmt?"

Nach dieser Erklärung ließ Eisenherz den zahm gewordenen König wieder herabholen. Da inzwischen schon der Morgen graute, lud Aleta den Gast zum Frühstück ein. Der Ire griff wakker zu und störte sich nicht daran, daß ihn zwei Krieger mit blanken Schwertern bewachten.

„Ich stelle mit Vergnügen fest", so wandte sich Roary an Aleta, „daß Ihr Euer Messer heute am Wildbret noch viel anmutiger handhabt als gestern an meiner Haut!"

Das war hübsch gesagt, aber der König hatte auch allen Grund, um gutes Wetter zu bitten. Eisenherz hatte den Iren nämlich erlaubt, ihre Toten und Verwundeten vom Kampfplatz zu tragen, wobei sich erst richtig herausstellte, wie groß ihre Verluste in der Nacht gewesen waren.

Als die Flut vom Meer hereinströmte, wurde das Schiff zu Wasser gebracht und beladen. Eisenherz hatte nun über Roarys Schicksal zu bestimmen, was ihm nach dem Vorhergegangenen nicht eben leicht fiel.

„Ihr habt mich doch zum Baden eingeladen", meinte der König. „Ich hätte nichts dagegen, wenn ich jetzt ein wenig schwimmen könnte."

Der Prinz mußte lächeln und befahl, den seltsamen Vogel ins Wasser zu werfen. Seine Männer brummten zwar, daß der Ire so ungerupft bleibe, aber sie führten die Weisung aus.

Aleta, die inzwischen eine Art von Sympathie für den spaßigen Schurken gefunden hatte, sprang an die Reeling und rief ihm besorgt nach: „Oh ... könnt Ihr auch schwimmen?"

„Nett, daß Ihr so lieb an mich denkt", spuckte Roary und schwamm vergnügt dem nahen Strande zu.

Über diese schlagfertige Bemerkung mußten alle herzlich lachen, und das war gut so, denn es wirkte befreiend nach dem schweren Kampf.

Das Schiff trat mit einer frischen Brise den letzten Teil seiner abenteuerlichen Reise an. Während es an der Südküste Irlands entlangsegelte, taten die Wikinger recht frohgemut, denn es war ihnen nun wenigstens bekannt,wo sie sich befanden, und die schreckliche Ungewißheit bei der Überquerung des Atlantik gehörte schon der Erinnerung an.

Einige Tage später tauchten vor ihnen aus dem Dunst die weißen Kalkklippen der britischen Insel auf, die sie von früheren Fahrten her kannten. Bis nach Thule war es zwar noch eine lange Reise, und sie hatten auch alle schon erfahren, wie hinterhältig die Nordsee zuweilen sein konnte, die sie noch durchqueren mußten; aber das störte sie nicht, denn es war ihnen ja nichts Neues.

Die so erlangte Sicherheit ließ dem Prinzen Zeit, auch wieder einmal an sich selber zu denken. Er fand, daß ihn Aleta sträflich vernachlässige und sich nur noch mit Klein-Arne beschäftige. Als er aber eine entsprechende Bemerkung machte, wurde er nur tüchtig ausgelacht.

„Ha", spottete Aleta, „ich glaube, du bist eifersüchtig."

„O nein", murmelte der Prinz. „Ich meine nur, du müßtest etwas mehr Zeit für mich haben."

„Das sagst du so, aber Arne braucht mich doch; er ist ja noch so klein und hilflos."

Dem konnte der Prinz nicht widersprechen; bei sich selber aber dachte er, daß sich das alles einmal ändern werde. Einmal würde Arne nicht mehr klein und hilflos sein, sondern Seite an Seite mit ihm reiten. Er würde ihn lehren, den Bogen zu spannen und den Speer zu werfen. Den Bären würden sie gemeinsam jagen . . . und den Lachs in den Fjorden stechen . . .

Tausend Pläne hatte der Prinz mit seinem Sohn, der noch nicht einmal gehen und sprechen konnte.

Dieses Gedankenspiel um eine glückliche Zukunft wurde durch den Mann am Auslug unterbrochen.

„Voraus ein Segel!“ rief der Posten über das Deck. Prinz Eisenherz eilte hinzu und fand bald heraus, daß das fremde Schiff ein ihm wohlbekanntes Wappen auf dem Segel führte: den dreifachen Löwen des Ritters Lanzelot, einem der Kampfgewaltigsten aus König Arthurs Tafelrunde!

Eine halbe Stunde später kniete Lanzelot, der sich auf der Heimfahrt von Britannien nach Gallien befand, vor Aleta und küßte ihr nach höfischer Sitte die Hände. „Ich begrüße Euch, edle Dame, die es gewagt hat, unseren Wirbelwind zu ehelichen. Hoffentlich besucht Ihr auch Camelot, denn dort können sie ein wenig Sonnenschein brauchen, nachdem der ehrgeizige Herr Mordred wieder so schwere Schatten über Britannien gebracht hat.“ Bei diesen feierlichen Worten schaute Lanzelot fragend auf den Prinzen.

„Natürlich besuchen wir König Arthur", sagte Eisenherz begeistert. „Wir sind doch schon auf dem Weg zu ihm."

„Und zwar aus einem ganz bestimmten Grunde", fügte Aleta wichtig hinzu. „Unser Sohn soll nämlich auf Camelot getauft werden!" — Tillicum brachte den Kleinen auf einen Wink Aletas hin voller Stolz herbei, doch dieser zeigte sich von dem größten Ritter der Christenheit nicht sonderlich beeindruckt, sondern gähnte ihn zuerst nur herzhaft an. Als ihn der Fremde aber sanft in die Luft warf und ebenso sanft wieder auffing, da lachte und kreischte er, als ob es kein größeres Vergnügen für ihn gäbe.

Aleta und Eisenherz waren sehr stolz auf ihren Sohn, zugleich stand in ihren Gesichtern indessen auch die Sorge, es könnte ihm bei dieser Behandlung etwas geschehen. Lanzelot erkannte das und legte deshalb den Kleinen behutsam in Tillicums Arme zurück.

Danach wandte sich der Ritter an Aleta und sagte ernst: „Gebt acht auf Sir Mordred, wenn ihr nach Camelot kommt. Er hat noch keinem verziehen, der seine Pläne zu durchkreuzen versuchte!"

Aleta kannte die Zusammenhänge, auf die Herr Lanzelot angespielt hatte, noch nicht einmal vom Hörensagen, versprach aber, die Lehre zu beherzigen. Dabei machte sie freilich eine kleine Einschränkung. „Nach allem, was wir auf unserer Reise mitgemacht, erduldet und bestanden haben, scheint es mir nicht schwer zu sein, mit einer kleinen Palastrevolution fertig zu werden. Das ist doch wahrscheinlich alles nur ein Kinderspiel."

Eisenherz und Lanzelot, die sich mit Mordreds Umtrieben zwar besser auskannten, mußten über Aletas Selbstsicherheit trotzdem herzlich lachen. Dadurch war es mit dem Ernst vorbei. Herr Lanzelot hob die Arme und rief, damit es jeder hören konnte: „Hört her Leute. Ihr habt lange genug gedarbt. Wir werden eure Heimkehr auf meinem Schiff tüchtig feiern."

In aller Eile wurde drüben ein Mahl gerüstet. Dann begann ein großes Bechern und Schmausen, so daß die Wikinger Mühe hatten, wenigstens zwischendurch auch von ihren Reiseerlebnissen zu berichten.

Dem Prinzen schien es, als stünde dem Besuch auf Camelot nichts mehr im Wege. Als jedoch das Mahl beendet und Sir Lanzelot weitergesegelt war, zeigte sich unter der Mannschaft eine wachsende Unruhe.

Die Wikinger waren harte Leute, die ihrem Führer im Ernstfall bis zum bitteren Ende gefolgt wären, doch nahmen sie kein Blatt vor den Mund, wenn es galt, eine gerechte Beschwerde vorzubringen.

Der Älteste machte sich wieder zum Sprecher. „Herr, diese Leute haben ihre Heimat, ihre Frauen und ihre Kinder verlassen, um Euch zu folgen. Es war eine lange und gefährliche Reise, die manchen das Leben gekostet hat, nun aber wollen die Männer zu ihren Familien heimkehren."

Des Prinzen Gesicht wurde ernst, fast streng sogar. „Wir sind doch nur noch wenige Tagereisen von Camelot entfernt . . .", begann er. Ehe er den Satz jedoch vollenden konnte, zog ihn Aleta zur Seite.

„Mein hoher Gemahl möge bedenken, daß diese Männer mit ihm bis ans Ende der Welt gefahren sind, um mich zurückzuholen. Ist es da verwunderlich, daß sie nun ihre eigenen Frauen wiedersehen möchten?"

„Aber wir wollten doch nach Camelot, um Arne taufen zu lassen."

„Das können wir trotzdem. Liegt Camelot nicht an einem Fluß? Und haben wir von unseren roten Freunden nicht ein Kanu bekommen?"

Bei diesem Vorschlag erhellte sich des Prinzen Miene wieder. Er wandte sich an seine Leute. „Sind einige unter euch, die freiwillig und gerne den kleinen Umweg mit mir machen wollen?"

Sofort traten einige jüngere Männer vor, die noch keine Familien hatten und begierig darauf waren, das vielgerühmte Schloß König Arthurs mit eigenen Augen zu sehen. Es wurde also beschlossen, den Prinzen mit seinen Begleitern in der Flußmündung abzusetzen und den Segler unter Gundar Harls bewährter Führung auf dem schnellsten Weg nach Hause zu schicken.

Das letzte Mahl der Wikinger verlief etwas wehmütig. Nun, da es mit der Trennung ernst wurde, merkten sie plötzlich, wie eng sie während den gemeinsam ertragenen Anstrengungen und Gefahren des letzten Jahres zusammengewachsen waren. Schon regten sich einige Stimmen, die alles rückgängig machen wollten, aber Eisenherz bestand nun auf der Trennung.

Nach einem Abschiedstrunk wurde das Kanu in der Flußmündung zu Wasser gelassen und beladen. Als letzte stieg Aleta ins Boot; sie hatte sich inzwischen ganz nach der Art der Rothäute gewandet. Ehe der erstaunte Prinz etwas sagen konnte, bemerkte sie: „Wenn wir schon im Kanu unserer indianischen Freunde reisen, dann wollen wir das auch stilgerecht tun."

„Beim Großen Manitou, das ist ein herrlicher Einfall", freute sich Eisenherz. „Wartet noch einen Augenblick, ich mache mit!"

Des Prinzen Verwandlung dauerte nur wenige Minuten. Als er dann wiederkehrte und seinen Platz im Heck des Kanus einnahm, da sah er genauso aus, wie einer der Häuptlinge am *Donnernden Wasser.*

Die Fahrt flußaufwärts dauerte noch einige Tage und ließ dem Prinzen genügend Zeit, eine Begrüßungsrede in der Sprache der Rothäute vorzubereiten. Unter der Kriegsbemalung, die er sich noch anzulegen gedachte, würde ihn sicher nicht einmal Gawain, sein bester Freund, sofort erkennen; das mußte ein wunderbarer Spaß werden, auf den sich der Prinz geradezu diebisch freute.

Hinter einer Brücke, die den Fluß in zwei kühnen Bögen überspannte, tauchte endlich die türmereiche Burg auf. Eisenherz paddelte unwillkürlich schneller, um nur recht bald an den Landeplatz zu kommen. So groß waren seine Erwartungen an die nächsten Stunden. Und damit hatte eine lange, lange Reise ihr glückliches Ende gefunden.